京築の文学群像

城戸淳一

花乱社

序

美夜古郷土史学校事務局長　山内公二

この本は、美夜古《みやこ》郷土史学校会員の城戸淳一さんが半世紀にわたる研究・調査の成果をまとめあげた「ふるさと京築《けいちく》の文学研究史」である。

城戸さんは、高校教師退職後、行橋市の市史編纂や図書館長、文化財調査委員などを務められたが、その傍ら、特に郷土の文学史をテーマにした郷土史研究に、心血を注がれた。その調査法は、遠く北海道の文学碑を確認に行ったり、東京に住む遺族に聞き取りをしたり、大阪の古本屋に古書を買いに行くなど、到底、我々には真似のできない行動力の持ち主だ。

私たちの美夜古郷土史学校は、四十五年前の昭和五十年に開校した。その発足にあたり、校長の友石孝之先生は「やる以上は、立派にやり続けないとだめだよ。大学に考古学や民俗学の分野はあるが、郷土史学はない。日本に『郷土史学』を確立させる礎となるよう頑張んなさい。

歴史とか郷土史といっても、その分野は極めて広い。考古、古代、中世、近世、近代、民俗、芸能、宗教、文学と多岐にわたるが、一人一人の会員が自分の研究テーマを持って学習し、学校として、まとめあげていきなさい」というお言葉をくださった。

そのお言葉に従った結果であろうか、美夜古郷土史学校から『地名から探る豊前国遺跡』（定村責二著）、『中・近世の豊前紀行記』（古賀武夫編）、『豊前国神楽考』（橋本幸作著）、『ふるさと写真集 行橋』（白石壽・山内公二編）などが出版できた。そして城戸さんは『京築文学抄』、『京築の文学風土』に続いて、さらに今回の刊行となったことは、まことに喜びに堪えない。

城戸さんこそ、友石先生の教えを実行してくれた美夜古郷土史学校の優等生といえよう。

多彩な思潮と文学作品を生み出してきた京築地域。美夜古人の文学へ賭けた想いとその系譜に迫った郷土愛あふれた労作を、じっくりと読み取っていただければ幸いである。

まえがき

本書は今まで書きためてきた原稿をまとめたものである。新しく書き下ろしたものは少ない。そのため長短の論文から短いコラムなどアンバランスな形式の文章が混在し、発表年代、掲載誌の事情もあって一部の内容が重複したものがある。これらが読み辛くしていることと思う。どうか、読者の方々にはご容赦をいただきたい。

どれも私にとって、何かと多忙の中で懸命に書いたものなので捨てがたかった。そして、自分の生きてきた証しとして、一冊の本にすることを決心した。そのきっかけとなったことがある。

それは何人かの先輩の郷土史家の著書を読んでいて、ふと思った。一体、この本は著者の何歳の時に書かれたのかを数えてみた。驚いたことに、多くの人の最後の著書は、六十歳代から七十歳前半に書かれていた。今日、長寿時代とはいえ、誰でもが長生きできるとは限らない。七十歳代後半になった私が、果たしていつまでも元気で生きていられるかと不安になってきた。

そこで、にわかに本書の刊行を決意した次第である。

このような趣旨を花乱社編集長の別府大悟氏に相談したところ、快く引き受けていただいた。しかし、実際に編集作業に入ると、大変な仕事になったようである。厚くお礼を申し上げる。

ここで、少し自分の本との関わりを振り返ってみたい。私の小学生、中学生の頃、家は貧しく、本を買える経済状態ではなかった。兄弟が多く、貧乏であった。しかし、父母は一所懸命に働き、何とか貧乏から脱出しようとしていた。同級生の中でも本を買える余裕のある家は稀であった。たまたま中学生の時、図書館で下村湖人《こじん》の『次郎物語』を借りて読んだ。その内容が私たち兄弟のことを書いているように思えて、一気に読み終えた。それ以来、読書が好きになったように思う。

社会人となって自由に本を買えるようになると、次々と興味が広がり、貪欲に蒐集。ある年齢になって、蒐集分野を絞ったつもりであるが、次第に本の置き場に頭を悩ますことになった。ついに本を住家に置かれなくなり、書庫を建てた。しかし、再び本の置き場がなくなってしまい、さらに第二書庫を建て、ついに納屋の一部を第三書庫とした。これらの蒐集した資料を活かしてまとめたのが、拙書『京築文学抄』（美夜古郷土史学校、一九八一年）と『京築の文学風土』（海鳥社、二〇〇三年）の二冊のみである。

まだかなり残された蒐集資料を何とか活かしたいと考え、五年前から「郷土・美夜古《みやこ》の歴史と文献」と名付けた個人紙を発行してきた。この記事が本書の四分の一程度を占め、近日発行予定の『村上仏山と水哉園《すいさいえん》』にもかなり活かされた。ともあれ、多くの人からのご厚意により原稿依頼の声をかけていただき、書かせてもらったお蔭でもある。

なお、本文の人名の中で敬称を付けたり、付けなかったりして、不統一の部分がある。それは私自身が何らかのかたちで直接会って教示を受けた人などには、敬称を付けずにはすまないというこだわりがあるためである。ただ、私はどのような本であろうとも、永年苦労して書き綴った著者には敬意をはらっている。また、取り上げた人名や文献名、引用文中の表記について、旧字、俗字は原則として新字、正字に改めたが、一部例外があることをお断りしておく。

最後に、本書をお読みいただく方々が、このような事情をお察しいただき、少しでも京築地方の文学、文化の一端を知っていただければ幸甚の至りである。

著者

京築の文学群像❖目次

I　京築を彩る文化と歴史

Ⅱ　郷土・美夜古の文献と歴史

I　京築を彩る文化と歴史

吉田学軒と森鷗外と「昭和」の元号

はじめに

二〇一九年五月一日より新元号「令和」に変わった。この二、三カ月間、新聞、テレビなどは元号にまつわる話を繰り返し報道していた。これに伴って「昭和」の元号の考案者である吉田学軒（増蔵）も取り上げられていた。私も拙著『京築の文学風土』（海鳥社、二〇〇三年）で「鷗外日記の代筆者・吉田増蔵」を発表して以来、十六年ぶりに改めて資料を読み直し、以前から気になっていたことを調べて、二、三の新事実を見つけた。また、令和元年六月、以前よりお世話になっていた田川郡香春町の辻幸春先生より貴重な吉田学軒関係資料をコピーさせてもらった。宮内省図書頭《ずしよのかみ》兼帝室博物館総長だった森鷗外のもとで、図書寮編修官として働く前後についての資料である。

これまでに先行論文・著作として友石孝之先生の「吉田学軒小伝」（『美夜古文化』）、今村元市

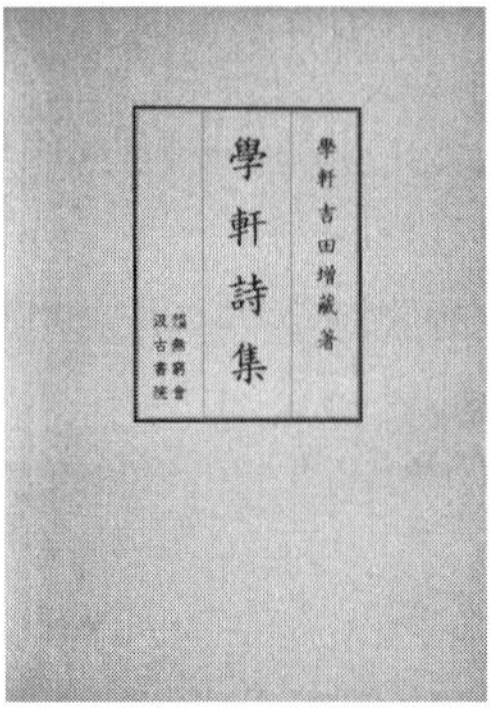

『学軒詩集』

先生の「学軒 吉田増蔵小伝」（初出誌『西日本文化』・『北九州文芸あれこれ』）、猪瀬直樹氏の『天皇の影法師』（初版、朝日新聞社、一九八三年。のち小学館より刊行）、『学軒詩集』（国広寿編、無窮会発行、二〇〇四年）、辻幸春先生の「吉田学軒」（『勝山町史 下巻』）などがある。これらの論文、著作を参考にし、先の新たな資料を加えて論を試みた。

後の論を理解してもらうために、まず吉田学軒（増蔵）の略年譜と鷗外との関係事項を示す。

《吉田学軒（増蔵）略年譜と森鷗外の関係事項》

（○印は吉田増蔵に関する事柄、◎印は鷗外に関する事柄を示す）

○増蔵は慶応二年（丙寅・一八六六）一月二十二日、京都郡上田村（現みやこ町勝山上田）で、父・温次（温治）、母イツの二男として生まれた。温次は箕田村（現みやこ町勝山箕田）の庄屋、子供役格、戸長などを務めた農村の指導者であった。母は仲津郡山鹿村の庄屋・山田利兵衛の三女であった。兄・健作は嘉永五年（一八五二）四月十九日に生まれ、明治八年（一八七五）、上京して近代製麻業の発展に貢献した（近代製麻業の父と称される）。

温次は学問を好み、天保八年（一八三七）村上仏山《ぶつざん》の水哉園《すいさいえん》で学ぶ。開塾して四年目の頃で、他に守田卯輔（蓑洲）などがいた。

○明治六年（一八七三）、増蔵は新しく発足した黒田小学校に入学（みやこ町歴史民俗博物館所蔵資料）。その後六年間位在学したのであろう。ただ入学後の資料がないのでわからない。

○明治七年七月一日、増蔵は重松七蔵（上田の庄屋、父の弟）の養子となる。

○明治十二年二月九日、満十三歳の時、村上仏山の水哉園に入門した（水哉園「入門姓名録」）。だが、この年の九月二十七日に師の村上仏山が急逝した。しかし水哉園は、養子の村上碩次郎（静窓）が後を継ぎ、明治十七年まで続けられた。だが、明治政府の新しい学制のもとでの私塾の継続は困難となり、閉校せざるを得なかった。学軒は仏山よりもほとんど静窓に六年余の間、学んだようだ。この静窓は仏山の薫陶を受けたが、佐賀の草場船山に就いて学んでいる。水哉園の閉校（明治十七年）後、京都に行き本願寺教黌の教授になった優秀な人であった。

吉田学軒
（『学軒詩集』より）

○明治十六年四月、上京して東京神田区淡路町の共立学校及び築地一致英和学校に入り、英学を修める（『学軒詩集』）。

○学軒（注：以後は増蔵より号の学軒を多く使用する）は、明治十七年か十八年に豊津尋常中学校に入学し、明治十八年に中退している

（「福岡県立豊津中学校同窓会々員名簿」昭和十八年十月発行）。
○その後、上京し、明治二十四年まで漢学、英学を修める。
○明治二十四年より同三十年五月まで蒲生重章、堤正勝、長炗《ひかる》（三洲）、谷口藍田《らんでん》、根本通明、三島毅（中洲）、南摩綱紀（羽峰）など著名な漢学者に経義、詩文を学ぶ（この頃か、堤正勝〔静斎〕の嗣子となり、「堤」姓を名乗っていた）。
○明治二十九年八月、公爵毛利家歴史編纂所総裁・末松謙澄の推薦で嘱託の編輯委員、並びに根本通明家塾・義道館の講師となる。
○明治三十年七月、中等教育検定試験に合格し、漢文・習字両科の免許状を受ける。
○同三十年十一月、御料局御傭となり、庶務課に勤務する（月俸二十五円。三十一年十一月、月俸三十円、三十三年三十五円となる）。
○明治三十三年四月、和仏法律学校二年級に編入するが、故あって退学する。
○明治三十四年十一月、和仏法律学校法律科第一～三部の修学証書を受ける。
○同三十四年、宮内省判任文官試験に合格。
○明治三十九年、「給上級俸」となるが、病気のため依願退職。任官満四年となり、金百拾円を受ける。
○同三十九年十月二十四日、京都帝国大学文科大学の選科生となり哲学を修める。

○明治四十二年七月十四日、京都帝国大学文科選科の支那哲学修業証書を受ける。
○明治四十三年四月、奈良女子高等師範学校の講師、同四十五年、教授となる。高等官七等、従七位。
○大正五年（一九一六）六月、学軒は従六位。十一月、行啓記念帖編纂委員となる。
◎大正六年十二月二十五日、森鷗外（森林太郎、五十六歳）、帝室博物館総長兼図書頭《ずしよのかみ》の辞令が出る（『鷗外研究年表』苦木虎雄《にがきとらお》著、鷗出版、二〇〇六年）。
◎大正七年二月二十三日、鷗外は宮内省部局長官総代として葉山に伺侯謁見する。歴史小説を執筆。
◎同七年五月二十三日、森鷗外のもとに末松謙澄より書簡が届く（「参寮、末松謙澄より来書、返書を送る」＝『鷗外研究年表』）。
○同七年七月、学軒は師範学校、中等学校、高等女学校教員講習会講師（嘱託）。
○同七年八月（同年三月との説がある）、学軒は奈良女子高等師範学校教授を依願退職（正六位、高等官四等、在職六年以上に付、月俸三カ月分下賜）。退職は本人、夫人の病気療養のためという。
◎同七年十一月三日、鷗外は「正倉院曝涼のため朝東京を出発して奈良に向かう」……多くの来観者に面接。十一月三十日、「朝、東京に入る。宮内省に赴き、波多野宮相に滞りなく曝涼の終わったことを報告し、午時家に帰る」。
◎大正八年二月五日、「吉田増蔵はじめて来見」（鷗外の日記「委蛇録」）。
○同八年三月～九年十月、学軒は山口県立豊浦中学校教諭（嘱託）（『山口県立豊浦高等学校百年史・近代』諸井耕二の詳細な考証を掲載）。
◎同八年三月二十七日、「吉田増蔵来訪する」（鷗外の日記）。
◎同八年三月二十八日、「吉田増蔵、再訪する」（鷗外の日記）。
◎同八年四月一日、鷗外は「参寮。宮内省に行く。馬場三郎と近藤久敬に事を言う」。
◎同八年十月三十一日、鷗外は「夕方七時、東京駅を発して奈良に向かう。車中泊。十一月二十二日、東京駅に帰着し宮内省に赴く。白根松介書記官を見て正倉院曝涼の無事終わったことを告げ……」とある。
◎大正九年四月二十八日、鷗外は賀古鶴所《つるど》へ、「帝謚考」が済んだので、「元号考」に取りかかることなどを書いた書状を「親展」で出す。
◎同九年八月二十日、「吉田増蔵が長府より来る」（鷗外の日記）。
◎同九年十一月十六日、「吉田増蔵より書状が来て返書を出す」（鷗外の日記）。
※大正七年以後に帝室博物館総長の森鷗外は毎年、奈良の正倉院に調査に行っていた時、吉田学軒の才能を見抜き、図書寮編修官に誘ったのかもしれない（村岡功執筆「学軒吉田増蔵の事

蹟」、西部文雄・池田英雄氏「人間 吉田学軒先生の逸話と想い出」の説)。
○大正九年七月二日、学軒は森鷗外に書簡を送り、宮内省への採用を急ぐようお願いをする(「学軒吉田増蔵の事蹟」の記す大正八年は誤りか)。
○大正九年十月十八日、学軒は「任図書寮編修官・叙高等官六等・賜七級俸二四〇〇円」。
◎大正十一年六月十五日、森鷗外の「病勢進み、はじめて登衙《とうが》せず」。
◎同十一年六月二十日、鷗外、「在家六日。吉田増蔵を呼び後事を託す」、同年六月二十四日「在家十二日。吉田増蔵来舎」(鷗外の日記)。
◎同十一年七月八日、鷗外「危篤の報天聴に達して御見舞品の下賜あり、次いで特旨を以て位一級に進められ、従二位に叙せられる」(増蔵は鷗外の日記を代筆)。
◎同十一年七月九日、鷗外、午前九時逝去する。享年六十一。同年七月十日「遺族と増蔵ら博物館及び図書寮の人々通夜をする」(鷗外は漢籍を増蔵に贈ることを遺言に記していた)。
○同十一年七月十一日、鷗外の親友賀古鶴所、与謝野寛、増蔵ら多くの文化人により最後の通夜をして、後日、雑誌『明星』に追想談を掲載することになる。
◎同十一年七月十二日、鷗外の葬儀を谷中斎場で行う。
○大正十三年十二月十九日、学軒、「賜五級俸三一〇〇円」。
◎大正十五年十二月二十五日、大正天皇崩御。

※「吉田増蔵が元号の勘進を命ぜられたのは大正十五年の正月か二月の上旬のことであろう」
(『東洋文化』復刊六四号)。
その後、およそ一年をかけて元号案を選定。「昭和」の元号を考案したという。
(北九州市在住の挟間むつみさん所蔵の資料によって裏付けることができた)
○昭和元年(一九二六)十二月三十日、「大喪使ノ事務ヲ嘱託ス、昭和二年四月二日、大正天皇
大喪事務格別勤励ニ付賞賜ス」。
学軒は六月、宮内省御用掛を仰せ付けられ、高等官三等、年俸二七〇〇〇円下賜。
○「即位礼正殿の儀」での天皇陛下のお言葉(勅語)と総理大臣の寿詞《よごと》の起草委員となる。「戦
前は詔勅の起草など高度な漢学の知識が求められた」(池田英雄氏)
○昭和八年春、私設説文研究機関「書原撰述所」を開設(学軒を所長、所員は西部文雄、早尻好
文、森本隆男と学軒の次男勝敏の五人だったという)。
○宮号や勅語草案の膨大な考察資料を作成した。
○昭和十六年十二月十九日、吉田増蔵は七十五年の生涯を終えた。
○「叙正四位。特旨ヲ以テ位一級追陞セラル」

奈良女子高等師範学校講師・教授時代

前掲の略年譜によると、学軒は明治四十二年七月、京都帝国大学文科選科支那哲学を修了し、翌四十三年四月、奈良女子高等師範学校の講師、同四十五年、教授となる。次いで大正五年（一九一六）、皇后陛下の行啓の際には、行啓記念帖編纂委員になっている。

今まで学軒の奈良女高師時代のことはよくわからなかったが、新しい資料が出てきて、この時代にも盛んに文学活動をしていたことがわかった。その一端を示す資料に歌集『月下虫声』がある。これは自費出版だったかもしれない。

この歌集は大正五年四月四日、皇后陛下が奈良に行啓された折、学軒の勤務先の奈良女子高等師範学校を訪れ、その翌年一月、「御歌拝戴の恩栄を荷ひ欣歓転《うた》た切に感激措く能はず所」（野尻精一校長の序文）ということで、学軒が長歌二編（四十頁にも及び、巧みな措辞法を用いている）を詠い、その序は和文と漢文で記している。ここに学軒が漢学・漢詩のみならず、大和歌にもすぐれた才能を持っていたことが示されている。

このほかにも、この時代に学軒は多くの詩歌を発表している。『養徳』という奈良女子高等師範学校の同窓会誌一号に「塩井雨江誄」、同誌三号に「恭賦　御題社頭杉」、同誌四号に「昭憲皇太后誄」、「詩樺」、同誌六号に「大正四年十一月挙即位大礼恭賦七律一章以記盛事」、同誌七号に「奉迎皇后陛下長歌並短歌　有序」、また『佐保会誌』（女高師同窓会誌七号）に「哀々扁二百六十韻」などの作品がある。総じて漢詩は長詩であり、題名からしても想像できるが、尊皇の思いに溢れている。

学軒にとって奈良女子高等師範学校の講師・教授時代は、創作活動、研究に打ち込み、詩人として、学者として充実した生活をしていたようである。また、中等学校教員など研修会の講師を依嘱されて、高等師範学校教授としても、その実力は認められていた。だが、大正七年三月、八年間勤務した同高等師範学校を思い切りよく退職している。

山口県立豊浦中学校教諭時代（大正八年（一九一九）三月〜大正九年十月）

奈良女子高等師範学校退職の理由は、病気のためだったという。この病気説について筆者は従来、懐疑的であった。というのは奈良女子高等師範学校の教授という名誉ある職にありながら、なぜ地方の中学校である豊浦中学校教諭になっていったのかということであった。しかも嘱託（ただし、八十円の月俸はかなりの高額）という条件である。

しかし、このたび辻先生から提供してもらった「漢学者・吉田増蔵先生」（諸井耕二執筆。『山口県立豊浦高等学校百年史 近代』〔二〇〇二年〕収録）を読んで、学軒の退職の理由がわかってきた。諸井耕二氏は「長府（筆者注：旧制豊浦中学校教諭）移住は自身のためでもあったであろうが、主として妻の病気養生によるものであったことは明らかである」と結論付けている。そのことを裏付けるものとして、学軒自身が執筆した文章が出てきたのである。

それは豊浦中学校同窓会誌『豊中四十年』（一九三九年）に「二十年前の長府の思出」と題して次のように記しているのだ。

「一体長府といふ処は中学校の校風のみならず、其の土地が復た私をして大に関心をもしめた所で、私は病める妻をつれて参りましたが、前に海を控へ後に山を負ひ風光明媚にて、春と秋との桜楓ながめこよなきに其の好を極めたく……是れは病体を養ふにも能く適し妻の病も幾分効果ありたるもののようでした……」。また、河口校長をはじめ他教職員とも親しくつきあい、「皆温敦和柔風を成し実に心の置けぬ附合よき人々」、「私の在職一年有半の間一度も教諭間に気不味いことのあったことを聞きませんでした。畢竟上に居る校長（筆者注：河口隆太郎）の徳風の薫染は此の美風を馴致したものならむ」、「私は少年の頃より漢詩を作ることを好んでゐましたが、長府では沢山作りました」などとある。

また豊浦中学校の教え子だった中尾金弥は「吉田先生を送る」（『校友会雑誌』十九号、一九二一年六月）の中で、「吉田先生忽然として再び東都に去らるる、惜しまざりけんや。先生短軀小兵なりと雖も精力絶倫にして正気躍々の概あり、弁論縦横又最も忠君を説かれ其の漢学における縕蓄極めて深くして又甚だ書に巧みなり、先生の教員室に在るや常に議論の中心なりき」などと絶賛している。学軒にとっては、豊浦中学校の教諭時代は実に幸福な時代だったといえる。

筆者は今年（二〇一九）の六月はじめ、長府の山口県立豊浦高等学校、下関市立長府図書館、学軒が住んでいた長府城下の惣社町、侍町の周辺を訪ねてみた。長府図書館では辻先生からいただいた資料の現物を出してもらって、改めて確認した。特に同窓会雑誌のバックナンバーが保管されていて、その雑誌の内容が豊富であることに驚かされた。優秀な教員、生徒がいたことが窺えた。創立百年記念の『山口県立豊浦高等学校百年史』近代編・現代編の二巻は、大判千頁余の大冊である。また、驚くことに昭和三十九年（一九六四）に創立六十周年の記念誌『豊浦高等学校沿革史』の三分の二を執筆したという諸井耕二氏が、四十年後、この百年史の近代編も執筆しているのである。全く稀有なことだ。それゆえ同校史は詳細で確実なものになっているようだ。同高等学校は藩校の流れをくむ伝統校で、教育県山口の名門校の一つに数えられている。静かな城下町の面影を残す長府の町は、何度訪れてもよい町である。学軒の住んでいた頃とあまり変わっていないようで、療養するのに最適な土地とも言えよう。

だが、この豊浦高等学校の教諭への赴任は、はじめから短期間の約束であった。学軒は、次へのステップを考えていた。

学軒と鷗外との絆をつくったのは末松謙澄だった

学軒が奈良女子高等師範学校を退職したのは、やはりただ単に本人や妻の病気療養のためだけだったとは思えない。宮内省図書頭の森鷗外のもとで働きたい、という希望を持っていたと思われる。というのは、鷗外の日記（「委蛇録」）の大正七年（一九一八）五月二十三日の条に「参寮、末松謙澄より来書、返書を送る」とある。この書簡は学軒の宮内省図書寮への就職を、鷗外に推薦した末松の書簡だったと考えられる。鷗外は前年の大正六年十二月二十五日に、宮内省から「帝室博物館総長兼図書頭」の辞令をもらっている。

学軒自身の書き残したものを見てみると、次のように記している。「私が鷗外先生の名を識ったのは、明治廿年前後国民之友の附録に登載せられた先生の処女作舞姫を読んだ時が初めてである。さうして始めて親しく先生の謦咳に接したのは大正七年中の事で、当時先生は宮内省に奉職せられ図書頭で博物館長（総長）を兼ねて居られたが、私が先生並に同郷先輩の推輓に藉《か》りて愈《いよいよ》宮内省図書寮に勤務することになつたのは九年十月の末である。此の九年の十月より足掛け三年なれど僅に一年と十個月に過ぎない十一年七月九日こそ実に先生が永眠せられ（中略）斯く朝夕先生に親炙するを得たのはほんの束の間に過ぎないのに、是とはうらうへに数十年の久しき交誼を辱《かたじけの》うせしにも勝る知己の恩は終生忘るゝことが出来ないものがある」（『文学』岩波書店、第四巻第六号・一九三六年六月号）

右の文章中に「同郷先輩の推輓」とあるが、これこそが末松謙澄の推輓ではなかったのではないか。これに少し加えるならば、末松謙澄は森鷗外よりも五歳年上であり、進んだ道は異なるが同じ官界に入り、英国留学（明治十一年〜）したのも鷗外のドイツ留学（明治十七年〜）より早い。謙澄は法制局長官、逓信大臣、内務大臣などを歴任し、伊藤博文、山県有朋などの長州閥の後押しもあった。しかも、文学博士、法学博士の学位を授けられていて、社会的地位は鷗外に見劣りしなかった。謙澄は明治四十年、子爵となり、十二月に宮内省御用掛となっている。また、水哉園の先輩に枢密顧問官を務めた安広伴一郎もいた。宮内省では鷗外よりも謙澄の方がより多くの人脈に通じていたと思われる。

友石孝之先生は「吉田学軒小伝」（『美夜古文化』第十二号）で「先輩末松謙澄は子爵となり当時すでに枢密顧問官に登っていたので、学力さえあれば引き手数多《あまた》で、彼（学軒）の身辺は決して淋しくはなかった筈である。それに奈良（奈良女子高等師範学校教授時代）での専攻が特に宮内省打ってつけの学問であった」と述べている。

さらに、学軒が宮内省図書寮への採用を催促する書簡（年を記さず七月二日のみとしている）の鷗外宛のものが残っている。この書簡について村岡功氏は、大正八年二月、三月にかけて三度も会見し、書簡中に「今春上京之節」とあるため、この書簡が投函されたのは大正八年七月二日だ、としている。しかし、筆者が『豊浦高等学校沿革史』などを調べてみると、学軒の豊浦中学校勤務は大正八年三月から同九年十月までとなっている。しかも学軒は書簡で、自分の後任がすでに決まり、上京することは「公然之秘密」となっている故、「来ル九月上旬ニ於テ御採用相成リ候様願イ申シ上ゲ度ク……」とある。これは学軒が豊浦中学校を退職して、宮内省に採用された年、即ち大正九年七月二日付で投函されたものと考える。ただ、村岡氏のいう「今春上京之節」という文も、もっと精査してみなければならない。

また、同書簡の中で「頃日五味主事ヲ経テ御内意相伺イ候処、本年官制御改革相成リ候ニテ御採用成シ下サレ候趣、拝承仕リ候」ともある。また、鷗外の日記（「委蛇録」）の大正七年十二月二十七日の条の「夜五味均平至」と関係があるのか、今後調べる必要があろう。

これは、誰を採用するのかわからないが、とにかく宮内省では採用の予定があるということだろう。それは学軒自らが問い合わせたのか、謙澄からの情報だったのか。

『両像・森鷗外』（松本清張著、文芸春秋、一九九四年）によれば「鷗外が山県有朋に近づき、山県のために『尽した』ことには、たしかにこの陸軍の大御所に倚ってさらに上昇の機を望む功利性があったであろう。その限りでは彼の行動は『追従』『阿諛《あゆ》』などと難じられても仕方がない。それがひとたび吏道に入って行けば何人にもあることであり、権門に出入りすることに対して、だれも非難の石を握る資格はないのだが。だが、鷗外は山県の没落をおそらくは大正七年頃から間近に見たであろう。それでも鷗外は山県を敬愛した。小田原古稀庵に臥した山県の病態を最後まで気遣った」とある。しかし、あの有名な鷗外の遺言の「……余ハ石見人森林太郎トシテ死セント欲ス宮内省陸軍皆縁故アレドモ生死別ル、瞬間アラユル外形的取扱ヒヲ辞ス……」について、松本清張は「軍医総監にして男爵になったのは石黒忠悳《ただのり》と小池正直とがある。石黒は二十七、八年の役に、小池は三十七、八年の役にいずれも前線の総監の功で男爵となった。鷗外にはその閲歴がない。しかし、鷗外の軍医総監のあと帝室博物館総長、宮内省図書頭の経歴は、よく授爵の資格ありとする。しかし、そのことは実現しなかった。鷗外が『石見人』として死せんと遺言したのは、尽し甲斐なき山県に対する憤激の辞ではなかろうか」と述べている。学軒が訪ねて行った頃の鷗外は、微妙な立場にいたと思われる。

なお、年月が相前後するが、学軒が大正八年二月五日に鷗外を訪問。日記に「吉田増蔵はじめて来見」とある。学軒が何の伝《つて》もなく、いきなり高官の鷗外を訪問することはないであろう。やはり謙澄の紹介があったと思われる。さらに翌月の三月二十七日、学軒は鷗外宅を訪問し、詩歌稿を似《しめ》し、号は学軒と称することなどを話している。さらに翌二十八日にも鷗外を訪ねている。

学軒がいかに熱心に宮内省図書寮に勤務することを願っていたかがわかる。鷗外は大正五年四月十三日、陸軍医務局長を辞して、「三十六年ぶりに官衣をぬいだ」ばかりで、宮内省の事情に通じていない頃で、いつ図書寮での採用があるのか、また、学軒の推薦が宮内省上層部に通じるかなどわからなかったため、学軒の希望に確約できなかったのであろう。

なお、この学軒の鷗外訪問は、前年の大正七年三月に奈良女子高等師範学校を退職して、次に就職した山口県立豊浦中学校教諭として赴任する直前の忙しい時、すなわち、大正七年四月から大正八年三月までの間であるが、病気療養のために東京にいたと思われる。

しかし、学軒は宮内省には近いうちに採用されるであろうと予想していたようだ。そのため、本人や妻の病気療養のためとはいえ、長府（豊浦中学校教諭）に移住したが、河口校長とは短期間（嘱託）の約束で豊浦中学校教諭として赴任していた。いずれにせよ、宮内省図書寮に採用されるにいたっては、郷土、水哉園の先輩である末松謙澄の後押しもかなり効果があったと考えられる。

一方、学軒と鷗外が知り合ったのは、学軒の奈良女子高等師範学校の時代だという池田英雄先生の説もある。『東洋文化』（復刊第九十四号）に学軒のかつての教え子の西部文雄と池田英雄両氏は「……晩年の鷗外が見つけ出した漢学者に吉田学軒（増蔵）がある。奈良の女子高等師範学校で漢文を教えていたのを、大正六年、鷗外が帝室博物館総長になり、毎年正倉院のことで奈良に一個月ほど出張するところから、いつの間にかその学績を見抜いて、当時鷗外が兼任していた宮内省の図書寮に招いたのである」とある。確かにこの説はごく自然なことで、今まで最も有力だと見られ、多くの人たちが引用してきた。しかし、このたび新しい資料が出てきたことで、筆者は前者、即ち末松謙澄による推薦説をとりたい。ただ、この新資料はいま一つ決定的なものとなっていない。森鷗外と学軒とが出会ったのは、同郷の謙澄の仲介だったということを、無理にこじつけるつもりはないが、少し学軒と謙澄の関係を見ていきたい。

この学軒の時期のことで筆者が混乱したのは、『学軒詩集』の「吉田学軒先生略年譜」の大正七年九月十二日付で「依願免本官、全日在官六年以上ニ付、月俸三箇ヶ月分下賜」とあるため、この九月に奈良女子高等師範学校を退職したものと考えた。だが、略年譜の性格上、詳細に書けなかったこともあるだろうが、当時の鷹揚な役所の処理もあるので、簡単に誤りであるとは言えない。ただ今回、奈良女子大学や豊浦高等学校の資料をつきあわせてみて、正確でないことが判明した。すなわち、学軒は大正七年四月から同八年三月の頃までは、東京で病気療養中であった。その間に三度にわたって鷗外を訪問したのである。

この頃、末松謙澄は晩年の大著『防長回天史』の初版本を刊行し、その後、『修訂 防長回天史』（大正十年三月）の緒言を書いたが、刊行までを見ることなく、大正九年十月五日に逝去した。

末松謙澄と吉田学軒の絆

謙澄と学軒は同郷で、かつ同じ村上仏山の私塾「水哉園」に学んでいる。末松家と吉田家は近くの大庄屋、庄屋を務めた同じ農村の指導者仲間の家柄である。二人の父親たちの交流もあり、師の仏山もたびたび両家を訪ねている。ただ、謙澄が安政二年（一八五五）八月二十日に、学軒が慶応二年（一八六六）一月二十二日に生まれ、十一歳の年齢差があった。現代と違い、当時としては大きな年齢差を感じていたであろう。学軒から見れば尊敬する兄貴のような先輩であり、謙澄にとっては優秀で少しわがままであるが、かわいい弟のような存在であったであろう。

しかも、学軒の十歳上の兄・健作（水哉園出身で、近代製麻業の創始者）と謙澄は、進んだ道は異なったが共に同じく官界に入り、同じ年にヨーロッパに留学して親しくしていたことなどから、学軒は謙澄を敬服していた。

略年譜にもあるように、学軒は謙澄の紹介で明治二十九年八月、「公爵毛利家歴史編纂所の嘱託」に採用されている。官界に入り、御料局に勤務するようになったのも、末松謙澄の推薦によるものであった。

これよりさかのぼること四年余りの明治二十五年二月に、兄・健作が近代製麻業に尽力している最中、四十一歳の若さで逝去した。この折に、謙澄は後始末のために奔走して会社、官界などと交渉をしたり、その後の一族の面倒をみたりしている。この時、弟の学軒とは頻繁に会い、明治三十年八月、琵琶湖畔の三井寺山内御幸山に健作の顕彰碑が建立された。このようなことから学軒はますます謙澄に敬意を払うようになったようだ。

また謙澄は、『日本製麻史』（高谷光雄著、一九〇七年）の中で、学軒が得意な長詩で兄を偲んで詠っているのを見て、学軒の漢学、漢詩創作の実力を改めて知ったのではなかろうか。また、同書では「同伴の実弟増蔵氏は末松男が家兄の為に此挙あるを感泣し、家兄亦以て瞑すべし、となし『小峴山行』と題せる一篇の長詩を作れり、其記事顚末は故氏（注：健作）の生涯乃ち斯業の歴史とも見るべきものなるを以て左に之を収め録することとせり」と述べている。それは学軒が兄健作を偲び、得意の三三四〇言の長詩に、序文を添え、「小峴山行」と題して詠ったものである（『学軒詩集』、『日本製麻史』）。小野湖山はこの詩に対し、「古人の詩集でも百韻の詩を載せたものは少なく、先ずその規模の大きさに驚く……才気は壮であり、全体に至情にあふれている」などと評している。学軒が長詩を得意とするところは、師の仏山と似ていると言える。

さて、謙澄が大著『防長回天史』の全篇脱稿を終えて、大正九年十月五日、行年六十五歳で逝去した折、学軒は恩誼ある謙澄を偲び、「追輓　青萍末博士。二十三首」と題し、七言絶句の二十三首に謙澄の漢文の事蹟を加えたものを作っている。紙幅の関係で後半の漢詩一首と漢文の事蹟文を記す。

同門先輩辱従遊　昔日青年今白頭
枢密院中双顧問　図書寮裏一編修
遡洄久阻蒹葭水　揺落忽遭楊柳秋
剰有黄公酒壚在　西風不忍過中州

(君与安広枢相及余、学同其門、一日招飲安広先輩及余於中洲枕流館、僂指既歴二十余年矣)

これだけでも学軒は並の才能の持ち主でないことがわかる。詩人としての謙澄に対する最高の贈りものと言えよう。

鷗外のもとでの学軒の業績とその後の研究

学軒は雑誌『明星』の「森林太郎哀慕篇」に、与謝野寛に宛てた書簡のかたちで、鷗外のもとの思い出を記している。

華翰拝読仕り候。ご来論に従ひ鷗外先生に対する感想を一二を申し上ぐべく候。

小生（注：学軒）の先生（注：鷗外）を識りしは大正七年の冬にて、先生に親炙せる時期極めて短かりしも九年十月図書寮に奉職してより、毎週火木土の三日は午餐の卓を共にせし先生の緒論を聞くを得たるのみならず、下僚として時々調査物などを申し付けられ、意見を交ふる事もあり、殊に先生の易簀の二十日前より委嘱せられしことありて、先生の邸中に起臥せる関係もあり、旁々先生晩年に於ける思想の一班を窺ふことを得申し候。（中略）先生は此く棭斎を崇拝せられると同時に、力を考証の学に注ぎ、棭斎に和名類聚抄の箋註あるに刺撃され考証的著述を物せんとせられ、大正七年命を図書頭に拝するや未だ幾ならずして帝諡考の撰述に従事せられ、旁捜博引、考拠精塙、往々前人未発の見あり、其の脱稿するや直ちに中外元号の撰述に着手せられたるも、其功の半にして歿せられたるは実に学界の一大痛恨事なりと存じ候。

先生は説文学が考証学に闕くべからざるものなるを察し、数年前より説文の研究をも始められたり。先生の頭脳の非凡なり、精力の絶倫なる天若し仮する十年の歳月を以てせば、独り元号考の撰述を了るのみならず、此の方面に更に一大述作を見るに至るべきは信じて疑はざる所に御座候。
（『明星』第二巻第四号〈森鷗外先生第二記念号〉、一九二二年九月）

鷗外は学軒の学識を信頼して調査を手伝わせ、自身の寿命を考えて最後の仕事に全力を打ち込んでいたものと想像される。

鷗外の『帝謚考《ていしこう》』、『元号考』の著述を手伝う

この二著書は『鷗外全集』第二十巻（岩波書店、一九七三年）に収録。その後記に、与謝野寛が『元号考』と吉田増蔵の関係について書いている。「（元号を）茲に採録したのは、先生の遺嘱と我々の懇請とに由り、図書寮の吉田増蔵先生が非常なる努力を以て未成の三分を補修せられたものである。されば先生（鷗外）と吉田先生との共撰と称すべきものであるが、謙遜なる吉田先生は之を肯《がえん》ぜられない……」と記している。

与謝野寛は若い頃に漢学を勉強していたが、晩年にいたって再び漢文、漢詩創作に熱心になり、学軒に習っていた。鷗外と共に歌会にも出ており、さらに学軒の研究していた説文にも興味を抱き、教えを受けていたという。そのようなことから、晩年の鷗外や学軒について身近で見ている。

《学軒の晩年の学問的業績》

『為山篇』吉田増蔵著（古稀の祝いとして一九三五年四月、開明堂より刊行）

『為山篇とその訓読』（『為山篇』にかつての愛弟子の池田英雄・西部文雄両氏が訓読と解説を加えたもの）

『篆隷弁疑歌』学軒・吉田増蔵著

『篆隷弁疑歌とその解釈』（『篆隷弁疑歌』に池田英雄氏が解説と「吉田増蔵先生の説文学に思う」を加えたもの。一九八七年、私家版）

「書原撰述所」設立（一九三三年）、中国古代文字の字源の解明にあたる。

池田英雄氏は「吉田学軒の学風と書原撰述」の中で「先生は後漢の許慎の著『説文解字』の誤謬を訂したが、自らはこのことを『余は凡そ六百余字の字原の発見を了せり』と記せられ」、「現存の全遺稿の量は想像を絶する膨大なもので……恐らく十万枚に程近い」という。そして「ただ惜しまれてならないのは、全編未整理、未刊のままである」と記す。さらに池田氏は「書原撰述所開設当時の学軒」、「〈男・女〉の字原の発見と、その解釈」、「学軒の説文研究理念」、「わかり易い新説字源」などの項を設けてかなり詳しく説明している。

学軒と「昭和」の元号

今日、新資料がたくさん出てきて、学軒が「昭和」の元号を考案したというのは確かであることが証明された。その一つが『昭和天皇実録 第四』(東京書籍、二〇一五年)である。

この著書中で大正十五年十二月二十五日、次のような詔書と官報とが公表された。

「……大正十五年十二月二十五日以後ヲ昭和ト為ス」とし、元号の典拠として『尚書』であることも記している。さらに吉田増蔵に元号勘進《かんしん》を内命したことを次のように書いている。

「これより先、大行天皇の御不予大漸に渡らせられる中、宮内大臣一木喜徳郎は、万一不可諱《ふかき》に遭遇した場合に備え、宮内省においても元号建定の準備を整え、万《ばん》遺漏無きを期すべしと考え、図書寮編修官吉田増蔵に、左の五項の範囲内において、慎重に元号を勘進すべきことを内命した」

五項を要約すれば、次のようなことであった。

①日本、外国の年号・地名・人名などと重複しないもの。

②国家の一大理想を表徴するもの。

③古典を出典とし、字面は雅馴《がじゅん》で、その意義は深長なもの。

④呼称上、音調階和なすもの。
⑤字画が簡明平易なもの。

さらに同書には、

「吉田は、一木宮相の意を体し、広く経史子集を渉猟し、まず三十余の元号を選出して、五項中の第一項に抵触せざるるや否やを多くの典籍に就いて精査推覈《すいかく》し、かつその他四項の条件を満たすものとして、『神化』『元化』『昭和』『神和』『同和』『継明』『順明』『明保』『寛安』『元安』を撰び勘進第一案を作成した。一木宮相は第一案について吉田に綿密に諮問し、なお周到なる注意をもって研究し、半数を選択することを命じた。よって吉田は勘進第二案として『昭和』『神和』『神化』『元化』『同和』を選び、これについて一木宮相さらに慎重に考査を行い、第一『昭和』、第二『神化』第三『元化』の三元号案を選定して、吉田に勘進第三案の作成を命じた。かくて作成された勘進第三案について、一木宮相は内大臣牧野伸顕、公爵西園寺公望の意見を求め、その賛同を得た上で、内閣総理大臣若槻礼次郎に移牒した。

一方、若槻首相においても万一に備え、内閣官房総務課事務嘱託国府種徳に内意を授け、元号の勘進を命じていた。国府は『立成』『定業』『光文』『章明』『協中』の五案を選び勘進案を作成、内閣書記官長塚本清治を経て若槻首相に提出した。ここにおいて若槻首相は、一木宮相より移牒された勘進案と内閣の勘進案に基づいて、一木宮相と綿密な商議を行い、かつ塚本書記官長に慎重なる精査を命じた。その結果、諸案の中より『昭和』を撰定し、参考として『元化』『同和』の二案（筆者注：全て学軒の考案したもの）を添付することとなり、また元号建定の詔書案は、吉田編修官に起草を委嘱しその案を詳密に精査した上で決定した」と記している。

猪瀬直樹氏の『天皇の影法師』では「国府に対する元号勘進はダミー」だというのも理解できよう。これこそ新資料の公開によって、今までよくわからなかったことが解明された好例である。

学軒の新資料として財団法人無窮会の専門図書館に所蔵されていたことがわかったものがあった。それは平成二年六月十八日の「産経新聞」第一面に「元号『昭和』の発案者、吉田増蔵氏の遺稿見つかる」、「天皇陛下のお名前『明仁』、誕生四年前に考案」、「宮号や勅語草案膨大な考察資料」などという見出しで大きく報じられた。学軒・吉田増蔵の名は忘れられつつあったが、にわかにその名がクローズアップされた。「産経新聞」は以後五回にわたって詳細に資料や学軒の人物を紹介した。

この学軒の膨大な資料が発見されたことについて、法制史学者の所功氏は「この吉田増蔵文書の出現によって、一つには吉田氏が昭和年号の考案者だけでなく、その前後十数年間の詔勅類から皇子皇女の宮号御名字まで精魂こめて原案を起草していた事績の全容が判明し、もう一つは時の宮中内閣関係者がひたすら勅旨をより的確に表現すべく、草案の修訂に何度も真剣な検討を重ねていた努力の過程が克明にわかる。その史料的価値は極めて大きい。なお、生前これを一切口外されなかった吉田氏と、膨大な資料を戦災等から守りぬいた無窮会に敬意を表したい」（「産経新聞」一九九〇年六月十八日）と述べている。

ただ、「産経新聞」の記事の中で、学軒が宮内省図書頭の森鷗外のもとで働くようになった契機について、学軒の奈良女子高等師範学校の教授時代、即ち大正六年頃としている。その根拠として元京都国立博物館長であった神田喜一郎の著書『墨林閒話』（岩波書店、一九七七年）にこう書いているからだという。「……晩年の鷗外が見付け出した漢学者に吉田学軒（増蔵）がある。奈良の女子高等師範学校で漢文を教えていたのを、大正六年、鷗外が帝室博物館総長になり、毎年正倉院のことで奈良に一個月ほど出張するところから、いつの間にかその学績を見抜いて、当時鷗外が兼任していた宮内省の図書寮に招いたのである」と。この神田説が後々まで信じられたようだ。

図書寮編修官の学軒が「昭和」の元号を考案したという根拠を、最もよく示す資料は、学軒の五女・挟間むつみさんが所蔵しているものである。元号「昭和」とその出典とを書きあげた、ほとんど清書に近いメモである。東京の無窮會には元号に関する文書が少ないので、実に貴重である。

次いで学軒と「昭和」の元号についてより具体的な資料を提示してくれたのは、猪瀬直樹氏の『天皇の影法師』である。中でも「元号に賭ける――鷗外の執着と増蔵」の項は多くの資料を調査して、よくまとめてある。当時、『昭和大礼記録』の原本は容易に見ることができなかったため、国立公文書館専門委員石渡隆之氏の論文「公的記録上の『昭和』」によって学軒と「昭和」の関係を詳細に綴っている（今日では『昭和天皇実録』によって知ることができる）。

猪瀬氏はこの著書で、「鷗外が吉田（筆者注：学軒）に託した事とは未完の『元号考』を完成させることだったとみて間違いない。吉田はさすがに鷗外でないから総括的な意味を記す『帝謚考』の上篇にあたる部分は書くことはできなかったのだ。しかし果たしてそれだけだろうか。吉田に託した最も肝腎なこと、それは次代の元号を選定することではなかったか」、「大正の次にくる元号は完全無欠である必要があった」と記し、学軒の業績を高く評価している。

結び

かつて学軒のもとで働き、学んだ池田英雄氏は、学軒を評して「人と為《な》り質直にして強毅《きょうき》、議合はざること有れば、大臣・宰相と雖も堅く執りて屈せず」（「学軒君の碑」原文は漢文）、「天賦の詩文の才に恵まれ、終生詩文で鳴つた。……学成るに及んでは数百韻に及ぶ長編の排律をよくせられた。為に世人は先生を称して対句王と呼んだ」と述べている（『東洋文化』復刊六十号）。

『山口県立豊浦高等学校百年史 近代』に収録の同僚教師の回顧談には、「あのころ、職員室でなにか話題があがると、先生もよく発言されたが、なにしろ声がよくとおる雄弁家のうえに、話のスケールが大きいので、私も初めは『ホラ吹き』くらいに思っていました。ところが、日が経つにつれ『ホラ吹き』どころか、こちらが無学だった、ということが分かって来ました。吉田先生の学識はどこまでも奥行きがあるのか、今でも全く見当がつきませんよ」と述べている。

西部文雄・池田英雄両氏は学軒の業績について次のように記している。「先生の生涯には㈠ご詔勅の起草など宮内省関係のご公務、㈡家に在っての詩文の創作、㈢文字学の研究、とこの全く性格の異なる三分野を一手にマスターされ、多大なる成果を後世に残されている。仲々余人の追随しがたい所である」（『東洋文化』復刊九十四号）と。

吉田学軒は末松謙澄、吉田健作、安広伴一郎とともに水哉園の四天王の一人に挙げられるが、詩人・学者としての面を見れば、最もよく師・村上仏山に似ていたと言える。

【参考文献】

友石孝之執筆「吉田学軒小伝」（『美夜古文化』第十二号、一九五七年）
今村元市執筆「学軒　吉田増蔵小伝」（『西日本文化』一九九二年、後に『北九州文芸　あれこれ』二〇〇八年）
猪瀬直樹著『天皇の影法師』（初版は朝日新聞社、一九八三年。参考にしたのは二〇〇二年の小学館版）
『豊浦高等学校沿革史』（同校沿革史編纂委員会、一九六四年）、『山口県立豊浦高等学校百年史　近代』（二〇〇二年）に、諸井耕二の「漢学者・吉田増蔵先生」を収録。
城戸淳一著『京築の文学風土』海鳥社、二〇〇三年
村岡功執筆「学軒吉田増蔵の事蹟」（『森鷗外』八十三号、二〇一五年）
吉田学軒著、国広寿編『学軒詩集』無窮会、二〇〇四年
辻幸春執筆「吉田学軒」（『勝山町史　下巻』勝山町史編纂委員会、二〇〇六年
伊東尾四郎編『福岡県資料　第四輯』名著出版、一九七一年
苦木虎雄著『鷗外研究年表』鷗出版、二〇〇六年
森林太郎著『鷗外全集』岩波書店
宮内庁編『昭和天皇実録』十八巻、索引一巻、東京書籍、二〇一五年
松本清張著『両像・森鷗外』文藝春秋、一九九四年
学軒の家系図（吉田朝生所蔵）などの諸資料

行橋地方の近代教育の特色

城下町の移転

幕末・明治はわが国にとって大波乱の時代であり、小倉藩においても混乱をもたらしたが、一方で、その後の行橋地方の教育の近代化に僥倖《ぎょうこう》をもたらした。それは慶応二年（一八六六）八月の長州戦争により小倉城が落城し、初めは田川郡の香春から仲津郡の豊津へと藩庁を移し、藩士とその家族一万数千人が周辺の民家に居住したことから始まる。

小倉藩（のちに香春藩→豊津藩→小倉県→福岡県と変遷）は長州戦争ののち、小倉城のある企救郡を失ったが、戦後の藩の立て直しは教育にあると考え、いち早く藩校を寺院、豪農宅、神社などを借り、支館、分校を設けて、藩士の教育に着手した。

明治二年（一八六九）一月、豊津の錦原《にしきばる》（現みやこ町）に藩庁の建設を始め、十二月、藩名を香春藩から豊津藩に変え、豊津の地に城下ができた。しかし、以前のような城や町をつくる財政的な余裕はなく、藩士とその家族の多くは、周辺の農村に分散して住んだ。そうした中で藩校「育徳館」が創立され、藩士の教育が本格的に始まった。

同三年十二月、藩は行橋市内にも育徳館の分校の大橋洋学校を設立し、外国人教師を招き、洋学を教授した（実際にオランダ人教師が赴任したのは翌四年九月）。学問をする藩士たちが農村の人々に少なからず影響を及ぼしていく。

育徳学校（旧藩校）に小学授業法伝習所を併設

明治五年、明治政府の布告した「学制」の実施のもとで近代教育を進めるには教員の養成が急務であった。そこで県は、旧藩校育徳学校に小学授業法伝習所（のちの小学教員養成所、小学師範科）を併設した。この小学授業法伝習所は一時、小倉にあったが、間もなく豊津に移された。豊津には旧藩校があって、設備、教員などがそろっていたためかもしれない。この小学教員養成所は明治十二年九月まで存続（開設以来四カ年間）し、当初の就学期間は二カ月だったが、のち一カ年となったという。いかに教員の養成が急がれたかがわかろう。

黒門（藩校育徳館時代の校門）

入学者の大半は家庭教育、藩校などで基礎学力を身につけた士族出身者で占められ、そのほ僅かに私塾の出身者であった。卒業生は、近辺の農村の小学校に教員として赴任し、レベルの高い教育をした。中には、のちに旧制中学校の教官クラスの人も一時、小学校教員になっている。伝習所の周辺の小学校で在校生の教育実習が行われた。

また、既に教員になっている者の講習会なども開かれ、行橋を含む周辺の村々の近代の初等教育の普及に貢献した。古賀武夫の研究によれば、数百人に及ぶ卒業生を出すとともに、現職教師の再教育のための講習会を開いて、千名に及ぶ教師を明治初期の豊前地区初等教育界に送り出したという。

レベルの高い士族出身の教員たち

『龍吟成夢』を著した松井斌二《ひんじ》（下級武士の出身）の経歴を見ると、明治六年、小学校助教補となったが、明治八年に先述の小学授業法伝習所を卒業し、現在の行橋市内、郡内の小学校の訓導として勤め、明治二十年、小学五等訓導として退職している。また、漢詩人で豊津中学校の教員として著名な緒方達太郎（清渓）は若い頃、明治八年一月に小倉の小学授業法伝習所、明治十年に師範学科をそれぞれ卒業し、大橋小学校十等訓導になっている。

旧制豊津中学校で校長を務めた中村亀蔵の著書によれば、明治四十年頃であるが、行事《ぎょうじ》高等小学校の教員はみな士族出身者だったという。堺利彦は明治九年四月、裁錦《さいきん》小学校（明治五年創立、小学教員の教育実習校）に入学し、同十五年に卒業したが、この小学授業法伝習所を卒業した教師に教わったようだ。

幕末の動乱によって多くの小倉藩士がこの京築地方に移住し、旧藩校に併設された小学授業法伝習所、小学師範科などができ、さらに多数の士族出身者による質の高い教育がなされたのである。これらは士族授産の一環としての教育授産と捉えることができよう。

村上仏山の私塾・水哉園の教育

村上仏山《ぶつざん》が江戸時代末期から明治時代にかけて豊前国で開いた私塾「水哉園《すいさいえん》」（天保六年〔一八三五〕の開塾）はよく知られている。入門者総数は通学生を入れると三千名に達した。現在、水哉園の跡は史跡となって、入門姓名録、日記、書簡、詩集なども県文化財として保存されている。

村上仏山は文化七年（一八一〇）、旧豊前国京都郡久保手永《てなが》上稗田村（現・行橋市大字上稗田）に生まれた。家は庄屋、大庄屋などを代々務め、農村の指導的立場にあったが、連歌、漢詩を詠っていた。仏山は幼い頃から四書五経を習い、文政七年（一八二四）、兄・義暁、従兄の平石湯山と共に、筑前秋月の漢学者・原古処《こしょ》の「古処山堂」に入門した。だが、一年余を経て古処が亡くなり帰郷。その後、藤本平山と親しく詩を交わしていたが、近くに療養のために来ていた古処の長子・白圭《はっけい》、時々訪れていた長女の采蘋《さいひん》にも学ぶことができた。

天保元年（一八三〇）、二十一歳の時、京都に上り、半年余、貫名海屋《ぬきなかいおく》（菘翁《すうおう》）の門に入り、漢学を学ぶ。その時、池内陶所（大学）なども知った。天保五年、肥前の草場佩川《はいせん》に会い、教えを受けた。西鼓岳《こがく》にも会って、大いに刺激を受ける。またこの年、芸州に遊び、頼杏坪《らいきょうへい》、坂井虎山《こざん》らも知った。

天保六年、二十六歳の時、母などの勧めもあって「水哉園」を上稗田の地に開く。この塾の名は『孟子』の中の「水哉水哉……」から引用したもので、「水の流れに源があるように、学問も根本が大切である」ことから命名したという。初めは近所の縁者が入門したが、仏山の評判を聞きつけて、次第に遠方からの入門者が多くなっていく。開塾五年後には、毎年二十名前後の入門者があって、私塾経営も軌道に乗ったようである。

教科書は入門者の学力に応じて、四書五経、『資治通鑑《しじつがん》』、『日本外史』などの歴史書、『唐詩選』などが日記などに散見されるが、どの級で、どのように使用していたかはわからない。

「晩翠塾」を開いた友石惕堂《てきどう》は水哉園に四年程在塾し、水哉園、咸宜園の教育法を取り入れたと言われているので、参考までに使用教科書を挙げてみる。初級の者には『日本略史』、『日本外史』、『大学』、『論語』、『孟子』などの素読。中級の者には『日本外史』、『十八史略』、『希臘羅馬史』、『大学』、『論語』、『孟子』。上級の者には『中庸』、『小学』、『詩経』、『春秋左氏伝』、『文章軌範』、『唐宋八家文』などの素読、講義。なお、他には輪読、会読、詩文課題などが行われたという。

最近、筆者が発見した水哉園の「席序」評（成績表）は、全九段階に分けていることがわかった。大きく上等・中等・下級とし、さらにそれらを上・中・下の三段階に分けている。さらに最上級は都講（塾主代講）となっている。

仏山は嘉永五年（一八五二）、四十三歳の時、『仏山堂詩鈔初編』（三巻）を出版し、さらにその後、「二編」、「三編」（各三巻）も刊行して評判になり、全国的に知られるようになった。この初編の詩集には、池内陶所（大学）の教示と懇切な世話、義弟・安広仙杖の奔走により、多くの著名な漢学者、詩人の序、題辞、跋文などの讃辞が寄せられた。広瀬淡窓、篠崎小竹、草場佩川、貫名海屋、梁川星巌、梅辻春樵、広瀬旭荘、後藤機（松陰）、池内陶所など。評者には先にあげたほかに、西鼓岳など一流の詩人たちの名が見える。この詩集は多くの人たちの評判となり、咸宜園の教科書にも使われた。

入門者も遠く越前、播州、長門などからも多くやって来た。また、私塾の評価は塾主の人物評が大きく左右していた中にあって、仏山の水哉園の教育は高く評価された。その後、『文政十七家絶句』、『天保三十六家絶句』などの詞華集に仏山詩が収録されて、その名が広く知られた。

水哉園の教育は、忠孝、礼節を重んじ、詩作を通じて心を純化させる人間教育であった。仏山は、ただの教育者、漢詩人のみならず尊皇至情の持ち主で、神社・寺院・祖考への参詣を欠かさず、親孝行を尽くし、郷土の人たちへの奉仕などを行った。塾主たる仏山が自ら実践して見せたのである。ここで具体的に述べる紙幅がないのでほかの機会に譲るが、残された『仏山堂日記』、『仏山堂詩鈔』、書簡類などでそれを知ることができる。

仏山は若い時、京都、長門、博多に出かけたが、元来病弱のため、郷里の上稗田の農村を出ることはほとんどなかった。郷里の山、神社、仏閣の散策を楽しみ、水哉園での教育と詩作に生涯をささげたと言ってよい。そのため「農儒」と称されている。他国に出ての立身出世は眼中になかった。それを表す「鯉魚図」（『仏山堂詩鈔　初編』）と題する詩がある。

不㆓化為㆒㆑龍何足㆑嗟
江湖畢竟是吾家
駆㆑雷行㆑雨徒辛苦
寧若晴潭吹㆓落花㆒

化して龍と為らざるも何ぞ嗟するに足らんや
江湖畢竟是れ吾家
雷を駆り雨を行《や》る徒に辛苦
寧若《なんぞし》かん晴潭落花を吹くに

他国からも水哉園を訪れるようになる。その中に会津藩の漢学者・南摩羽峰《なんまうほう》（昌平黌の出身、明治時代になって東京大学教授などを歴任）が安政四年（一八五七）三月に二泊しており、その時の思い出を記している。

『仏山堂詩鈔』と『仏山堂遺稿』

「余嘗訪二仙山翁一、信二宿其家一、酒詩談笑温淳古撲至誠動レ人、臨レ別翁送レ余里余、余賦二一絶一、叙レ別、音容猶在レ目、而幽明異レ途今読二此篇一、黯然沾レ襟矣」（『仙山堂遺稿』）

短い文章の中に、仙山の人物像をよく表している。仙山は「温淳古撲」にして「その至誠が人を動か」し、別れに臨み、互いに詩を賦して、一里余りも見送って行ったというのである。南摩はその仙山の逝去（明治十二年九月二十七日）を聞き、「黯然《あんぜん》（別れを悲しみ）」として涙で襟を濡らしたという。

仙山の親孝行ぶりはよく知られている。漢学者・緒方清渓は「事二母氏一純孝」と評した。それを表す仙山の「母を奉ず」と題する詩がある。

奉レ母訪レ花去　春山恰新晴
母持杖三尺　児携酒一瓶
母歩児亦歩　母停児亦停
母曰彼有レ雲　児曰是花英
（以下略す）

村上仏山の「水哉園」は、末松謙澄（内務大臣、詩人、歴史家）、吉田健作（近代製麻業の創設者）、吉田学軒（漢学者）、杉山貞（教育家）、毛里保太郎（門司新報社社長）、安広伴一郎（南満洲鉄道総裁）、守田蓑洲《さしゅう》（政治家、詩人）などすぐれた人材を輩出した。

明治時代に入り、新しい学制のもとに小学校ができると、水哉園と藩校育徳館の出身者が多く教員になり、レベルの高い近代教育を支えていった。

例えば、水哉園出身の片山豊盛《とよしげ》は、発足したばかりの小学校の訓導・校長として郷土の子弟の教育に尽力。その後、行橋町長も務め郷土の発展に寄与した。安広仙杖は師・仏山の『仏山堂詩鈔』の刊行に貢献し、水哉園では塾長として有能な人材を育てた。また旧筑前国各地で塾を開き、熱心に教育をして「学徒来りて門に充つ」（『遠賀郡誌』）ほどであったという。

幕末の漢詩人たちの歴遊　広瀬旭荘の書簡と『仏山堂日記』を中心に

はじめに

昔から、目的は異なっても多くの人たちが旅をして、その記録をとどめている。中でも、近世になって文人たちのものが多く読まれてきた。よく知られている松尾芭蕉の『奥の細道』などがそれである。人生は旅である。旅は学問の教場であり、人生の道場であるとも言われている。

ところで、秋月出身の原采蘋が生涯各地を歴遊して、ついに萩の地で客死し、その間に『東遊記』を残しているが、旅そのものの具体的な描写などは少ない。殊に女性の身であるがゆえに、旅の道中には困難なことがたくさんあったであろうが、そんな記述はない。しかも采蘋は父古処の詩集の上梓を果たそうというのも旅の目的であったが、不幸にも客死した時の所持金は十四両と国札十四目だったという。こんなことから、私は幕末の漢詩人たちの歴遊に関心を抱き、特に文人の潤筆料《じゅんぴつ》（揮毫料）について調べてきた。だが、文人の多くの紀行文、旅日記などにはほとんど出てこない。

ところが、この潤筆料について詳しく記したものが出てきた。広瀬旭荘の書簡（『広瀬淡窓資料集 書簡集成〈大分県先哲叢書〉』）である。旭荘は幕末の漢詩人・学者である。これは師であり兄である淡窓に宛てたものであるが、稀有な書簡である。形は書簡（原文は漢文）になっているが、内容は一種の紀行文、旅行記とみなしてもよいだろう。すぐれた風景描写と、当時の地方の知識人たちが温かく歓迎し、もてなす様子、当時の漢詩人の歴遊の様子が詳細に描かれている。しかも潤筆料などの具体的な金額などの記載は珍しく、他の旅行記、紀行文などにはない貴重なものである。

この書簡（原文は漢文）を少し長くなるが、できるだけ略さずに紹介しながら論を進めたい。

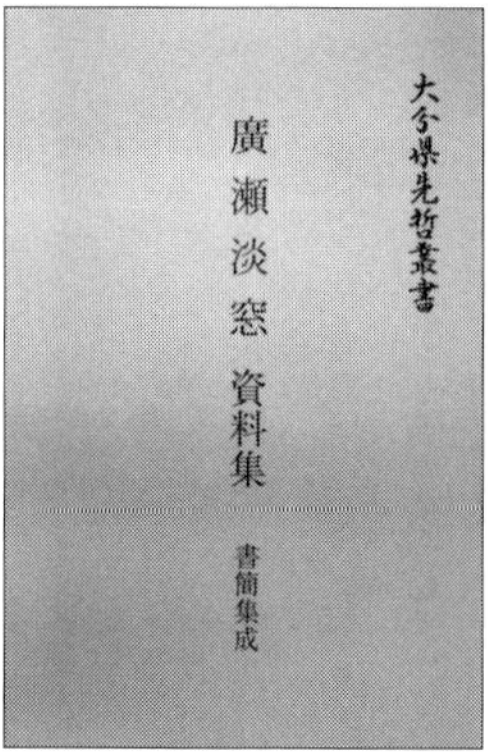

『広瀬淡窓資料集 書簡集成〈大分県先哲叢書〉』（扉）

広瀬旭荘の書簡

旭荘は安政元年（一八五四）八月に山陰道の美作・伯耆・出雲に遊んだという。

播磨の国から出発

「別啓。遊歴の大略。姫路より西北ニ折。嘴崎《はしさき》、咄《ほつ》佐用等之地を過る。播州ハ毎三四里、大河有。舟之通するもの、凡七ツ。源ハ丹波、因幡等より出。香魚名物也。日田之産よりハ一割小ニ、百匁《もんめ》（注：匁は一両の六十分の一）位之由」

播州の川の数、その源などの地誌をよく聞き調べている。また、播磨の香魚（アユ）は旭荘の故郷の日田のものと比較してより小さいというところは、わかりやすく、読む者に興味をも持たせる。

美作の国・津山

「播磨四日程ニして津山ニ入ル。全国無レ海、諸山高峻。大河有二条。舟ニ而《て》備前、岡山ニ通ず。城下四千戸許。人至而淳朴。八月三日より十九日迄滞留。士人三人、商人壱人入門。此内内藤熊蔵と云人、年二十代ナレトモ、才徳兼たる人にて、一藩所帰伏。右之人と北山冬松と云名医両人之世話ニ而、彼地儒官抔《など》より招待。中秋を賞し、又山遊。潤筆料三十六両余」

播磨国から美作国の津山に入る。ここは海が全くなく、どの山も「高峻」である。大きな河が二本流れている。舟で岡山に行くことができる。土地の特色をよくつかんでいる。土地の者から聞いたのであろうか、城下の戸数を記し、人情は至って淳朴であるといい、十七日間、滞留している。よほど居心地がよかったのであろう。若い内藤熊蔵という人物は才徳兼備で、藩内の者は帰伏している。他に北山冬松という名医などの世話で中秋を賞し、名所を巡った。潤筆料三十六両余を得たという。

この金額は相当なもので、当地に裕福な知識人がかなりいたのであろうが、旭荘の知名度と実力が知られていたに違いない。ここで士人（学問修養を積んだりっぱな人）、商人など四人が旭荘の塾に入門したことでもわかる。

当時の一両を現在の貨幣価値に換算するのは難しいが、『図説　咸宜園』（日田市教育委員会、二〇一七年）によって、一両をおよそ十五万円とすれば、三十六両は五四〇万円になる。相当な金額である。

加茂の地形を故郷の耶馬渓、津江と比較

「津山より加茂と云山中ニ入。二日滞留。山水ハ粗《ほぼ》耶馬渓と相似。水ハ三倍も大ニ、山も高し。夫れより作州之奥津と云処ニ出候。夜中多く之人足を雇。馬駕ハ勿論不通処。殆百八十丁程之検《(ママ)》。傘杉と中坂を越へ候。満山楓樹、何万と云数を不知処之地を経たり。夜半ニ奥津ニ着し候。此処有温泉。三戸之村ニ而、津江よりも陋《ろう》也」

美作国の加茂に至る。ここは中国山脈の険阻な所である。故郷の耶馬渓と比較して水は三倍

も多く山も高いとか、奥津という所は三戸の村で津江よりも狭い、という。これは誰でも知っている故郷の例をとって説明するのがわかりやすい。巧みな表現である。

伯州（伯耆の国）の人形峠から倉吉

「奥津より渓流ニ傍て山中ニ入ル。其奇絶難言。人形山と云。世ニ伯州路第一之険と云処を経たり。併昨夜之地ニ比すれハ、頗る易し。人形山より伯州となる。此山、津山より西北。一歩一歩より高く、既ニ二日程を経たる故、余程高く、下り坂ニ至りてハ、急ニ下るもの弐里許。左右之山誠ニ高山ニ而直立。弐十丁余も有べし。油阜、彦山抔《など》よりハ、彼上ニ今半分も加へたるものにて富士之外未見もの、弐三十も列したり。是山陰山陽之別界也。夫より、一歩一歩より下る。十里程ニして、伯州倉吉と云ふ地ニ出、始て平地を得たり。此処逆旅之主人引き合せを以、牧田仁右衛門、山形兵三郎抔云人より大家留候て、四日間、滞留。潤筆料六両余。倉吉より二三里、逢坂始めて北海上ニ出る。壱岐嶋を見る。海無潮汐。海岸田畑ニ而奇なる風景多し」

やがて伯州に出る山中に入っていく。その奇絶はことばで言い表せないほどだという。人形峠は伯州第一の険であって、越えるのに困難を極めた。左右に見える山は高く、急峻な山々が続く。故郷の英彦山の高さの半分位を加えたほどの山で、富士山以外で見たこともないなどと、兄淡窓にわかりやすく伝えようとしている。簡略にして具体的に説明しているのはさすがである。

宿の主人の紹介で牧田、山形という有力者の家に宿泊すること四日間。潤筆料として六両余を得た。先の資料『図説 咸宜園』によると、現在の貨幣価値に換算して九十万円余を受け取る。旭荘にとって海岸の田畑は珍しい風景であった。

旭荘は安政二年（一八五五。四十八歳）の頃の記録に、自身の門下生は千人に近いと言われている。門下生の中で著名な者に、坪井信良《しんりょう》、柴秋邨《しゅうそん》、松林飯山、藤井藍田、亀谷省軒《せいけん》、長三洲などがいる。この山陰道の歴遊の際には、かなり門下生の家にも立ち寄っているようだ。

倉吉より逢坂

「倉吉より八里、逢坂と言ふ地有り。此地ニ横井富三郎と言ふ聞人あり。大百姓ニて、牛馬数十頭あり。九月三日より十七日迄滞留。同人案内にて、大山ニ登に、奇観多し。重陽も同人所持之山ニ登る。山数十ヶ所持候由。此人大抵石《こく》安位之身上なるべし。至吝《りん》至誇ヲ以、大山天狗と呼。併し我輩ニハ至而恭謹。鼻を折候。潤筆料二十三両余」

倉吉から八里行った所に逢坂がある。ここに横井富三郎という豪農がおり、普段は吝《けち》で威張っていたが、何かのことで旭荘がその地で天狗になっている「鼻を折」ったので、「我輩ニハ至而恭謹」であったと自慢している。そして、この地には十五日も留まる。潤筆料も二十三両（注：三四五万円余。以下、円単位について現在に換算したものとする）を得ている。まさに大いに歓待されたようだ。この文は書簡であるため、個人の長短所を率直に述べ、潤筆料などの金額を記しているのであろう。これこそまさに「他見無用」のところである。

淀江

「逢坂より西四里。淀江と言ふ一都会あり。其地之医人、吹野通玄と言もの入門し、其地之大家鹿嶋治右衛門、吹野伊平、柄川宗右衛門、湯浅徳右衛門四人入門。四日滞留。此日ニ馳走。先、伯州第一淳厚之地ニ而、全紙一枚壱歩弐朱。以上之礼、二日試筆ニ而、潤筆料十七両余」

伯耆国の淀江という町に行くと、五人が入門したという。無論、旭荘は何人かの紹介で当地にやって来たのであろう。大家の鹿嶋治右衛門、医者の吹野通玄などの歓待を受けて、四日間滞留した。行く先々で歓迎された。旭荘をして「伯州路第一淳厚之地」と言わしめる。「全紙一枚壱歩弐朱（約二万円）」で揮毫し、二日試筆して潤筆料として十七両余（約二五五万円）を得た。著名な文人たちのある程度の潤筆料の相場だったかもしれない。これもまた旭荘先生にとっては大満足の旅であった。

米子

「淀江より西二里。米子」、「城三面、湖ニ臨む。天下之絶景也。此処鹿嶋と言ふ。治右衛門妻之兄ニ而、因伯第一之大家あり」、「新ニ弐十人扶持被下、苗字帯刀御免。依而其事を記文ニ被頼。雨ニ降込られ四日滞留。潤筆金六両余」

やがて米子の城下に入る。水面に映る城の美しさは「天下之絶景」と称賛する。

この地の富豪の家に滞留四日間。その間、富豪の家の来歴などを揮毫したのであろうか、潤筆料として六両余を得たという。

米子・宍道湖の湖畔

「米子より三里、湖中を過候。湖即海也。西湖之風景にも不ㇾ減程之勝地と被思候。大山《だいせん》八、九月半より半身皆雪。此処より臨むに、富（士）山の如し」

宍道湖《しんじ》の岸辺を行く。淡水と海水とが混じりあった汽水湖を「湖即海也」と、宍道湖の特色をよく言い得て、中国の「西湖の景色にも劣らない」絶景であろうというのである。名峰大山は八、九月頃から「半身」が雪に覆われ、ふもとから眺めれば富士山のようだという。

雲州（出雲の国）の安木

「湖之西岸より雲州となる安来と言ふ都会あり。其処、街上ニ而、壱人眼鏡を見て広瀬先生乎と呼て相留。永井屋彦右衛門と相名乗。酒屋に連行、余程之馳走を致したり」

広瀬旭荘一行は、いよいよ出雲国に入り、この地方でも知られていたようで、永井という土地の有力者に声をかけられ、御馳走になった。旭荘先生の得意顔が浮かんできそうである。

雁鶴の大群れ

「安木《（来）》より五里。右ハ始終湖水ニ傍《そ》ふ。雲州ハ九州之筑前之如し。雁鶴之多きハ、十倍せり。生来未曽有之数、百万之鳥群を見し事あり」

宍道湖の岸辺を進んで行き、「九州の筑前」のような所だとたとえ、雁、鶴などの多いのに驚き、今まで見たことのないほどの「百万之鳥群」であったという。

松江

「松江ハ妹尾謙三郎と云儒官旧知ニ而、其世話ニ而、松林寺と言ふ湖上之寺ニ寓し、十月朔日より七日迄滞留。風景ハ、先海内無双と被察候。何分、山陰ハ多雨之地ニ而、倉吉以後三十余日、僅二三日之晴天のミ。余皆風雨也。寸歩もいでがたし。森脇忠兵衛と云大目代［惣年寄之事」世話ニ而、潤筆金凡十両」

妹尾謙三郎という旧知の儒官の世話で、湖上の松林寺に宿泊して十月一日から七日まで、留まった。すばらしい景色を眺めるのみならず、待遇もよかったのであろう。晩秋の山陰地方の気候にも触れ、倉吉以来三十余日の間、晴天の日はわずかに二、三日のみだったという。この地の気候をよく表現している。この地の「弁当を忘れても傘を忘れるな」という言葉を思い出させる。潤筆料も約十両余りを受け取ったという。

宍道村

「十月七日、湖水を渡り、四里にして、西岸宍道《しんじ》と云ふ村あり。此処ニ大坪行蔵と云ふ医あり。其子我門人也。其家に三夕滞留。始而格別之馳走ニ逢へり。其南隣ニ木幡久右衛門と云ふ大家あり。其山荘、無二之幽絶。二日遊べり。久右衛門殊之外馳走いたし、又我門人を聘《へい》して教を受たき由願ひ出る。此人、余米《よまい》四千石とり候由。見渡之山ハ悉く其所持。至而好人物也」

十月七日、宍道湖を渡って西岸の宍道村に至り、医師の大坪行蔵の家に宿泊する。その大坪行蔵の子息が既に旭荘の弟子であったのであろう。

直江

「宍道より三里。直江と云村々、永井元厚と云我旧門生あり。迎ひニ来る。直江ニ赴き候。直江之北ニ勝部と云大家あり。其人之子第一類、雲州ニ充満す。森脇、木幡、皆其親類也。勝部義八郎と言ふ本家之主人、別家吉郎と言ふものと、即日逆旅ニ訪ひ来り。元厚ハ其家出入之者候由。元厚肩を持呉候心にて、義八郎より壱人にて、三日之間ニ、金十両丈之潤筆を送る。勝部ハ湖中之新田を持候家にて、豊凶不常。多き時ハ、余米一万弐千石、少なき時ハ四千石。義八郎格別ニ懇意を結ひ、此後永々交を可継由、申出候」

この地にも永井元厚という旧門人がいて、道中にわざわざ迎えに来る。この地の懇意にしている大家の主人勝部義八郎を紹介してもらい、一人だけで潤筆料十両を贈られる。そして、この義八郎と格別に懇意を結び、この後、永々の交誼を続けてほしいと申し出られた、と記す。よほどこの両人は気心が合ったようである。

平田

「直江より北ニ平田と言ふ都会あり。此地ニ関春和と言ふ旧門生あり。其地第一之流行家也。是も勝部出入り之由。迎ひニ来る。勝部も送りて従へり。右両人之世話ニ而四日之滞留。潤筆金十八両（以下略）」

この平田に旭荘の旧門下生、関春和という人がいて、商売が繁盛して大歓迎する。ここにも直江で世話になった勝部の力が及び、関春和共に世話をしてもらう。その後、潤筆料十八両を得る。また、勝部の助言で当地の医者の渡辺観良、通玄という人が入門した。この地にもかなり旭荘の名が知られていたことが想像できる。

平田の儀満木佐

「平田ニ儀満木佐《ぎまんきさ》と云ふ大家あり」（中略）「馳走せり。其居宅之美、器具之華麗ハ、生来始而見候位。料理向も、山海之珍味を尽せり。只塩之からき事限りなく、御地辺よりも甚し。不審之事と云へり」

儀満木佐という大家に立ち寄り、その家の美しさ、器具類の華麗さに驚かされる。旭荘先生は生まれてこの方、見たことのないものばかりだったという。食事も山海の珍味ばかりのご馳走が出され、厚くもてなされた。ただ、生国の日田とは味つけが違い、「塩之からき事限りなく」、「御地辺よりも甚し」と正直に記している。読んでいて、思わず苦笑させられる。

今市

「平田より西南三里、今市と言ふ都会あり。雲州ハ人家千より千四五百之村落。凡弐三十ヶ所もあり。新田計りも、四十万石位ハ有之由。都《すべ》て之様子、筑前抔よりハ遙ニ勝れり。右今市ニ錦織周泉と云流行医あり。其二弟、皆我門人にて、此節之遊を勧たるもの也。十月二十一日より入込。夫より八丁南ニ塩冶《えんや》と言ふ高貞《たかさだ》之旧地あり。其社人秦主殿ハ、我旧門人。社人にて、地方三百石程収納有之大家也。同人方江も、数日滞留（以下略）」

その後、雲州にはどのくらいの村があるかとか、新田からどのくらいの収穫があるのかなどを、詳細な数字を挙げて調べている。旭荘の調査能力のすばらしさがわかる。この地にも旧門人の錦織周泉などが旭荘の来訪を勧めていたことを記す。新たに入門希望者も次々に出ている。

山本という大家は先の勝部より一層富豪で、豊凶に関係なく一万二〇〇〇石の余米があるという。その有能な養子が入門した。さらに、この家だけで八両程の潤筆料を贈られた。

ところが、この大家の山本家は「所謂人狐と言ふ。雲石之間ニ有之、珍ら敷家筋ニ而、人嫌ひ候。併山本氏之人狐ハ、人ニ付たるためしなしと言ふ。是ハ多金之故也」と記す。実にユーモアのある記述である。雲州、石州の人々は金持ちの山本家を妬み、狐付きなどと悪口を言うが、この狐は人に付いたことはないと言い放っている。だが、旭荘には気前よく潤筆料を八両を出したというのである。

大社で人違いの幸運

「今市之北弐里、即大社《たいしゃ》也。其所社人代官（以下略）」に、広瀬右仲という人がいた。ところが、旭荘と同じ姓の広瀬であったため案内人が人違いをして右仲の家に連れていく。だが、幸いにも右仲は好人物だったため、大いに喜び、自分の子供を入門させ、いろいろ世話をしてくれた上に、四泊させてくれたという。潤筆料も十八両を得ている。旅の珍事というべきか。

大社で大地震に遭遇

「大社にてハ着候日より大風雨。第三日目ニ、社《やしろ》参致し候。是十一月五日也。其日七ツ時、大地震、先達而粗申上候間、略之候。此節、南陔公被仰下候府内之事、少しも不相変。唯山鳴候事甚し。且又、北海ハ盈干《みちひ》無之に、大社より弐丁西ハ海岸也。潮半里程。三日不来、変なる事と申居候内、大地震あり」

七月末より始めたこの旅も、あしかけ四カ月程過ぎて、大社で大風雨に遭い、三日間、家に引きこもっているうちに、十一月五日七ツ時、大地震があった。潮の干満に異変が起きて、大地震がやって来たという。これは安政元年十一月四、五日に近畿地方を襲った大地震であった。

玉石を拾う幸運

「地震之翌日、田間ニ歩候て、一石之暎」日候を見て、玉也と言ひて拾ひ候処、表裏にハ薄き璞《あらたま》付候て、中ハ玉也（中略）何故如此僥倖あるやと自ら怪ミ候位」

地震の後、付近の田の畔道を歩いている時、玉石を拾う。高価な宝石であったため、こんな幸運に出会って不思議なことだと記す。この地方は今でも玉石の産地でもある。

地震で大坂の家人のことが気がかりだが、石州へ出発

「地震之日より、大坂之事気ニ懸り、周泉方ニ引取、五六日待候ハヾ、大坂之左右可分由。（中略）大坂ハ格別之分ハ無之由。十七日ニ至り、大変、人死一万余と承り、仰天仕候」（中略）「我妻子之事ハ一言も不申来。唯即刻、先生を迎ひニ遣し候由」、「即刻従者元恪を、大坂江向ケ返し、我ハ二十四日雲州出立、石州ニ越し候。今市塩冶ニかけ、三十日余滞留。潤筆四十両（以下略）」

この地震で大坂の家のことが心配で錦織周泉の家で便りを待っていたが、いっこうにわからない。そのうち格別のことはないということも聞く。ところが十七日になって、死亡者が一万余ということを聞き、仰天する。そして、旭荘を迎えに来るという便りがあり、妻子に何かがあったのではと心配になる。従者の元恪を大坂の家に行かせ、自分は石州の国へ出かける。

石州の奇巌

「今市より西行二里、神在湖と云、方里余之湖水あり。水浅く、山低く、米子之湖より更ニよし。是ハ全く水也。夫より海辺ニ出、石州ニ懸り候処、石州亦有二湖水一。海巌之奇状筆紙難レ尽」

今市より西へ二里行くと神在湖という湖があるが、その状況をよく調べて詳しく記す。やがて石州の海岸沿いに至り、「海巌之奇状筆紙難レ尽」などと書き記す。山国に育った旭荘には、珍しい景色だったのであろう。

耶馬渓よりも絶景の神亀峡

「今市之南弐里、有二神亀峡《しんききょう》一。渓水之広、如二大山川一。舟ニ而探候処、千巌万壑《せんがんばんかく》、奇々怪々。耶馬渓、日向、是抔不足言。右渓、石州之三瓶山《さんべさん》と言ふ。大山同様之高山ニ連り、十四五里も有候由。誠ニ天下之絶奇。今迄文人墨客、遊候者無之。主殿、周泉導きにて、僅弐里ニ而日晩。他日の遊を期し、空敷帰り候。耶馬渓ハ勿論、南紀九里渓にも、遙ニ勝り実ニ天下無双と被察候（以下略）」

神亀峡という渓谷美の美しい所に至る。「千巌万壑、奇々怪々」たる景観は故郷近くの耶馬渓、日向（高千穂峡）、南紀（九里峡）より勝ると記す。さらに「天下無双」とまで称している。まだまだ、旭荘はこの地に留まって見学したかったのだが、またの機会に望みを托した。

大田では厚い待遇で迎えられる

「石州之入口を大田と言ふ。銀山料也。右之処ニ、豆腐屋与吉郎と言ふ大家あり。其二子学を好む。其師を伊藤顕蔵と言ふ。当今之才子也。顕蔵弟子之礼を執候故、与吉郎方、厚く相遇し、其別荘ニ四日滞留。毎日馳走致し、其二子、啓五郎、寛吉、格別ニ相親しみ、其一類より十金程之餞別致し候。石州ハ御領所程あり。万事気遣し候て、速かに書之多少ニ不拘、餞別として相贐候。其厚き事、淀江と山陰道第一たり（以下略）」

石州の国の入口に大田がある。ここで、伊藤顕蔵という才子が旭荘を厚く遇す。ご馳走も出してくれたので四日滞留した。書の多少に関係なく十両の餞別を贈られる。山陰道で淀江と同様に大田でも厚いもてなしを受ける。この伊藤顕蔵は、後に大雪の難所を越えるまで見送って来るという実に律儀な好人物である。

静間に到る。大坂の家の安否がわかる

「大田之西一里静間《しずま》と云ふ所ニ楫野淳吉郎と言ふ大家あり。主人自ら迎ひニ来り。其家ニ至り候。一村只一家ニ而、家之四辺皆門にして、有楼。屋宅公侯之居之如し。当時盛ニ起り候家之由。淳吉郎ハ、詩文も可也ニ出来、篤実之人也。其所蔵璞玉を出して我ニ送る。是ハ石より出候て団円なるもの也。未琢候へ共、朧々として月の如し。然共、我拾ひ候処ニ比すれハ、温

潤少く下品と申す事也。乍併《しかしながら》、亦奇代之珍宝也」、「一、雲石之大家ハ、皆鉄山師ニ而、石州ハ毎一二村、必す大家あり。淳吉郎方ニ夕ニ而、当月三日夜出立と申時、大坂より迎ひ之書生、途中雪ニ降込られ、二十六日ぶりニ、始而此ニテ追付候。妻子無事之由、確信を得候て心始而安し（以下略）」

石州に入り、静間に至る。楫野淳吉郎という大家に招かれる。当時、使いの者が迎えに出るが、ここでは主人自ら迎えに行く。いかに旭荘の来訪を歓迎しているか想像できる。楫野家の屋敷の様子、由来を細かに描写し、またどんな人物であるかを簡潔に記している。この楫野から所蔵の玉、「奇代之珍宝」を贈られる。その玉のことも実に細かに記す。各地を旅すれば、その地方の産物に出くわすばかりか、その地の人情にふれて知識がふくらんでゆく。

出雲国、石見国も鉄が産出されるため、山師が多くいて、一、二村に一戸位の大家があるという。ようやく、地震から二十六日ぶりに使いの者が途中で雪に降り込められながらも、大坂の妻子が無事であることを知らせて来る。旭荘はここでやっと安心したことであろう。それにしても、当時の交通の不便さを知ることができる。

宅野浦へ

「夫より西ニ一里、宅野浦と言ふ所あり。（中略）泉浅右衛門と言ふもの、亦壱豪家也。（中略）

浅右衛門一同入門、子弟之約をなせり。夫より右三人送り候て、満行寺と言ふ韻僧之家ニ至れり。宅野海上三輿いで候て、海之広さ池之如し小蓬莱と呼位絶景」

この宅野には大家がかなりあり、それぞれ歓待してくれる。泉浅右衛門一同三人が入門し、旭荘の弟子になる。旭荘の門だけでなく、当時、尊敬する師に出会った場合、いくばくかの入門料を払って、弟子になるという習わしがあったようだ。必ずしも師の塾に入門するということだけではない。

大森へ

「大森ニ、熊谷三左衛門と言ふ、当十月名字帯刀御免之町人有。顕蔵之養父、宜堂と言ふ人之添書ニ而ゆけり。三左衛門ハ、府内之方ニ、銀山借付之事ニて至世話、南陔公御事抔、又吉田勘介殿より我家之事聞知居候て、一見旧の如し。殊ニ三左衛門ハ、名字帯刀御免ニ相成候程之人物ニ而、謹行篤実、一郡之望たり。身上ハ大抵恒松ニ次き候由」

この大森の地で熊谷三左衛門という名字帯刀を許された「謹行篤実」なる好人物に出会った。商売の関係で日田の南陔公（本家の主人）のことをよく知っており、話していると旧知の間柄のように思えた。この時、宜堂という人の「添書」（紹介状）を持参している。この添書は旅をするうえには大切なもので、旅人の身分を保証するもの。また、紹介者の立場もあるので、訪問先では厚く待遇してもらえることにもなった。

石見の国

「石州ハ通り掛り同様、僅一二夕留り候へ共、十日之間之餞別、二十四、五両。書ハ少し認たり。此ニ到而、一切之雑用差引、残り候潤筆、弐百三十両余。先得意也。此後之処ハ、大難儀となれり（以下略）」

石州には長くいないつもりだったが、「大難儀となれり」と記し、以後、読む者に興味を持たせる記述は、実に巧みである。さらに、商人の家に育った故か、金銭帳簿をつけ、「此ニ到而、一切之雑用差引、残り候潤筆、弐百三十両余」と記す。この差引金額の潤筆料の弐百三十両余という金額は、先記の資料（『図説　咸宜園』）によって現在の価格に換算すれば、三四五〇万円余になる。膨大な金額である。旭荘は歴遊中に几帳面に旅費、潤筆料、餞別を記した。他の旅行記の類ではあまり例がないだろう。武士のみならず、文人は金銭について記すことは卑しいことだと思われていたからだろう。この文章は身内の者への書簡であるとはいえ、実に正直に記している。それゆえ当時の文人たちの旅費、餞別料、潤筆料などが推定できる貴重な資料である。

山陰は厚くもてなしてくれた善き国

「今市ニ脂屋祐兵衛と云書画中買あり。篤実ニ見せかけ、周泉、幷ニ我を厚く享《もてな》し、其末、書屛風五双丈相頼。出立頃より他出して分らぬ様ニ致したり。此外、壱人も欺き候様之者ハ無之。山陰ハ、山陽よりも格別ニ手厚き善国也。右之通、石州都合宜敷ハ伊藤顕蔵始終随ひ来て、佐佑せし故也」

今市の書画骨董商が地元の徳人の口添えで、書屛風五双を買ったところ、上手く大坂の家まで送ってくれた。旭荘先生大いに満足したのか、「山陽よりも格別ニ手厚き善国也」と記す。当時、書画骨董に興味がある文人などは、地方に行き珍しいものがあると買って帰ったようである。頼山陽も九州を旅した時は、多くの書画を買い占めたという。当時の文人の旅の楽しみでもあったのだろう。

ここで注目するのは、この地方の有力者である伊藤顕蔵が始終付き添い、何かと世話をしたことである。他国の旅では困ることが多いが、この伊藤のお蔭で旭荘は随分助かったに違いない。誠に心の籠ったもてなしであった。

長旅になり、山陰に雪が降る

「十一月七日午時より熊谷宅を出立候処、街上ニ雪七八寸も積れり。馬ハ雪深しと云て、途中より返れり。熊谷氏より御馳走、馬之代り、荷を持候者四人。両掛弐人。駕四人。世話人壱人。其家より出呉候。実に無レ限手厚取計にて、若熊谷之家人送り候ニあらざれハ、兎《と》ても出立ハ不出来、大雪也」

山陰地方の人情あふれるもてなしに、ついつい長旅になった旭荘先生一行は、大雪に立ち往生させられる。大雪の中、荷物を運ぶのに馬が使えないので、荷物を持つ者四人、それを補佐する者二人、駕籠を担ぐ者が四人、世話する人が付き添って出発する。本当に手厚い手配であった。

山深くなり大雪に難渋する

「大森之町はづれより七八丁、即銀山也。山ハ短草木生して、尖りたる山也。夫より東行壱二里。雪積り深く三尺位。駕を下り、僅二里ニ而日没す。雪益深く、十王堂、七本槇と云山越にかゝり候処、雪四尺計り。四五歩ごとに覆り、十余人おめき号《さけ》んで、夜八ツ時頃、小原と言ふ駅に着たり。熊谷氏之人足、其手賄ひニ而、此迄送り来り、大森より四里也。顕蔵も此処迄送り来。翌日皆相別れ、始而桂秋香と言ふ従者と弐人ニ相成候」

いよいよ山奥になり、雪積は三尺から四尺となり、旭荘一行十余名は四、五歩進むたびに転倒し、皆は大声で叫びつつ、必死の思いで歩んで行く。ようやく夜の八ツ時頃に小原という宿場に着く。熊谷氏によって十余名の人足を賄ってもらう。顕蔵もここまで見送って来たという。実に手厚い心配りであった。だが、これ以後、桂秋香という従者と二人きりになった。

決死の覚悟で大雪の中を行く

「其翌日、尺を以て街上之雪を測るニ、四尺六寸也。馬駕共ニ通ぜず。人足駄荷を分ち、四人にて負、両掛弐人、是も棒を援負候。小原より半日、努力して僅一里、浜原と言ふ処に到る。雪益々深し。雪之上ニ人通り候て、別ニ路をなす。前人之跡を踏候。大抵膝位也。若踏はづせバ、腰迄落入候。夫より又半日、力行して壱里半。雪六尺計ニ相成れり。九日市と云所ニ宿り候。途中人家ありても、雪窓より高く不得入故ニ、持飯を乍立かぢり候て、終日歩候。弐里半ニ而、日を暮し候事、生来無之。九日市より雪次第ニ深く、七尺六となれり」

南国育ちの旭荘先生は大雪の中に立ち往生する。それでも先を進むしかない。中でも、たびたび積雪の深さを測らせているのはさすがである。この雪国の人の知恵を、簡潔にして要領よく説明しているのは、南国の九州の人間には珍しかった。例えば、荷物を人足四人に分け、両方から輔《たすけ》の人をつける。あるいは、先に行く者が雪の中を踏み固めて道を作り、その跡を続けて行くことなどである。しかし、途中、休憩する人家がなく、あっても、その家も雪が窓より高く積もり、家の中に入れない。ただ雪の中を進んでいく。雪の深さは六、七尺計（約二メートル）になる。

千辛万苦の旅・積雪一丈（約三メートル）

「未明より出立。又如昨日。人足も雪踏とて、先行之者七人をやとひ開かせ候へ共、外に人跡もなく、千辛万苦。雪ハ到而暖ニ、微風も無之。汗流る丶事、暑行之如く。惣身より畑之如く気立候。夜ニ入候て、赤名と云所ニ着せり。九日市より三里也。赤名街上、雪九尺。雪上より梯ニ而家ニ入候位。屋上ハ人雪を掃事日ニ数十度。夜暖なる事、弐三月之如し。翌日更ニ雪踏を添へ、又未明より出掛り候処、雪壱丈余と相成。小渓之上も皆雪ニ而、満目唯一白、寸地を見ず。雪他之雪と違ひ、しみ候て降り候にや、到而軽く、一度手ニ触れハ、忽水となる。風は少しもなし。雪樹木之上ニ積候事、或ハ一丈ニも到る。老木枝裂るあり。又倒るあり」

旭荘は大雪の中をなお帰り行く。雪の中を踏み固めて通りやすくする人を七人も雇い、まさに「千辛万苦」の思いで行く。大雪であるが、雪は暖かく、手にとれば直ぐ解ける。今でいうところの異常気象であろうか。ここにも実に細かな描写が続く。雪は九尺も降り積もり、ついには一丈も降り積もってくる。老木は枝が裂けたり、倒れたりしていたという。

大雪のため動けなくなった猪が七十六匹、雉、山鳥、兎などは手で獲れた。

「浜原ニ而、一日之猪七拾六疋捕へたりと云。雉子、山鳥、兎、皆手捕ニすへしと聞けり。扨渓川之上ニ、雪積候所を、誤て踏めハ、一丈も落候事有。其他も人跡無之処、踏候時ハ、或頭を没し候程も陥入候。傍《かたわら》人、手を持て引上んとすれハ、又踏込て陥る。（中略）如ㇾ此《かくのごとき》事一日ニ数度あり。大抵腰或ハ乳迄ハ、一丁ニ壱弐度位。其千苦万艱《ばんかん》と、山或ハ巌石、一白之外寸緑なく、玉を堆するか如く、生来無之奇観。中々筆紙之尽くす処ニ非す。若《もし》独行なれハ、死し候事疑ひなし。只七人之雪踏、六人之人足あるを以て、勉強せり」

この後、夜明けより出発する。しかし、この日も相変わらず雪が降る。近年にない大雪が降ったためか、多くの動物まで動けなくなった。それで、猪七十六頭を捕獲し、そのほか鳥、兎など手で捕えられたと、信じ難いことを記す。雪の深い中に落ち込んだり、倒れて動けずに人の手を借りて立ち上がることもたびたびだった。「千苦万艱」の中を、真っ白の世界は「筆紙で尽く」すことができないほどだった。もし、一人で旅をしていれば死んでいたであろう。この六人の先導者によってつとめ励まされて助かったという。

先に行けば行くほどますます雪は深くなる

「雪若一夜に一丈積候へハ、兎ても一月位ハ行絶へ共、毎日一尺位ツヽ積り、人踏かため候故、歩行出来候。併其夜ノ壱尺ニ而、人踏見へ兼候故、先登を恐れ候。僅壱人ニ而も、後行を喜ぶ。秋香前ニ在時ハ、一里ニ、同人三十度蹶き、我ハ十度位。我前ニあれハ、又同様」

雪がもし一夜に一丈の高さに降り積もったならば、到底、一カ月位は先に進むこともできなかったであろう。幸いに毎日、一尺位ずつ降ったので、進みながら踏みかためて行くことができた。だが、夜に一尺積もれば、先に歩んだ人の跡は雪で全くわからない。だから先に登っていく者は恐いのだ。案内してくれた秋香などは一里進むのに三十回位躓《つまず》いた。私は十回位、躓いた。もし、自分が秋香より先に行けば、同様であっただろうと言う。ここにも案内人秋香の心遣いに感謝している。このように雪中を何度も転び、躓きながら必死の思いで行く。旭荘の記述は簡潔であるが、具体的な例を挙げて読む者にもわかりやすい。

山陰と山陽の分水嶺の峠に到る

「赤名より一里峠あり。山陰山陽、堺を分つ処、大森より是迄十壱里之上り也。雪之深サ壱丈四尺。嶺上此より備後と云ふ標あり。是迄雪降続き候処、峠以南ハ始て日を見る。秋香始、人足日を見て、眼痛と言ふ。我ハ近眼にて、何之障りもなし。嶺より一里半下りて、室と云処あり。此処雪九尺。又二里下り布野と云。此処雪四尺。布野より始而木葉之色を見る」

雪の峠に到る。ここは山陰と山陽の分水嶺であり、国堺でもある。雪は一丈四尺（約四・五メートル）も積もっている。普通ならば通行困難であろう。これを人足の手を借りて強行する。峠の南、備後の国を見ると、初めて陽がさしている。実に感動的だったのであろう。付き添ってきた秋香も人足たちも白い雪で眼を痛める。室という所ではまだ積雪は九尺程ある。布野まで来ると木葉の色をようやく見た（積雪が少なくなって、木の葉が見えるような状況）。

備後に入り積雪が減る

「又夫より三里下りて、三次《みよし》と云都会ニ到る。雪壱尺位。往々消候処あり。始而土を見る。大森より是迄十五里之処、五日ニて来る。生来無之奇観。又無之奇窮。我ハ初より韈《たび》を重ねて雪を踏り。秋香ハ韈薄く候て、足之指疼み候て、爪なと抜候形。夫より同人も歩行出来兼、馬ニ乗り候。三次より五里吉舎。（中略）（府中）より五里高屋。始而備中之熟路ニ出たり（以下略）」

備後の三次まで来ると積雪は一尺位で、所々雪が消えて、土が見える所もある。一行はほっとしたことであろう。今まで足袋を二枚重ねて履いていたが、同行の秋香は足袋を一枚しか履いていなかったので、足の指を痛めて歩行困難になる。

その後、吉舎、甲山《こうざん》、府中、高屋を経て初めて備中の熟路に出たという。これまでの大雪の中国山脈を越え、「千辛万苦」しながら、強行突破した大旅行であった。

道中の地震の程度を知らせる。ようやく家に帰る。

「石州より山中ニかけてハ、地震到而軽し。十五日備中井原ニ宿せし時、地大ニ震せり。夫より備前山ノ上ニ至時、少し震せり。河野俊蔵、片上駅ニ而出逢。夫より一日程同道。翌日別れたり。二十日明石着。午時《うまとき》（十二時頃）舟ニ乗。夜八ツ時帰着（以下略）」

途中の地震のことを追加報告して、ここに至ってようやく長くて困難な旅は終わる。八月に出発して十一月二十日にようやく、わが家に到着したのだった。

特に旅中の見聞で印象に残ったことを付け加えている（商家、私塾を経営する広瀬家は、諸国の状況を知ることが当時、重要なことだった）。

「雲州人之心用ひ候事、可感心。……格別之馳走あり。石州ハ御領所ニ而、飲食殊ニ念入りたり」

「芸州ハ民賦税ニ不㆑堪して一揆起り。備中備前辺も、他を見合わせ居候由。天保八年酉年飢餓之時よりハ、疲弊甚敷相見へ候。地震よりハ一揆之方可怖《おそるべし》と云説也（以下略）」

出雲、石見の国の特色を記す。出雲の人はよく心配りがなされた。石見の国の人は天領だけあって料理に念を入れている、と簡潔に述べる。

安芸の国の民は重い税金に苦しみ、一揆が起こり、備中・備前にも飛び火しそうだと述べている。天保八年の飢饉の時より疲弊しているという。

国によっての味付けの違い、誤って醤油を入れ忘れた料理を食べたエピソードなどを面白く記す。

或いは地震、大君の御逝去、諸国の旱魃《かんばつ》、火事、異国舟の来襲など、多くの民が心配していることなどを記している。

旭荘は実によく見聞きして、簡潔の中にもわかりやすく記す。徳富蘇峰が旭荘は「大記者」のようだと言ったのもうなずける。

書簡の終わりに、宛名として「淡窓公　源兵衛様、南陔公　青村子、棣園公　孝之助殿」として、「余ハ他見無用。範、孝異日遊歴之時之為ニ瑣事を録せり」、後日、「文句を御削正被下」、「当方へ御返却被下度希候」とある（『広瀬淡窓資料集　書簡集成』四四八～六〇頁、「来信１０４」安政元年七月〇日～）。

長くなったが、広瀬旭荘の書簡を紹介してきた。これほど種々のことを詳しく描写した旅行記、紀行文は少ないだろう。末尾に書き記しているように、潤筆料や人物、お国柄、料理の味など赤裸々な告白文のようになっている。そのため当時の漢詩人、塾主たちの歴遊の旅の様子が、この旭荘の文によって推定できる。そこで、もう少し他の資料から具体的に見ていこう。

潤筆料（揮毫料）について

旅の途中ではあったが、旭荘は十一月の初めであろう石州にて「一切之雑用差引、残り候潤筆弐百三十両余。先得意也」と、実に商家の出身だと思わせる詳細な記録を残した。

頼山陽の場合も、「旅費は潤筆料」で賄うとしている。例を挙げる。

例① 頼山陽の書簡によると、中国筋で二十両を得る（広江殿峰、下関）。頼山陽が母梅颸《ばいひょう》に宛てた書簡（『頼山陽書翰集 上巻』）には、「私義も赤間関之滞留、案外に長相成、やうやく明日出立、小倉へ渡海仕候筈にて、随分無事、日々上酒をのみ候事に御座候。主人（広江）吉右衛門（殿峰）、甚心付かれ候て、一家内皆々親切之取計に御座候。関之者共、書など相頼候もの多く、大分潤筆も取申候。長崎にて買物十分に出来可申と存申候……」（文政元年、三十九歳）。頼山陽は実に得意気、満足気の様子。母親の長崎土産までもできた（以前から母親から長崎のお土産を頼まれていたのか）。

例② 文化十一年（三十五歳）備中長尾の小野櫟翁《れきおう》宅に寄り、潤筆料三十両と紫石硯を得る（書簡）。

入門料について

○小倉藩家老・島村志津摩は日田の商人に借金に行った折、形の上だけかもしれないが、「咸宜園」に入門した。謝金の代りに入門料や束脩《そくしゅう》を支払ったのではないか。

○『林外遺稿（一）』一一二頁の「送浮屠即浄序」に「是吾門島村也。島村者小倉大夫（家老の島村志津摩）力戦復レ国。予嘗比二之田単一云」（注：田単は中国の戦国時代勇将）。

○吉田松陰は江戸に出た折、安積艮斎《あさかごんさい》への入門料（入学金）は一分だったという（海原徹著『江戸の旅人 吉田松陰――遊歴の道を辿る』ミネルヴァ書房、二〇〇三年）。

※小判一両＝四分＝十六朱。一分＝四朱（当時の一分は酒一升位か）。

○高山彦九郎の場合、「彦九郎の旅――資金調達について」（『高山彦九郎日記』）には、「金銭に几帳面な彦九郎の大旅行であるから、その資金の調達にはそれだけ苦労も多かったと思われる」、「彦九郎は京都出発の日までに大村彦太郎以外の同志達から一両或は二、三両ずつ借りてはいるが、いよいよ七月西下する前には全部返済しており」とある。全国各地にも彦九郎の後援者がいて、潤筆料、添作料、餞別などを出したようだ。ただ、それだけで旅行中の費用を全てまかなうには不足することは間違いない。

『仏山堂日記』に見る歴遊の記録

文人の一般的な紀行文、旅日記は簡単に地名、天候などを記し、時には詩歌を詠う。意外と簡潔なものが多い。まず金銭、潤筆料などは記入していない。ところが、「伊勢参宮日記」などは、後の人（講）の役に立てるためということもあってか、道中の細かい出費を記している。だが、特に武士は金銭のことには触れない。そういう意味で『武士の家計簿』などは稀である。

文人の歴訪の記録の表現形式は各人各様であるが、ここでは村上仏山の『仏山堂日記』に記された歴遊部分を、旅行記、紀行の一部として紹介したい。仏山が中津の八条半坡を訪ねた記録である。

中津の八条半坡家へ出発

八条半坡は中津藩奥平侯に仕え、兵法に通じ、かつ文学を愛した人であった。仏山とは心を通わせ、親しく交わった。年齢は半坡の方が仏山より二十五歳年長であった。二人は度々書簡を交わして、詩のやりとりもあったであろう。弘化元年（一八四四）九月二十五日、半坡は水哉園を訪問している。

その後度々、中津藩の半坡から仏山に対して来訪の誘いがあったようであるが、ようやく十五年後の安政六年（一八五九）四月に実現することになった（安政の大獄の頃）。

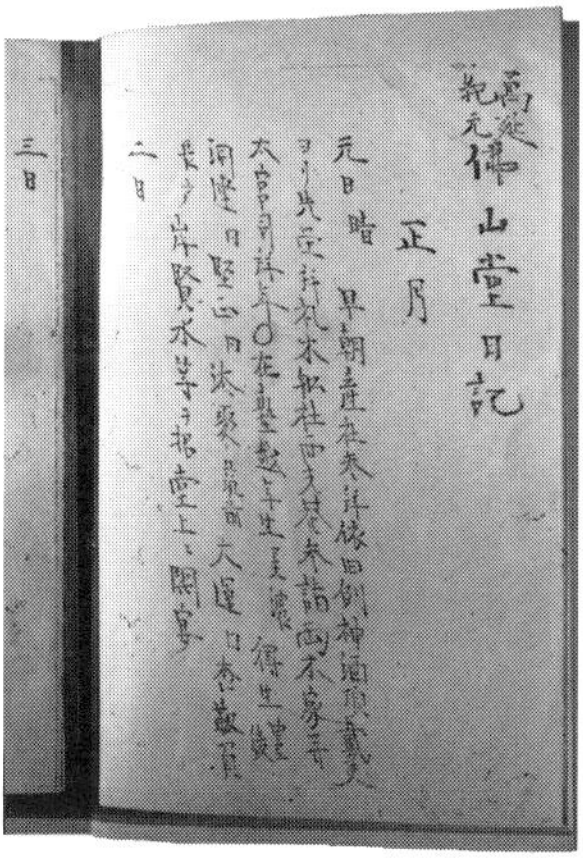

『仏山堂日記』

その前日及び当日の『仏山堂日記』から追ってみる。

四月十二日
「予久ク東遊之志アリ、半坡翁ヨリ是非十四、十五日頃東遊致呉候様申来レドモ、来二十日ヨリ本家仏事執行有之、夫迄ニハ帰宅不レ致テ不レ叶ニヨリ一日期ヲ早メ、明日十三日発程之筈ニテ、用意混雑也」（一週間の「東遊の旅」に出かける）

四月十三日
「五ツ半時（七時半）馬上ニテ発家、塾生耻格、僕源四郎跟随《こんずい》（付添う）九ツ時（昼十二時）湊町塩屋伝五郎方ニ着、酒飯供給有之、七ツ下刻、安雲光林寺ニ着、緩宴到深更」

仏山は生来、脚が弱く、あまり遠方への旅はしていない。とくに晩年は、脚がかなり弱っていたので馬に乗って出かけたようである。付き添いに弟子と下僕が同行。椎田で二軒に立ち寄り、深夜まで歓待を受ける。

道中、知人たちの歓待を受ける

同月十四日
「今日安雲ヨリ馬ヲ返ス。馬夫ハ彦三郎也、今日光林寺ニ強テ被留尤モ法鶴子今津ニ遊学致居候ヲ呼ビ返シ旁大ニ丁寧之過待ニ付、不レ得レ已、再宿ス、今夕、大宴成当村医生増田文治ナル者陪飲」

仏山は大歓迎を受け、なかなか中津の半坡の家まで行き着かない。あちらこちらからやって来て、好きな酒を振る舞われる。「丁寧の過待」と記すほどであった。

出発三日の深夜にようやく半坡家に着く

同月十五日
「今朝、岸片徳善寺隠居来訪、共ニ緩酌。七ツ時（午後四時頃）、安雲出立、黄昏中津八条氏ニ着、主翁喜無レ限、共ニ十余年之情ヲ談ジ、緩酌至深更、津田小石亦来会」
二人は十六年ぶりの再会で「喜無限」と記しているが、『仏山堂日記』の中でも、これほどの喜びの表現は少ない。この後、半坡先生のもてなしで次から次へと歓迎会、詩会が続くのである。

半坡は各地の名勝などに案内し、土地の知識人を紹介

同月十六日
「晴、与主翁朝飲。儒官手嶋仁太郎、医員辛嶋丈庵、松川元理及津田市蔵等来訪。今日主翁予ヲ誘ヒ城外金谷堤上ニ宴ス」
次々と当地の名士に会い、「邂逅同飲」、「又一酌」などが続き、仏山は大歓迎をうける。

大庄屋など次々と来会、吟酌

同月十七日

「酢屋ニ卯飲。今津大庄屋・今津小三郎曽テ余カ東遊ヲ聞、是非同遊致呉候様、半坡翁ニ約束有之シ趣ニ付、今日翁ニ誘レ彼ニ赴。半坡夫婦、予、耻（恥）格共ニ先行」（中略）「翁ト予轎ニ乗ル」、「津田小石、手嶋仁太郎、橋本忠次郎亦来会。主人頗富二書画一、其亭号二観漁一、風景奇絶、終日吟酌、夜中待二月出一、前江泛レ舟、深更帰レ亭宿ス。今日是地医師荒川競斎陪飲。光林寺法鶴並長州恵跟、今津浄光寺修学中ニテ共ニ来見」

同月十八日

「晴夜雨、今朝競斎方ニ被レ招諸老ト赴レ之。其後、観漁亭ニ帰又一酌。午後発二今津一、輿中《よちゆう》酔眠晩時、中津ニ達、黄昏ヨリ津田小石、梧桐楼ニ被レ招、半坡、物斎ト同飲。宴終テ田中勘之助招ニ応ス。藤本元岱《げんたい》予ヲ田中氏ニ訪、対酌到深更」

同月十九日

「今朝田中氏ニ又元岱等ニ一酌中、光林寺ヨリ使僧慈眼、轎夫《きょうふ》（かごかき）四丁ヲ連来。同寺ヨリ予ガ帰ヲ轎送スル也。即田中氏ヲ辞シ酢屋ニ告レ別、辛島、松川両家ヲ訪、其後八条氏ニ帰、主翁已ニ設二別宴一小石、元岱亦来会緩酌、後告別シテ中津ヲ発、元岱送テ到二高瀬川上一」、「湊村塩屋ニ着、主人予カ帰ヲ待事甚、丁寧相留ニ付一宿。四月二十日、塩屋ニテ又々緩宴、午後湊ヲ発」、「天生田茶店迄、塾生五輩予ガ帰ヲ迎、強テ一飲、七ツ時（五時頃）無恙帰家。今日ヨリ本家仏事ニ付、御坊・若院家被」見……」

観漁亭という別荘に招かれたが、その亭の風景は絶景であり、その前の川であろうか、舟を浮かべて吟酌する。

仏山はどこに行っても大歓迎され、断って帰るのに困るほどであった。本家の法事に間に合わせるために、何とか帰途に着く。自宅近くまで来ると弟子たちが迎えに来て、無事を祝して杯を交わした。

仏山や当地の文人たちの間でも、いくらかの潤筆料・餞別などのやりとりはあったであろう。だが、こころゆくまで訪問先の名勝、景勝地などを鑑賞し、ご馳走、酒をふるまわれ、詩会を開くというのが、当時の文人の習わしであったようだ。仏山の人柄もさることながら、当時の地方の文人たちのおおらかさが想像され、知識人のレベルも推し量ることができる。

まとめ

旭荘の書簡、村上仏山の日記などから、当時の文人たちが各地を遊歴する場合、次のようなことをしていたことがわかった。

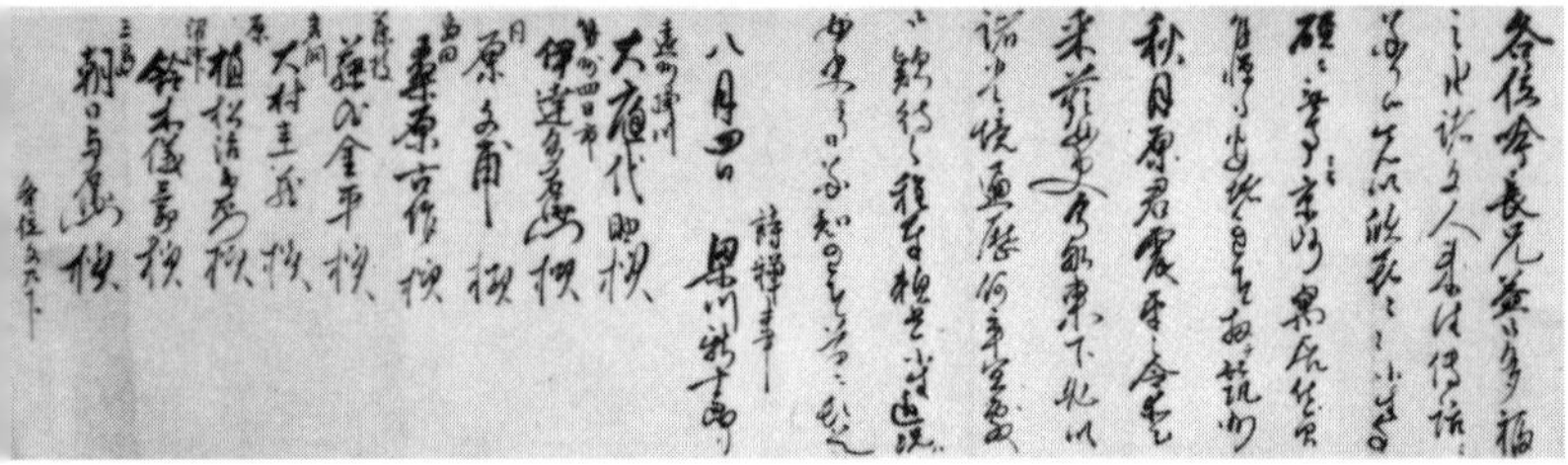

梁川星巌が原采蘋の歴遊のために諸国の学者・詩人に宛てた紹介状（添状）。（緒方無元編『郷土先賢詩書画集』郷土先賢顕彰会, 1980年）

〈訪問する側〉

添状・添書（紹介状。『曽良奥の細道随行日記』では「状添、状遣ス」とある）を持参する。

弟子・使用人など二、三人が同行する場合が多い（原采蘋の場合は独りの時が多かったようだ）。

〈訪問者を引き受ける側〉

(ア)歓待し、ご馳走する。
(イ)詩会を開く。講義を聞く。
(ウ)当地の詩人、学者、医者、富豪などを紹介する。
(エ)入門者を紹介する（入門する場合には紹介者が必要）。
(オ)当地の名所旧跡などを案内する。
(カ)書画を書いてもらう（潤筆料〔金〕を出す。文化十一年、頼山陽は備中で潤筆料を三十両を得たと書簡で述べている）。
(キ)詩の添削をしてもらう（謝金を出す）。
(ク)餞別料を出す。
(ケ)次の訪問地、人を紹介する。

(コ)見送りに行く。
(サ)次の訪問地まで人を出して荷物などを送らせる。

広瀬旭荘の書簡は、師匠であり兄である淡窓宛てのもので、「他見無用」と記したように秘すべき個人的なものである。それは青邨（範）や林外（孝之助）が他日、歴遊する際の参考になるように率直に、あからさまに書いたので、他人に見せると誤解を生む恐れがあるものであろう。まさに私的な書簡文なのである。ところが、今日の私たちにいろいろなことを教えてくれる貴重な資料となった。

中でも幕末の漢詩人たちの歴遊の際の具体的な様子、あるいは、その詩人（文人）たちを迎え入れる地方の知識人たちの受け入れの状況、さらに、私が最も知りたかった潤筆料、餞別の記載である。「はじめに」でも述べたが、原采蘋が父・古処の詩集を刊行するために各地を歴遊していたものの、叶わず、ついに萩で客死してしまう。その時の持ち金が十四両余であったということに驚かされた。これでは詩集を刊行するには不足したであろう。こんなことから幕末の漢詩人の歴遊の際の潤筆料、餞別などに興味を持った。確かに漢詩人の力量、知名度、さらには紹介者などによって金額に差はあったと思うが、この広瀬旭荘の書簡は、多くのことを教えてくれた貴重な資料だとも言える。

また、山陰・山陽地方の地誌、風景、人物、気候、雪の中の生活など民俗的なことを簡潔で要を得た漢文で記した文も、鑑賞に足るものである。旭荘の長詩を、中国の兪樾は日本人の詩人中で最も高く評価しているが、この書簡文も評価されてよいものであろう。また、徳富蘇峰が旭荘を「大記者」であると評価したのもうなずける。

村上仏山の日記にも、地方への僅かな間の歴遊であるが、やはり同様のことが認められる。

【参考文献】

緒方無元編、檜垣元吉監修『郷土先賢詩書画集』郷土先賢顕彰会、一九八一年
小野武雄編著『江戸物価事典〈江戸風俗図誌 第六巻〉』展望社、一九七九年
甲斐素純著『伊勢参宮日記を読む――北部九州編』海鳥社、二〇一五年
貝原益軒著『東路記』所収「安芸国厳嶋記事」（板坂耀子・宗政五十緒校注『東路記・己巳紀行・西遊記〈新日本古典文学大系 九八〉』岩波書店、一九九一年）
河井継之助著・安藤英男校注『塵壺――河井継之助日記〈東洋文庫二五七〉』（安政六年の旅日記）平凡社、一九七四年
咸宜園教育センター監修『図説 咸宜園――近世最大の私塾』日田市教育委員会、二〇一七年
斎藤竹堂著『報桑録』二巻、慶応四年

司馬江漢著、芳賀徹・太田理恵子校注『江漢西遊日記〈東洋文庫四六一〉』平凡社、一九八六年
高山彦九郎著、千々和実・萩原進共編『高山彦九郎日記　第四巻・日記編』西北出版、一九七八年
橘南谿著『西遊記』所収「武者修行」（板坂耀子・宗政五十緒校注『東路記・己巳紀行・西遊記〈新日本古典文学大系　九八〉』岩波書店、一九九一年）
徳富猪一郎・木崎愛吉・光吉元次郎編『頼山陽書翰集　上巻』民友社、一九二七年
ドナルド・キーン著、金関寿夫訳『百代の過客――日記にみる日本人』正・続、講談社学術文庫、正：二〇一一年、続：二〇一二年
戸原卯橘著『北豊紀行』（写本）嘉永二年
中村平左衛門著『伊勢参宮日記』安政六年（永尾正剛氏解説『北九州市立自然史・歴史博物館研究報告』第二号）
原采蘋著『東遊日記』（写本）文政十年
広瀬淡窓著、大分県立先哲史料館編『広瀬淡窓資料集　書簡集成〈大分県先哲叢書〉』大分市教育委員会、二〇一二年
広瀬淡窓著『懐旧楼筆記』巻二十七、文政十二年
村上仏山著『仏山堂日記』
森林太郎著『小倉日記』（『鷗外全集・著作篇』（第三十巻、岩波書店、一九五二年）
八隅蘆菴著『旅行用心集』文化七年

竹下しづの女と漢学塾・水哉園

短夜や乳ぜり泣く児を須可捨焉乎《すてっちまおか》

今年尚其冬帽乎措大夫《そだいづま》

しづの女《じょ》の句の特色は「漢字表記」や「佶屈《きっくつ》激越、万葉調、漢文調」（寺井谷子「激しく瞬時を生きて」〈『鑑賞 女性俳句の世界 第一巻 女性俳句の出発』角川学芸出版、二〇〇八年〉）と評されている。また、香西照雄の指摘するように「作者（しづの女）が漢字や漢語を愛好し、時には溺愛的傾向を示した」（「竹下しづの女」〈『定本 竹下しづの女句文集』星書房、一九六四年〉）。その表現は強い意志と男勝りの表出した句だとも言われる。これらの独自性のある句は、しづの女の性格や好みなども反映しているものかもしれない。他方、高浜虚子の指摘するように、「佶屈聱牙《ごうが》」の句だとも評されている。

このしづの女の句風は、生まれ育った故郷の環境にも影響されているのではないだろうか。

しづの女の生家は現在の行橋市中川地区である。日本のどこにでもありそうなのどかな田園地帯であるが、文学的環境には恵まれていた。旧豊前国では伝統的に村々の神社に連歌を奉納するため、多くの人が連歌を詠った。集落の庄屋、大庄屋クラスの者はもちろんのこと、普通の百姓たちも連歌座に加わっていた。連歌執行については庄屋日記などに記録され、しづの女の祖父、父親の代までは行われていた。

生家の隣地区の上稗田《かみひえだ》には豊前国を代表する漢詩人・村上仏山の私塾「水哉園」（一八三四〜八四年）がある。仏山は嘉永五年（一八五二）に『仏山堂詩鈔 初編』を、明治になって二編、三編を出版し、全国に知られた漢詩人となり、その主宰する「水哉園」には、遠くは越後や西日本各地からの入門者がやって来た。『入門姓名録』（入門帳）には一二六三名が記録されている。明治の初めの調査では、上稗田・下稗田地区合わせて戸数一〇八戸、人口四六七人、中川地区は十九戸、八十人余りの農村。ここに水哉園の門人たちが毎年、百名以上が勉学に励み、静かな田園地帯には朝夕に漢書の素読、漢詩の朗詠が流れていた。漢詩とはあまり縁のない人たちも、仏山の詩の一節くらいは知っていた。『仏山堂日記』の慶応二年（一八六六）の条には、しづの女の一族であろうか、仏山が中川の竹下壮七の家に立ち寄り、親しく酒を飲むという記述もある。また、明治九年（一八七六）の条に、竹下嘉一という人が入門している。

幕末の豊前国には大きな変動があった。慶応二年、小倉藩は長州藩との戦争によって、小倉城を自焼し、藩士やその家族は城下を離れて香春町、やがて旧豊津町やその周辺の農村に分散し、移住した。藩校を失った多くの藩士たちが私塾の水哉園に入門するという、全国でも珍しい事情があった。そのため、しづの女の生家の周辺には多くの藩士、文人たちが往来するという文化的な雰囲気があった。

しづの女はそんな郷土の一部を小説に描いている。「稗田の里に生まれた、維新の地方的大詩人仏山先生が景勝の此地を卜して、一聯の詩を銘し後世に残されし所」、「うちのお祖父様がいつでも口癖のようにお話しになる通り、仏山先生が此里の文化の源泉だってのはほんとうでしようねえ」（「山と人」〈『定本 竹下しづの女句文集』〉）と。

このしづの女に最も影響を与えたのは末松房泰であろう。前田地区の末松家としづの女の生家の中川地区とは、長峡川《ながお》を挟んで目睫《もくしょう》の間《かん》にある。末松家は大庄屋を務めた家で、房泰・謙澄兄弟の父・房澄（号は臥雲）は能吏で、干拓事業などに行政手腕を発揮した。また文人で、仏山とは親しく交わっていた。その房澄の長男房泰、四男謙澄も仏山に学んだ。謙澄は政治家として内務大臣、逓信大臣などを歴任したが、むしろ文学、歴史方面で多彩な才能を発揮した。明治十五年に日本で初めて『源氏物語』を英訳出版し、維新の歴史書『防長回天史』（全十二巻、一九一一～二一年）を編纂するなど一五〇冊余の編著書がある。

房泰は衆議院の書記官などの官吏として勤めながら漢詩、和歌、長歌を詠い、若き日には国学を、後年には佐佐木信綱に和歌を学んだ。編書に『冠詞例歌集』（博文館、一九〇〇年）などがある。房泰（号は星乃舎・星廼屋）は豊前の代表的な新聞「門司新報」の文芸欄「文苑」に漢詩、長歌、和歌などをたびたび発表し、新年の文芸欄の和歌の選者を数十年担当した。

房泰は明治三十年頃、官吏を辞めて旧京都郡前田に帰郷し、小学校の改築、道路整備、神社の改修などに力を尽くす。自身も多額の寄附をして郷土の発展に寄与した。房泰が帰郷した五年後の頃か、しづの女は当時を思い出して、次のように記す。

「読む方のことなら末松謙澄子の実兄星廼屋と号した房泰老が私の師匠さん格で、十四五歳の頃には万葉集、古今集はもとより、平安朝物から吉田の偏屈法師のものに至る迄読ませられたものですが、和歌を作った事などはないのでと言った方が正しいのです」（『天の川』一九二八年一月号）

また、「短夜や乳ぜり泣く児を須可捨焉乎」の「自句自解」で、「須可捨焉乎」について「漢文を平気で書く癖があって此場合にも何の顧慮もなくかいた」と述べている（「悢草城子之記」『天の川』一九二〇年十一月号）が、漢語表記・漢文調の句は仏山や房泰、家族などの影響を受けたものと思われる。しかも、しづの女の生まれもった気質と相まって、独自の句風を生み出したのではないだろうか。本人はあまり意識しなかったかもしれないが、漢語、漢文の雰囲気の中で育っていることは間違いない。

末松謙澄と「門司新報」

末松謙澄について

「門司新報」は旧豊前国の本格的な日刊紙として、明治二十五年（一八九二）五月に発刊された。京築の人々との関わりは深く、その中でも末松謙澄とは特別に結び付きが強い。謙澄が明治期に官吏、政治家であったということもあるが、それ以外の要因も多いのではないかと考えられる。

そこで、末松謙澄が「門司新報」にどのように取り上げられているか、また、その内容はどのようなものであるかを見ていきたいが、その前に少し謙澄について紹介したい。

明治期には何人かのマルチ学者、教養人、作家が出ているが、謙澄もその一人である。大正九年（一九二〇）十月五日の謙澄逝去の折には、「逝ける青萍《せいひょう》子爵、多才多能の巨人の一生」と「門司新報」（同月八日）は報じている。

司馬遼太郎も謙澄を評して、「明治型のはばの広い教養人で文学博士、法学博士のふたつの学位をもっている」と『坂の上の雲』に記している。確かに謙澄は芸術・学問全般にわたって造詣が深く、その著書も多数ある。文学、言文一致運動、美術、教育、法律、演劇、歴史など、広い範囲に及んでいる。

それも官吏、代議士を経て、法制局長、逓信大臣、内務大臣、枢密院顧問官などの多忙な政治家として活動しながら多種多彩にわたっての著作を残しているのである。まさしくマルチ人間と言われるゆえんである。

文学一つをとっても、漢詩、小説、和歌、俳句、狂歌、今様、随筆、評論、翻訳など実に多岐にわたっている。その中でも漢詩においては、村上仏山の「水哉園」の俊才と言われただけに第一流であった。

その文才を新聞記者としていかんなく発揮して、その名を知られるところとなる。明治十年の西南戦争の折には、山県有朋に従って西郷隆盛に降伏をすすめる勧告状を草し、名文家として確たるものとした。やがて明治の文壇にも取り上げられるようになった。

英国に留学中の明治十二年、『明治鉄壁集』を出版し、好評を得た（後に改刻・改題して『青萍詩存』という名で、明治十九年に出版）。この詩集には西南戦争の際に詠んだと言われる名詩、「負くれば是れ賊、勝てば是れ官……」の「兵児謡《へこうた》」が収録されている。

留学中、恩師村上仏山が逝去したことを聞き、一目会いたいと思うが、遠く離れた外国にいてはどうすることもできない、と悲憤慷慨《ひふんこうがい》する。そんな心境を詠った「祭亡師仏山先生文」が名文として文壇の話題になった。

謙澄は留学中の公務のかたわらにケンブリッジ大学に入学したが、日本の古典『源氏物語』を英訳し、ロンドンで出版して外国人に初めて紹介した。この謙澄の翻訳本は今日でも高く評価されている。この他にも得意な英語を駆使して『成吉斯汗《ジンギスカン》』も出版している。

謙澄の文学の業績で忘れてはならないのは、トーマス・グレー、バイロンなどの詩を漢詩に訳して日本に紹介したことである。さらに『谷間の姫百合』（バーサ・クレー著）を翻訳出版して、外国文学を紹介したことも大きい。

『青すだれ』（一九〇一年）という明治時代の代表的な作家の合作本がある。尾崎紅葉、森鷗外、山田美妙《びみょう》、森田思軒《しけん》など錚々たる作家の中に、謙澄も名を連ねている。

謙澄の没後まもない大正十年、生子《いくこ》夫人によって追悼の遺詠集『うきくさのあと』が出版されている。この中には謙澄の和歌、今様、訳詩、俳句、狂歌、歌曲などを収録しているが、どれも非凡なものが多い。

生子夫人も佐佐木信綱に師事して、和歌のレベルも相当なものであった。夫の謙澄をしのんで詠う。

はかなくもかへらぬ水のうきくさのあとも　しばしは世にのこれとぞ

生前は二人で歌会などにしばしば出かけたおしどり夫婦であった。
謙澄の文学的側面一つをとっても、実に多くのジャンルに及んでいるのには敬服するばかりである。

謙澄の没後、遺族によって蔵書の一部を中央大学に寄贈し、「末松文庫蔵書目録」として記録されている。膨大な美術品の一部も目録が残されているが、これまた名品が多く、収集の労力と多くの資金を費やされて得たものであろう。それがゆえに評価の高い美術研究書が生まれた。

謙澄は若き日、すなわち明治十一年、イギリスに留学。目的の一つが、日本では最初の「歴史編纂方法の調査」であったため、西洋の新しい歴史の編纂方法を学んだ。そのため毛利家から維新の歴史書の編纂を依頼されていた。晩年はその完成をめざし、出版のための多額の資金と私生活の全てをかけて、ついに膨大な維新史『防長回天史』（全十二巻）を完成させたのである。普段は質素な私生活の中に、あくなき知識欲は驚嘆させられる。

大正九年（一九二〇）の「再版緒言」に言う。「本書ノ編纂ニ着手セシハ二十有余年前ノ明治三十一年ニ在リ、其後若干年ニシテ故アリ中止トナレリ、既ニシテ予ハ公爵家ノ容認ヲ得テ全然自費自力ヲ以テ其業ヲ継続スルコト無慮十年、（中略）心若クハ手ヲ此事ニ労セザルノ時殆ンド之ナク」と。多くは記していないが、この中には万感の思いが込められている。謙澄が『防長回天史』にかけた一事だけでも、俗事にばかりに追われて何も身につけずにいる現代のわれわれに多くのことを教えてくれているのではなかろうか。

「門司新報」と津田維寧

ところで、もう少し「門司新報」について紹介しておきたい。

明治時代の福岡県では、「門司新報」と「福岡日日新聞」とが二大新聞であった。両紙は初め旧豊前国、筑前国を中心とした記事が目立つ。本社が北九州市の門司区と福岡市にあったこともあって、旧藩時代の雰囲気も伝わってくる。

「門司新報」の発起・創業者である津田維寧《これやす》は、大庄屋として功績のあった中村平左衛門の子である。父平左衛門の跡をつぎ、若くして大庄屋、大区長、企救郡長などを歴任し、北九州地方の発展に寄与した。政治、教育、経済、工業、築港、鉄道、新聞など広範にわたっている。

この津田維寧の考えが「門司新報」によく反映されている。「創刊時の編集陣容について津田は、小倉出身で、京都の中外電報社文筆の職に在った二階堂行文の助言を得た。編集総括の主筆には大阪・関西日報の西河通徹《つうてつ》（宇和島出身）をあてた。（中略）また静岡、大務《たいむ》新聞の主筆毛里保太郎（西河の後任の主筆を経て社長、代議士）が客員として迎えられ、西河と共に論説を担当した。小説記者に西河の友人、吉本秋亭を据えて小説の執筆にあたらせ、文芸重視の姿勢を示した。一方、営業面では隅田広吉が担当、社長制は置かず、津田が事実上の社長として社務を担当した。（津田は明治二十七年十二月没）」と『北九州市史 近代・現代 教育・文化』（一九八六年、北九州市史編さん委員会）にある。

このように地元出身で編集・執筆陣容を固めていることから、やはり旧豊前国の新聞という色が濃い。これは明治期の新聞の特色でもあった。そのため京築地方の動向をよく伝えている。当時はラジオ、テレビもない時代であり、新聞購入も一部の富裕層だけであったかもしれないが、貴重な情報源であった。新聞は社会の木鐸《ぼくたく》といわれた時代である。活字文化が大事にされていた時代でもあった。

「門司新報」と京都郡のこと

「門司新報」は「行橋通信」、「京都郡通信」、「行橋片信」、「京都郡片信」などという名の欄を設けて、京築地方の記事を意欲的に掲載している。北九州地方における明治・大正・昭和時代の貴重な社会的役割を果たしてきたと言える。今日に至っては社会・経済・工業・文学の発展の歴史を調べる貴重な資料となっている。

例えば、明治三十一年八月十九日には「小笠原伯爵巡回日録――十六日豊津於て」という記事がある。旧藩主の小笠原長幹《ながよし》が帰省して先祖の霊に参詣した折、盛大に花火を打ち上げて旧藩士や有志ら五百人が集まり、大歓迎会をした。

小笠原神社の境内にあった豊津公会堂での、歓迎会の挨拶内容まで掲載している。委員長である京都郡長の葉山荒太郎が歓迎の挨拶をする。それに対して小笠原長幹は「此豊津の地たる予が邸第なる所にして旧情の存する人士の殊に多く予に対する待遇の厚さは大いに満足する所なり」と感謝の辞を述べている。維新後、三十年を経ても旧藩主に対する畏敬の念は失われていないことの証左であろう。

同様に大正五年十二月十七日、「豊津に於ける小笠原伯」という記事が出ている。この時も大歓迎している。郡内の小・中学生は小旗を振り、家々は国旗を掲げての歓迎であった。新聞は「欣々然として皆喜色あるは往事藩主の恩沢深く人心に沁み旧君臣の情誼長《とこし》へに温かなるを偲ばしむ」と伝えている。

郷土史関係の研究書に『明治大正　小倉経済年表』（神崎義夫著、一九五四年）、『北九州地方労働運動史年表』（北九州大学附置北九州産業社会研究所編、一九七八年）、『北九州地方社会労働史年表』（古賀良一編、一九八〇年）などがあるが、これらは「門司新報」が存在してこそ生まれたものである。

文芸重視の編集方針

「門司新報」の編集方針の一つが文芸重視であったため、小説から詩歌まであらゆるジャンルの文学が掲載されている。加えて、主筆で後の社長である毛里《もうり》保太郎が村上仏山の漢学塾「水哉園」出身でもあり、かつ明治前期の文学はまだ漢学が主流であったために、漢詩、なかんずく漢詩で中央文壇で著名になった末松謙澄のことが多く掲載されるようになったものと思われる。

謙澄の兄・房泰（号は星乃舎・星廼屋）も文学への造詣が深く、「門司新報」では文苑欄に自分の作品を多く掲載している。漢詩、長歌、短歌、俳句などの選者もしていたらしい。大正五年十二月の新聞に「新年文芸募集」とあり、「和歌は星舎大人選、漢詩は園田天放先生選、俳句は内野蕗子宗匠選」などとある。

末松謙澄、毛里らの師・村上仏山に関する記事も多数掲載されている。仏山とその門人たちの動向も文芸欄に重要な意味をもっていた。

明治三十二年十一月五日に、『神代帝都考』の記事がある。これは挟間畏三が『神代帝都考』

を出版した時のものである。挟間も謙澄も仏山堂の出身であるが、挟間の方がはるかに年長であった。当時、謙澄は逓信大臣で多忙であったが、心のこもった序文を書いている。

また、挟間は当時小倉に軍医として赴任していた森鷗外に面会している。『小倉日記』にいう。「四月二十三日、挟間畏三来り訪う。隆準秀眉の美丈夫にて、年四十五、六なるべし。嘗て神代帝都考を著したるものなり」とある。

村上仏山のこととなると、仏山堂関係の記事も多い。明治三十年七月十四日、「村上仏山幷に静窓両先生の追善」の折には詳細な動向を伝え、出席者の一五〇名全員の名前まで載せている。大正三年九月十七日、謙澄の精力的な働きによって出版された『仏山堂遺稿』は、「苟《いやしく》も吟詩を嗜むものとして村上仏山堂翁の盛名知らざるべし」というはじまりの文で紹介された。大正五年十一月、仏山が「追陞贈位」された時には、「勤王志士硯学鴻儒贈位及び位階追陞者、村上潜蔵」、「贈正五位村上潜蔵（仏山）翁筆蹟」、「仏山翁贈位報告祭」などの記事が続くのである。

また、明治後期には伊東尾四郎の執筆した記事が多くなる。「玄海」という筆名で長く連載して、「北豊の儒者及詩人」（明治四十三年六月三十日より始まる）、「仏山翁と諸大家」（明治四十四年四月二十九日より始まる）、「北豊の歌人」、「北豊人物志談」などのタイトルで江戸、明治時代に活躍した豊前国の文学者たちを紹介し、貴重な資料となっている。

伊東は後年、『京都郡誌』、『企救郡誌』、『福岡県資料』、『福岡県史資料叢書』など、貴重な郷土史の著書を多く残した人物である。東京帝国大学国史科を卒業した歴史学者であり、今日では当たり前のことであるが実証的な歴史調査を行い、その著書は高く評価されている。しかも、大学を卒業後、豊津中学校教諭、小倉中学校の校長を勤めながら県下の歴史を調査し、郷土の歴史に精通していた。

明治四十二年一月一日の記事に、「北豊人物志談」は西田直養《なおかい》について八十九回にわたって連載してきたが、まだ継続していくつもりだと言い、「北豊人物志談は読んで面白いやうに書くのが目的で無い、忠実に事蹟を探究して発表するのが目的である。（中略）吾輩は正確な材料が無ければ、最初から筆を着けぬので有る」と述べている。ここに伊東の歴史観の一端が窺える。伊東によって「門司新報」の文芸欄は充実していったのである。

「門司新報」記事と末松謙澄

さて、末松謙澄のどのような記事が掲載されているのか、時代を追って顕著なもののみを見ていこう。

創刊して間もなく、明治二十六年二月、「末松博士 修身教科書」という見出しで、謙澄が教

末松謙澄著『修身女訓生徒用　四』（左）と宮本茂任他編『修身初訓　七』

科書を出版したことを報じている。この教科書は評判がよく、文章家としての面目躍如たるものがある。謙澄は明治政府が学制改革を行った際、「人格の陶冶《とうや》及び国家思想の涵養に留意すべきもの」の語を加えさせたと言われているぐらいに、教科書の重要性をよくわかっていた。

一方でこの頃、謙澄は政治家として多忙をきわめていた。明治二十三年、第一回衆議院議員選挙に当選し、二十五年には第二回選挙で再選され法制局長に就任している。同二十七年には三選され、二十九年には貴族院議員、三十一年には逓信大臣、三十三年には内務大臣、三十九年には枢密顧問官と、政治家として表舞台に立ち続けていたため、当然、新聞に取り上げられている。例えば明治三十一年一月には、「逓信大臣末松謙澄の動向」、「末松新大臣の逸話」、「末松逓信夫人一行の着発」などの見出しで掲載された。

謙澄の巨人たるゆえんは、このように政治家としての多忙のうちにも著作を続け、次々と著書を出版をしていたことである。しかもその間、文学、法学の博士の学位を取得しているのである。

明治三十三年には、四月十五日より四回にわたって「末松謙澄男の嗜好談」という見出しで連載。同三十五年七月十二日には「青萍男の絵画談」、同三十六年六月二十三日「末松男の談

（大阪にて）」、同月二十八日「末松男の断片（京都にて）」、七月八日「末松男の時事談」、十一月十四日「青萍男爵の失敗談」、同三十七年一月十二日「末松男名画を得」など、公務のこと、私的なこと、趣味的なものから逸話など実に謙澄の記事が目につくのである。

明治三十五年八月には、二十九日「青葉の雫・上」と、翌三十日「青葉の雫・下」を載せている。いかなる多忙な旅行であっても途中の風景、人との交わりの中で歌が生まれた。その形式は漢詩であったり俳句や短歌であったりして、真に多彩であった。

「青葉の雫・上」の冒頭に記している。

「末松博士が四国、中国を経て、九州に下りし道々に得たる詩歌の中数首は其頃の本紙に掲げしが其の道の記を青葉の雫と題し多少の添削を加へ活字に付し特に一本を寄せたれば、左に全文を掲載することとなりぬ。編者記」とある。

この「青葉の雫」より二、三の作を紹介しよう。

青 葉 若 葉 た も と 涼 し き 門 出 哉

今宵またこころありけに照しつつ　佐渡の川辺にとふ蛍哉

――故郷の父母の御墓の前で――

年毎にいやますものはたらちねの　なき迹《あと》しのふ思ひなりけり

――先師仏山の墓のひとりにて――

雲にたち庭をよきりし迹さへも　ほのかに見ゆるおくつきのもと

明治三十七年二月十日の記事に、「末松、金子両男の出発」と出ている。いわゆる日露戦争を有利に終結しようとする情報活動のため、謙澄はかつて留学していた英国へ、金子もかつて留学して友人の多い米国へと派遣されたのであった。「其用向が至って重大なる事件を含めるはいふまでもない」と「門司新報」は伝えている。謙澄はまだ政治の渦に巻き込まれていた。ただ、明治四十年代になると政治家として一線から身を引いたが、まだ中央政治に影響力を持っていたこともあって、帰国するたびに、郷土の出身の著名人としてはトップクラスの人物として、その動向を詳しく報道されている。また、文人として漢詩、文学に関することで掲載されることが多くなっている。

特に謙澄の記事が多くなるのは、明治四十三年である。十月二十八日、「孝子伊藤公（上）末松子爵談」が四回にわたって連載されている。『孝子伊藤公』の出版は明治四十四年の一月であるので、この頃は既に原稿は出来上がり、校正の段階であろう。

この連載によって、孝子伊藤博文の知られざる一面が多くの読者にわかったのである。

この記事が出る一年前、すなわち明治四十二年十月二十六日、伊藤博文は旅行中のハルピン駅頭で暗殺された。この事件は日本国民に大きな衝撃を与え、マスコミに大きく取り上げられたり、関係の本も多く出版された。娘婿でもある謙澄は当然、葬儀、追悼行事などに忙殺され、一年後の四十三年十月の頃はようやく落ち着いた時期であろう。

『孝子伊藤公』は資料的価値が高いと言われている。平成九年、マツノ書店より復刻版が出され、一坂太郎が解説している。「末松謙澄は伊藤の女婿という立場で伝記を執筆することを避け、女婿という立場ゆえに入手することのできた史料をそのまま活字にして世に提供することに徹したのである。これが末松謙澄の歴史書を編む、基本的な姿勢であった」と述べ、『防長回天史』の編纂方針も同様であったという。それゆえ「末松謙澄の歴史書の多くが、今日に至るまで普遍的な価値を持ち続けている」と記している。

謙澄の帰郷と郷里への発信

明治四十四年四月、謙澄は八年ぶりに帰郷した。四月七日には「末松子爵の着発」の記事が載り、その後二十二日連続で関連記事が続いている。

「末松子爵の動向」という見出しで詳細に記され、「追福法会、末松家の先祖及び先代臥雲翁（房泰翁及び謙澄子爵の厳父）の三十三回忌追福法会は京都郡稗田村大字前田なる当主房泰氏邸に於て八日午前十時より執行されたり」という調子である。さらに新聞記事は、法会を済ませた親族たちが両親の墓に詣でたこと、臥雲翁夫人の墓碑側面に伊藤博文の揮毫が刻まれていること、阪谷朗盧《ろうろ》、福地桜痴《おうち》の撰文のことなどを伝えている。

この時の帰郷は謙澄にとって結構忙しいものであった。十六日の見出し「末松子爵の来門」の記事によれば、「末松子爵は一昨十四日、豊津中学校に於て一場の講話をなしたる後、柏木邸に一泊」、その後、門司に行き、官民の多くの人に出迎えられ、市長など有志と共に書画を観覧し、有志の懇請に応じて揮毫をし、門司倶楽部で招待の宴に出席する、という忙しさである。この揮毫も随分たくさんあったであろう。

記事は、その後の永井市長の歓迎の辞に対する謙澄の挨拶の詞を記している。その中には謙澄が逓信大臣の時に山陽本線の路線を変更して成功した話、門司港の整備などに尽力していること、豊前育英会の総裁として寄付金のお礼などの話をしたことがわかる。これらの文を読むと、当日の謙澄たちの様子が手にとるようにわかる。

四月十六日からは、「京都郡人に望む」と題する内容が五回にわたって報じられている。何度もヨーロッパに渡り世界の事情に詳しい謙澄が、郷里の人々に向けて発した言葉である。

世界は特にパナマ運河やシベリア鉄道の開通など交通機関が急速に発達し、それにともなって商業も発展している。この期に日本も民業の発達を進め、富国強兵に努めねばならない。ところが、ここ故郷の京都郡、築上郡は県下でも非常に遅れている。炭鉱、工業地に出稼ぎに行き農業地の荒廃が甚だしい、と指摘している。そして、例えば長野県、群馬県のようにもっと養蚕業を盛んにして農業の振興を図れば、農村も潤う。この地には小倉織のような立派な特産もあるではないか。こうして地方が豊かになれば、教育はよくなり、かつ文化も高まってくる、と具体的な例をあげて切望している。

今日の状況を見てみると、いいのか悪いのか地方自治体が懸命に企業誘致や特産物の売り込みをしているが、それと全く変わらないのである。当時の世界の状況、日本各地の事情に詳しい末松謙澄の話は説得力があった。

また、帰郷した際は各所での講演に引っぱり出されたようで、その内容を詳細に新聞が報じている。四月十五日、十六日に掲載された「末松子爵の談」はその際の講演記録のようなもので、話した内容を詳しく掲載している。今日の新聞記事とはかなり異なっている。中にはほとんど速記録のようなものもある。これは今日、資料として使われる。

同年四月十八日「末松子と中村長官」という記事は、当時の官営八幡製鉄所の中村長官との面会記事である。

末松謙澄と毛里保太郎

明治四十四年四月の帰郷の折、謙澄は毛里保太郎らと先師・村上仏山の仏山堂を訪れている。ところが記事によると、仏山堂は「大破して住む人もなく、見る影もなく、荒れ果てたり、子爵は懐旧の情に絶えざるものの如く、庭前の記念碑前を低徊し、或は屋内を点検し一詩を貽《のこ》せり」とある。そして遺物の貴重品の管理を兄に託した。それには自分が昔、仏山先生に贈った書簡、脇息《きょうそく》あるいは貴重な木像などが含まれていたともある。

さらに寺原知事と行橋の梅家で会見し、小倉、行橋で講演したことも報じているが、その際にも毛里が同伴しているところから、その密接な関係が想像できる。

毛里は謙澄が帰郷の折には同行して記事を書き、唱酬している。このたびの帰郷に際しても、ずっと同行していたようである。

四月二十日、「末松子爵と唱酬――その一、毛里生」という記事には、仏山堂（水哉園）で謙澄が詠った詩や、唱酬し合った歌を書き留めている。例えば、荒廃した仏山堂を前にして、「此の時　子爵は今昔の感に堪えへぬものの如く鉛筆で左の一首を示された。

仏 山 堂 破 帯 斜 陽　十 歳 重 来 転 断 腸

一樹庭桜花正好　春風尚放昔時芳」

と記し、これに対して、

「僕（毛里）も一読黯然、深き感に打たれ子爵の韻に次したる詩は左の如くである。

十里山河半夕陽　遊蹤歴々断人腸

向誰問卅年前事　独有桜花放晩芳」

と後日、詳細な状況を掲載している。

この「末松子爵と唱酬」は五回にわたって連載された。また、四月二十九日より連載の「仏山翁と諸大家」にも、連載五回目に「毛里生」の署名がある。これらは単に末松と毛里との人間関係だけでなく、編集方針にうたう「文芸重視」の一端を示すものでもあろう。

さらに、末松家が宇都宮の一族であることから、宇都宮の因縁のある肥後の木葉村を訪ねている。四月十二日の記事によると、「末松子爵の一行は十一日肥後木葉村の先祖を祀る宇都宮神社に参拝し、付近古跡を探り後熊本に至り、柳屋に一泊し、十二日午前九時、紫藤肥後銀行頭取、柏木勘八郎氏及び毛里保太郎と共に一同腕車に乗じ云々」とあるが、宇都宮氏の痕跡はあったものの確たるものを見出せなかったようで、「未だ探求する能はざるは遺憾なり」と締めくくっている。

大正八年七月八日、「末松子爵の動向――徳山における」の記事を見ると、毛里はここでも末松に同行し吟行していたらしい。この頃、毛里は既に代議士となっていた。この日のコラムには「毛里代議士、昨日より徳山に寄り来門」とある。先の「末松子爵の動向――徳山における」の記事はこの毛里が書いたものであろう。

その後、七月十日、謙澄が毛里に宛てた手紙を、「末松子の詩簡」という記事で紹介し、その中の和歌、漢詩を掲載している。「今朝、偶然二歌、一詩を得申候。左に録し候。御一笑々々」として和歌を二首、漢詩一遍を書き記している。

やがて大正九年六月、晩年の全精力を尽くしていた『防長回天史』の出版の最終の準備段階になり、『防長回天史』全編を脱稿した。それで安心したのか、病状が悪化した。

謙澄は大正九年（一九二〇）十月五日、六十六歳で逝去した。先に紹介したように、「門司新報」は「逝ける青萍子爵・多才多能の巨人の一生」という大見出しで報じ、他に「正二位」に叙されたこと、告別式の模様、名士の追悼の言葉など多くの記事を載せている。

なお、この年、十二月十八日、兄・房泰も八十八歳で逝去した。翌十年三月、『修訂 防長回天史』が刊行されている。

まとめ

末松謙澄と「門司新報」との関係について述べてきたが、ここで簡単にまとめたい。

謙澄が明治二十年代に政界に出てきたことと、郷里で「門司新報」が発刊された時期が重なったことが、両者の密接さの最大の理由であろう。さらに謙澄は本来、文学者、学者である。明治十二年にイギリスに留学し西洋文明に触れて、日本があまりにも文化的に遅れをとっていることを痛感し、早く西洋文化のよいところを取り入れるよう懸命に取り組んだ。しかも、もともと持っていた学問への意欲にも火がついて、マルチ人間となった。

謙澄は日本古来の漢詩、詩歌の教養に、西洋の教養の両面を合わせ持っていた。それは文芸重視の編集方針をとっていた新聞社の求めとも合致し、当時の読者層、知識階級の人々に斬新なものとして歓迎されたのではないか。明治時代の半ばは日本古来のものと西洋の新しいものとの混沌とした時代で、新聞社にとっても謙澄は好都合の人物であったと思われる。

しかも、毛里のような同好で同門の者がいたことも幸いしたであろう。

葉山嘉樹の文学への出発　『葉山嘉樹短編小説選集』の出版

葉山嘉樹《よしき》の故郷の豊前地方は、旧藩時代から至って穏健な土地である。気候も温暖で、農作物もよくできるためか、幕末の混乱期を除いては農民一揆などもほとんどなかった。そういう風土で育った人間も至ってのんびりしていると感じていたのが、堺利彦である。

「豊前の国風は引っ込み思案に在り、お上に逆らはざるに在り、旅に出ざるに在り、危うい事を為さざるに在り、兎角近処に事なかれといふ主義に在り」と鋭く指摘した。そして当時の中学校長に対し、こういう豊前の悪い国風を打破して豊津中学の新学風樹立を願った（「福岡日日新聞」明治三十四年四月二日）。

しかし、一方で豊前からは明治以降、社会主義運動家や革新的な人物もかなり出ている。また文学方面でも、堺利彦をはじめ鶴田知也、橋本英吉、火野葦平、小宮豊隆、漢詩では村上仏山、末松謙澄、俳句の竹下しづの女など意外と多い。

さて、葉山嘉樹はこういう風土で生まれ育ったのであるが、彼を文学へ向かわせたものに大きく二つある。一つは母親のいない暗い家庭環境、二つ目は中学時代に文学的雰囲気を持った教師にめぐまれたことと、文学サロンのような高橋虎太郎（鶴田知也の父）の家に出入りできたことであろう。

嘉樹は、幼少期の精神形成の最も大切な時期に母親のいない孤独な家庭で過ごす。父母の不和から実母の家出、お手伝いさんか義母かわからない女性が家に来たが、嘉樹とは争いが絶えなかったという。「呪はしき自伝」にはこう記している。

「母は私の十三の年だつたかに追はれて家を出た。その後へ後妻めいた者が来たが、私は徹底的に彼女と闘つた。私の中学へ入る年に父は職を辞めた。貧しい中から、いやいや中学を卒へた」

こういう寂しい家庭環境で育ったことが、嘉樹が文学へ向かった要因の一つであると考え、そういう文章を探していたところ、豊津町（現みやこ町）の児倉勝さんの『新文芸日記・昭和六年版』（新潮社）に印刷されていたものを見つけ、感激させられたことがある。これは後に『葉山嘉樹全集』を刊行中の筑摩書房にコピーを送り、収録に間に合った。「「竜ケ鼻」と「原」―我が郷土を語る―」がそれである。

「幼少時代の私は、その芝生から、今川の流れや、それに沿うて田川地方の炭坑地に走つてゐる鉄道、直ぐ足下の、空と同じ色を映した池、それから五六里の平野を見はるかして、不思議な幻想的な形に横たはる竜ケ鼻の山容などを、全半日もぼんやり見とれてゐる事が多かつた。（中略）だが、いづれにせよ、私はそこで、一番私に親しかつたものは、それ等の自然であつた。人間の噂は、あまり私に興味を起こさせなかつた」（『葉山嘉樹全集』第五巻に収録）

このように寂しく暗い家庭環境が、文学に向かわせることになった。

父親の荒太郎について調べているが、荒太郎の書いたものは意外とない。先述のように文学好きな土地柄のため、明治以降、漢詩集や記念文集が多く出されている。郡長を務めたほどの荒太郎にも当然、原稿の依頼があったと思われるが、書いた形跡がない。ある記念詩集の目次に名前が掲載されているが、実際には作品がないというものもある。どうも荒太郎には文学的な好みはなく、むしろ「武」の人であったようだ。

嘉樹の中学時代には、地方では著名な漢詩人の緒方清渓など文学好きな教師が多くいた。元来、作文の好きだった葉山ではあるが、中学生時代も好きでいられたのは、こういう教師の影響かもしれない。国語の成績も良い。

また、鶴田知也の実父・高橋虎太郎の影響が大きい。短い船員生活を経て、虎太郎の世話で鉄道院、明治専門学校に勤めている頃、嘉樹は虎太郎の家に行き、文学論議に花を咲かせていたらしい。未完の作品を持参して虎太郎に見てもらってもいたようだ（鶴田知也「葉山さんのたたかい」〔『葉山嘉樹全集月報』五〕）。

葉山嘉樹の作品が中学や高校の教科書に収録されたり、大学の卒業論文に取り上げられるようになったが、まだまだ読まれることは少ない。また、読むにも手頃な本がない。筑摩書房の『葉山嘉樹全集』（全六巻。一九七五～七六年）も出版されて二十年以上にもなり、入手困難になっている折に、この『葉山嘉樹短編小説選集』（郷土出版社、一九九七年）が出版された。価格も良心的であり、なによりも葉山の珠玉のような短編ばかりが収録されているのがよい。

葉山の作品は、あまりにも初期のものが衝撃的なデビューであったので、後期の作品が見過ごされがちであるが、この本では後期の作品にも目配りされているのが素晴らしい。今度、これらの作品を読み直して、改めて葉山の比喩表現のうまさを知らされた。例えば「子馬がかげろうを思わせる長い足で、ひょうきんに駆け回ったり」（「今日様」）などは実にうまい。葉山の作品はもっと読まれていい。

新資料による葉山嘉樹の父・荒太郎郡長の足跡

プロレタリア作家・葉山嘉樹の父の空白に迫る

はじめに

作家の育った風土、家庭環境、家族関係などを知ることは、その文学を理解するために重要な要素であることは言うまでもない。プロレタリア作家・葉山嘉樹の研究のために、先祖から父・荒太郎の経歴、功績、人物、家庭環境などを知ることも同様である。ただ葉山嘉樹の作品も人間も起伏に満ち、かつ空白部分、「虚構の伝説化」されたものが多い。それゆえ、その空白部分を少しずつ埋めていく必要がある。

浅田隆氏は著書『葉山嘉樹論――「海に生くる人々」をめぐって』（桜楓社、一九七八年）で、「嘉樹の自我形成過程や自我構造を考察する際に軽視し得ないのが、嘉樹の故郷である豊津の精神風土や父荒太郎の精神構造などである」と指摘し、葉山嘉樹の特徴は「父との生活や豊津および豊津中学での生活の中で無自覚裡に芽生え始めていた、父が属した周囲の人々のすべてが受容していた秩序観・価値観からの逸脱感と、そこに端を発し、自我構造にめばえた現実逃避・下降志向などに起因するものであったと思われる」と述べている。

また、プロレタリア文学研究の第一人者である浦西和彦氏は「父荒太郎は十四年間郡長を務めていたのにもかかわらず、その経歴には空白の部分がかなりある。郡長時代の業績さえ皆目判明しない」(『浦西和彦著述と書誌　第二巻　現代文学研究の基底』和泉書院、二〇〇九年)と記している。このように明治維新後の葉山荒太郎の空白を埋める資料は容易に見つからなかった。

私は三十年前より荒太郎の足跡を追ってきたが、このたびその断片である「明治二十六年　郡衙諸達　友枝村役場」などを入手し、これを足がかりに関係資料を調べていったところ、原資料の少なかった空白の部分がかなりわかってきたので、以下に論考を試みた。

まず幕末・維新の頃の荒太郎の周辺を見ていきたい。先の浦西和彦氏が「葉山荒太郎の明治三年以後、明治二十六年に郡長に就任するまでの、その間の消息が空白のままになっていて、もうひとつよくわからない」(『浦西和彦著述と書誌　第三巻　年譜　葉山嘉樹伝』)と指摘している部分を少しでも埋めようと思う。

維新前後の祖父・葉山平右衛門と父・荒太郎

葉山家は代々、小倉藩小笠原家に仕えた家柄である。明治初頭・戊辰戦争後の「豊津藩士族知行切米名簿」によると、荒太郎は石高四百石となっている。「石高を規準に藩内の席次を数えると三十六番目の中士である。その荒太郎が明治二年の版籍奉還の『豊津藩職制表』では、知事より数えて九番目に居るのであり、これは大変な抜擢と言える」（浅田隆著『葉山嘉樹論』）と記している。

嘉樹の父・荒太郎は、幕末・維新の動乱期、第二次長州征伐期には「赤心隊」を組織して切り込み隊に加わっていたほどの武辺者《ぶへんしゃ》であった。祖父・平右衛門は戊辰戦争の際、小倉藩東征出兵奥州列藩同盟の征討軍隊長として庄内藩で戦死している。その時の様子を『小倉市誌 下巻』（復刻版：一九七二年）では、『豊前人物志』（山崎有信著、一九三九年）とほぼ同内容で詳細に述べている。少し長いが紹介したい。

葉山平右衛門、諱・氏芳は「明治元戊辰年閏四月、徳永吉太郎、沼田藤助、志津野源之丞と共に隊長として出征」し、「八月二十三日暁天より我藩、大村藩と角館本道より我斥候途中、横沢村手前にて賊兵に出合、大村藩其儘本道を進撃。我藩二小隊を左右に分け、賊の左右より横射相進み、次第に差迫り、物合間近に相成、隊長葉山平右衛門抜刀真先に進み、切入り、部下の者続いて切り入り、平右衛門賊数人に当り、数人に手負させ、数人を切倒し、其身も数ヶ所に、疵を被り、益憤怒切戦の折柄、誤って顚倒し、賊後より附入り、危急の場合に、部下溝部寿太郎駆付け、其の賊を討ち取り、其の地の賊徒終に散乱敗走す。我兵尾撃、斬獲無数。（略）隊長葉山平右衛門太刀疵三ヶ所、深手負存命不定。九月二十三日秋田城下にて死去。法名左之通、葉山院無敵仏心居士、矢橋村禅宗善隆寺に葬る」とある。

慶応四年（一八六八）九月八日、「明治」と改元される。翌明治二年六月十八日、版籍奉還となり、藩主忠忱《ただのぶ》が藩知事となる。さらに明治三年十二月、豊津藩となり、翌四年七月十四日廃藩置県となり、豊津藩はそのままで豊津県となり、小笠原忠忱は東京へ移住する。同四年十一月十三日、三府三〇二県を改廃し、三府七十二県に整理統合し、豊津県を廃止し、小倉県を置く。この頃、豊津から多くの小倉藩士やその家族は各地に移住していった。

ところが、この頃の葉山一家の動向がわからない。荒太郎の廃藩置県の公布以前までの待遇からすれば、当然、「小倉県、福岡県」においては相当の地位の官吏になっていてもおかしくないと思われる。しかし、明治四、五、六、七年の『袖珍《しゅうちん》官員録』、『掌中官員録全』、明治八年『官員録全』、明治九年『官員録』、明治十年『官員名鑑』、同十年『官員録』、明治十二年二月六日の『明治官員録』などには葉山荒太郎の名前は出て来ない。

昭和五十三年四月十五日「朝日新聞（福岡版）」に掲載された神戸大学の今津健治氏の記事によると、明治六年一月の『福岡官員表』から明治二十一年に至る『福岡職員録』を見ていくと、「初期のころはほとんどが士族の出身者で占められている。なかでも旧幕臣と思われる静岡県士族が多いのが目立つ」、「明治八年三月十五日の『福岡県職員録』によれば福岡県士族三四名、同平民二名で、ようやく三分の一強であるに過ぎない。もっとも下級職員になるほど、比率は増大する」とある。明治政府によって意図的に地元出身者を採用しなかったからであろうか。

ところで、荒太郎の郡長時代については後で述べるが、郡長になる以前は大阪で副典獄長をそれゆえ荒太郎のような有能な人物でも、他県に出て就職しなければならなかったのであろう。務めていた。浦西和彦氏の調査で「葉山嘉樹の甥である矢野一次は私信で、葉山荒太郎が大阪で典獄長を四、五年務めたともいわれているが、詳しいことは未詳」とある。だが、当時の資料がなかったため確かなことは不明であった。

ところが、二十年ほど前、調べていくうちに、明治十六年十二月二日発行（明治十五年十二月二日付）『改正官員録』に「副典獄長　福岡　葉山荒太郎」と記されていることがわかった。同十八年三月の『改正官員録 上巻』にも十六年版同様に、荒太郎は「副典獄長」として掲載されている。この時、「大阪府知事」は旧小倉藩士の建野郷三であった。建野は明治十三年五月四日に大阪府知事に任じられている（『小倉市誌 下巻』）。建野は小倉藩士の中でも出世頭の筆頭に挙げられる人物である。

荒太郎の就職はこの建野の推薦によるものかもしれない。矢野一次氏のいう「典獄長」か、「副典獄長」かの違いはあるが、真実味が出てきた。参考までに「大阪府典獄ハ特ニ年俸千円ヲ給スルコトヲ得、郡長ノ年俸ハ六百円トス」(松本徳太郎編『明治宝鑑』復刻：一九七〇年、原本：一八九二年)とある。

もし、荒太郎が矢野氏の話のように、典獄の仕事を四、五年で終えたとすれば、明治四年十二月二十五日付の廃藩置県によって「豊津県を廃し、小倉県を置く」ようになった後から明治十二、三年の間と、副典獄長を辞めた後、郡長になるまでの間の荒太郎の動向が不明である。

『大阪府警察史』(大阪府警察史編集委員会、一九七〇年)によれば、「明治十四年三月府県にはじめて典獄、副典獄等が置かれ(太政官達第一六号)監獄事務を分掌ないし所掌するようになったが、一九年七月の地方官官制公布により監獄は第二部(監獄課)の所管になり警察の手から離れ、つづいて二三年一〇月の監獄署は府の部署として知事官房、警察部などと同じになった。このように知事の管理していた監獄署を国に移管し、典獄などの監獄に関する職員が府から除かれたのは、三六年三月(勅令第三五号)のことであった」とあるように、明治初期には「典獄」は警察行政の一部署であった。

同書によると、「明治初期の監獄(後の典獄)は旧幕時代の牢屋敷を引き継いだのみではなく、その思想も旧態のままであった」、「監獄改良については、まず五年一一月、小原重哉の努力で監獄及監獄則図式（司法省達第三七八号）が公布された。これはわが国の獄制上画期的なことであるが、当時の国家財政や国内の文化的水準はそれを受け入れるだけの域に達していなかったので実施を見るにいたらなかった。その後六年の監獄則改正を経て、刑法施行にともなって五年以来の諸規則を統合したフランス的監獄則（太政官達第八一号）が、一四年九月に公布せられた。このとき、わが国にはじめて犯罪人処遇の近代的な監獄法が適用されるにいたった。しかし、その後もそれぞれ関係者が監獄改良意見を述べているとおり、監獄の実際は必ずしも規則を厳重に施行したものでなく、二二年の改正をまって一段と進歩し、三二年七月の改正を経て四一年三月、ドイツの監獄制度による監獄法（法律第二八号）の公布をみるにいたっている」と記している。

荒太郎が副典獄長をしていた頃は大きな転換期であった。組織的にも、収監された人への待遇、刑罰などは整備されない状態であったようだ。このような中で荒太郎は四、五年で副典獄の職を辞したのかもしれない。

その後、数年を経て明治二十年十二月二十八日付で「築城、上毛郡長」に就任することになるのだ（『築上郡史 上巻』福岡県築上郡豊前市教育振興会、一九五六年）。

郡制施行の頃の葉山荒太郎

明治十一年七月「郡区町村編制法」が太政官布告第十七号をもって布告された後に、明治二十一年四月、「市制」・「町村制」が公布され、翌二十二年四月から施行された。この「町村制」では財政能力拡大のため、かなり大規模な合併が行われた。

ところが、『築上郡史 上巻』によれば、「郡主治者、任命年月、職名、氏名」が記され、「明治六年十二月の第六大区長に岩田耕鳴、高橋庄蔵」の二名が連記している。さらに「明治十一年十月十七日付で築城、上毛郡長　加藤海蔵が就任し、同十三年十月六日付で、栗屋藤五郎」が就任。次いで、明治十四年一月三十一日付で「京、仲、築上郡長（「京」は京都郡、「仲」は仲津郡を指し、「築上」は「築城、上毛」郡の誤りか）山本重暉」が任命される。「明治十四年十一月十九日付」で、築城、上毛郡長に生井清長が任命され、「明治十九年八月二十八日付」で、京、仲兼築上郡長（「築上」は「築城、上毛」郡の誤りか）に任命されている。

そして、「明治二十年十二月二十八日付けで、築城、上毛郡長　葉山荒太郎とあり、荒太郎は次の郡長の長野恰が明治二十六年十一月八日に就任するまで約六年間、築城、上毛郡長」を務めて「京都郡、仲津郡長」（明治二十九年に京都郡と仲津郡を合わせて京都郡と称するようになる）

に異動した、と記されているのである。明治二十三年七月二十六日発行の増補再改版『官員録』にも、「築城　上毛郡長　葉山荒太郎」という役職で掲載されている。

先に浦西氏が、荒太郎の郡長就任に明治二十六年を挙げていたが、これは今まで主に『京都郡誌』（伊東尾四郎編、一九一九年）などの資料によって、京都郡の歴代郡長の記載により明治二十六年より同四十年までの任期のみを取り上げてきたからであろう。ただ、この時期は幕藩体制から近代社会への過渡期による混乱期であることと、町村役場、個人による資料保管が不十分なため、資料が極端に少ない。そのため、これだけの事実が判明するのに多くの時間が経過したのである。

このような混乱期、「明治二十年十二月二十八日付け」で、葉山荒太郎は「築城　上毛郡長」に任命されたのであろう。当初、築城・上毛郡の郡役所は現在の豊前市の賢明寺か教円寺に置かれた。その後二度あまり移転したらしい。

戸主・葉山荒太郎の除籍謄本三通の一つに、「福岡県上毛郡宇島町大字宇島七拾八番地（土地調ニ付訂正七拾八番地ノ一）」とあるのは、荒太郎の郡長時代の住所と考えられる。

大政奉還・新政府の発足により地方行政組織と諸制度が実施され、郡制も次々と改正された。そういう中で、葉山荒太郎は明治二十年十二月二十八日より築城・上毛郡長（のちに築上郡と改称）を約六年間務め、京都・仲津郡長（二郡は統合され京都郡と改称した）を明治二十六年十一月八日より同四十年八月二十七日まで約十四年間務めた。両郡を合わせると約二十年間の長期にわたっている。歴代の郡長の任期が平均が三、四年間であるのに比べ、このような長期間にわたって務めた者は珍しい。当時の個人の随筆によれば「郡長は彼（葉山）の占有物のようであった」という評もある。しかし、荒太郎の郡長としての実績、人物についての資料がない。

新資料「明治二十六年　郡衙諸達　友枝村役場」の周辺

「明治二十六年　郡衙諸達　友枝村役場」と他の資料とを合わせて、荒太郎の足跡を見ていきたい。そこでまず当時の地方自治の組織について少しふれたい。

『豊前市史　下巻』には「明治九年四月一八日、府県の統合により、小倉県は福岡県に合併し福岡県となり、更に八月二一日、府県の大統廃合が行われ、三瀦県のうち筑後一円が福岡県に入り、福岡県から豊前の下毛・宇佐の両郡を大分県に所属させて、現在の福岡県域が確定した。明治一一年七月、「郡区町村編制法」が太政官布告第一七号を以て発布され、従来の大小区制は廃止された。これにより郡を行政区画として郡長を置き、町村に戸長を置いた。その結果一区（福岡区）三一郡となった。本市（豊前市）関係の村は築城郡・上毛郡に所属した。同年築城・上毛両郡を一つにした郡役所を八屋に置いたが、一四年二月にこれを廃し、京都・仲津二郡を加え四郡を統括する郡役所を行事（行橋）に置いた。同年一一月これを解き、築城・上毛二郡を所管する郡役所を再び八屋に設置した。次いで明治一三年には「区町村会法」が制定され、各町村に自治的性格が付与された。この法によって各町村に町村会が開設され、町村費を議定した。更には築城郡、上毛郡それぞれが連合体としての町村会を開き、土木・教育・勧業などの事業について議決することもあった」（『豊前市史 下巻』豊前市史編纂委員会、一九九一年）。

まだ郡役所は本格的な自治体の組織としての機能を果たしていなかった。『行橋市史 下巻』（行橋市史編纂委員会、二〇〇六年）には、「郡は藩政時代から存在する行政組織であったが、明治五年の大区小区制によって廃止された。しかし、明治一一年の郡町村編成法などいわゆる三新法によって復活し、行政区として再置された。福岡県の豊前地域では、企救・田川・京都・仲津・築城・上毛の六郡が置かれ、郡長が配置された。しかし、町村や県と違って、独自の郡会を設けることはなかった。ただ、数町村にわたる問題を協議する場として、郡内各町村連合会を開いていた。行橋地域でこのような会議が開かれていたかは明らかではないが、隣の築城郡や上毛郡では郡内連合会が開かれていた記録が残されており、郡内の土木事業や教育費、衛生費について議論されている」とある。これがいわゆる、この「明治二十六年 郡衙諸達」にまとめられている「上毛郡山田村外十四ヶ町村組合　事務管理者　築城上毛郡長　葉山荒太郎」の名で出された一連の通達によって証明されるのである。

先に挙げた『明治宝鑑』（編集時期の明治二十五年五月三十一日までの資料を掲載しているが、追加は六月一日から九月五日までを掲載している）は、明治憲法から法律、人事、官僚名簿など膨大な統計記録であるが、明治・大正時代の地方自治体の資料はあまり残されていない。ましてや郡役所の書類などもほとんど散逸している。それゆえ、この「明治二十六年　郡衙諸達」は貴重である。また、これには全国の郡長、書記官の氏名なども掲載されている。その上毛・築城郡、京都・仲津郡の分を引用すると、「築城・上毛郡役所」には「上毛郡八屋町・郡長　葉山荒太郎、郡書記　高山篤太郎、中島卯三、田中彦次郎、橋田直且、井田謙蔵」とある。「京都・仲津郡郡役所」には「郡長　正七勲五　浦野重徳、書記　高橋永種、秋吉直徹、津村重次郎、布施源太郎、有松二平、白石謙吾、入江政憲」とある。

福岡県、他県の一部では郡長の「年給八〇〇円」と記入されているが、上毛・築城郡、京都・仲津郡の項では無記入である。しかし両郡の郡長の年給も八百円だったと思われる。書記官は平均五〜七人位である。後にはもっと増加されたようである。それに「雇」が数人いた。明治十七年から二十五年頃には郡役所の職員は二十人前後いたと推測される。

『築城郡誌　上』（雄山閣、一九七二年。原本：一九一〇年）の「知事及郡長」によれば、高橋正蔵―大区長、以下郡長の氏名のみを列挙している（ただ就任年月日と退任年月日の記入がない）。加藤海蔵、栗屋藤五郎、山本重暉、生井清長、清水可正、葉山荒太郎、長野恰、村岡益章、高橋永種、堀狷介とある。

また「築城郡長」とあるが、正式には明治二十九年以降のことである。というのも「築城郡」、「京都郡」として呼ばれるのは明治二十九年以降である。郡制は二十三年にも改正されたが、すぐに実施されたわけでなく、福岡県では明治二十九年になって改正郡制が実施された。この時、多くの郡が統合されたが、豊前では旧来の仲津郡は京都郡に統合され、上毛郡は築城郡に合併して築上郡となった（『行橋市史 下巻』）。

明治20〜30年代に建築された築上郡役所（『築上郡史』より）

このことで『築城町誌 上巻』（築城町、二〇〇六年）には「郡制時代の郡長」として村岡益章を初代に挙げ、就任を明治二十九年六月二十日に、辞任を明治三十年十二月にしている。ほかに六人の郡長名、就任、辞任の年月日を挙げ、郡制最後の郡長宮崎幸十郎を記している。

また、『豊津町史 下巻』（豊津町、一九九七年）には歴代の「京都・仲津郡」、「京都郡」の郡長の氏名、就任、辞任の年月日を掲載している。初代は山本重暉は明治十一年十月十七日に就任し、明治十九年に辞任している。

『吉富町史』（福岡県築上郡吉富町役場、一九五五年）は以下のように、先の『築上郡史』を踏襲している。

歴代の郡長

任官年月日	氏名
明治十一年十月十七日	加藤海蔵
仝十三年十月六日	栗屋藤五郎
仝十四年十月三十一日	山本重暉
仝十四年十一月十九日	生井清長
仝十九年八月二十八日	清水可正
仝二十年十二月二十八日	葉山荒太郎
仝二十六年十一月八日	長野　恰
仝二十九年六月十五日	村岡益章
仝三十年十二月二十日	高橋永種
仝四十年九月六日	堀　猖介
大正元年十二月七日	川田淵明
仝二年十一月三日	猪野鹿次

仝五年三月三日　　山口良介
仝九年十月五日　　宮崎幸三郎
仝十三年十一月□日　　陣山勘二

明治二十九年四月、郡制改革で築城郡と上毛郡が合併して築上郡となり、都役所は八屋に置かれた。また、京都郡と仲津郡が合併して京都郡となる。郡役所は行橋町行事にあったが、大正三年（一九一四）四月、大橋の新築庁舎に移った。

『築城町誌　上巻』には次のように記す。

「明治二十九年には郡制が施行された。郡制は明治二十三年（一八九〇）五月、府県制と同時に公布されたが、府県、市町村に比べて、その中間にある郡の自治体的性格は弱かった。郡は府県の中で、市を除く区域を分割して成立した。また、地方の実態は郡制を即時に実施するには困難があり、全国一律に実施されるには至らなかった。福岡県では郡制の施行は明治二十九年のことである。これより、県下は二市十九郡に区分されることになった。（中略）郡には執行機関としての郡長、議決機関としての郡会、郡参事会が置かれた。郡会議員は、郡内の町村会が選出した議員と、所有地の地価一万円以上の大地主が選挙した議員からなる。郡会議員は名誉職で、任期は町村会選出議員六年（三年ごとに半数改選）、大地主選出議員は任期は三年であった」とある。

全国各地によって郡制の施行、組織の編成の成立の度合いはかなり違っていたようである。さらに度々の改正と市町村の合併によって複雑なものになっている。各市町村の史誌などでも記述が異なっている。

『香春町史』(一九六六年)によれば、田川郡の場合は次のように記している。「明治十一年十一月大区調所を郡役所と改め、役所を香春町本町に設け田川郡を管轄した。ここで愈々《いよいよ》地方自治行政の形態が整えられたのである(初代郡長は先の大区長熊谷直候である)。この郡自治行政は長く(四十五年間)続き、香春町は又郡政の中心地として、政治、文化、経済の上より栄え、香春の黄金時代を出現し、町史上特筆すべき内容をもったのである」と記している。郡役所が香春町に設置され、それに伴い行事区裁判所、登記所、税務署、警察署、公会堂などの官庁施設ができたことの喜びを表しているようである。次に「郡政年間の大区長並郡長名を紹介」している。参考までに引用する。

一、明治六年十二月↓同十年五月　大区長　熊谷直候
一、同十年五月↓同十一年十月　区長　桑野里七
一、同十一年十月↓同二十四年二月　郡長　熊谷直候

一、同二十四年二月↓同二十九年六月　郡長　岡　迂也
一、同二十九年六月↓同三十二年四月　郡長　長野　恰

と続き、大正十五年六月の郡制廃止時、最後の郡長の中村俊雄まで十三人の氏名が記載されている（右の長野恰は、明治二十六年十一月八日より二十九年六月十五日まで築城・上毛郡長になっている。葉山荒太郎の後任として赴任したが、その後、田川郡の郡長を長く務めている）。

明治政府は地方自治の制度を次々と改正していく。たとえば、「郡制」については各市町村史、あるいは研究書によってかなり異なっている。また郡制の施行と実質的な動きはそれぞれ少しずつ違っていたようである。さらにこの時代の資料は意外と少ない。このあたりの変遷を『太平村誌』（太平村、一九八六年）によって大略を見ていきたい。

「明治十一年七月、『郡区町村編成法』が制定され、大小区制が廃止された。そして郡を行政区画として郡長を置き、町村には戸長を置いた。（中略）次いで明治十三年には『区町村会法』が制定され、自治体的性格が付与された。（中略）更に町村分区が改正され、村の再編成がすすめられ聯合町村役場が設置された。（中略）同時に『区町村会法』改正により、県令・区戸長の権限が強化され、戸長も官選となった。少しずつ地方行政組織が整備されていく。明治二十一年四月に『市制・町村制』が公布され、翌二十二年四月より施行される。特に町村制ではその

発足にあたっては財政能力拡大のため、大規模な町村合併がすすめられた。また町村長は町村会によって選挙されるようになり町村会は等級選挙制によることとなった。（中略）これにより府県・郡・市町村と一応自治団体としての権能と組織を備えることとなった。ただし、福岡県では、公布六年後の明治二十九年から実施され、郡についても、同年築城郡と上毛郡が合併して『築上郡』が誕生した」

しかし、明治十一年から二十九年の間、郡役所は仮住まいの状態とはいえ一応設置され、郡長を任命していたが、どのような役割を果たしていたのだろうか。

築城・上毛郡（後の築上郡）の郡長、京都・仲津郡の郡長（後の京都郡）が明治十一年から二十九年の間に果たした仕事はどういうものであったのか、大いに気になるところである。ただ郡役所の資料といっても明治二十九年以降の郡長しか記載していないものが多い。

さて、明治政府の地方自治組織の中でどういう人が郡長、戸長になったのだろう。『小郡市史第二巻 通史編』（小郡市、二〇〇三年）によれば、「数ヵ小区～大区を管轄する区長の多くは士族であった。（中略）小区を管轄する戸長は旧大庄屋～旧庄屋小区より小さな範囲を管轄する戸長および副区長は旧庄屋が多かったと思われる。大区小区制が廃止され都役所―連合戸長役場制となった後も、郡長は士族が、戸長は旧大庄屋屋～旧庄屋が就任する場合が多かったようである」とある。築城・上毛郡、京都・仲津郡においても同様のようである。

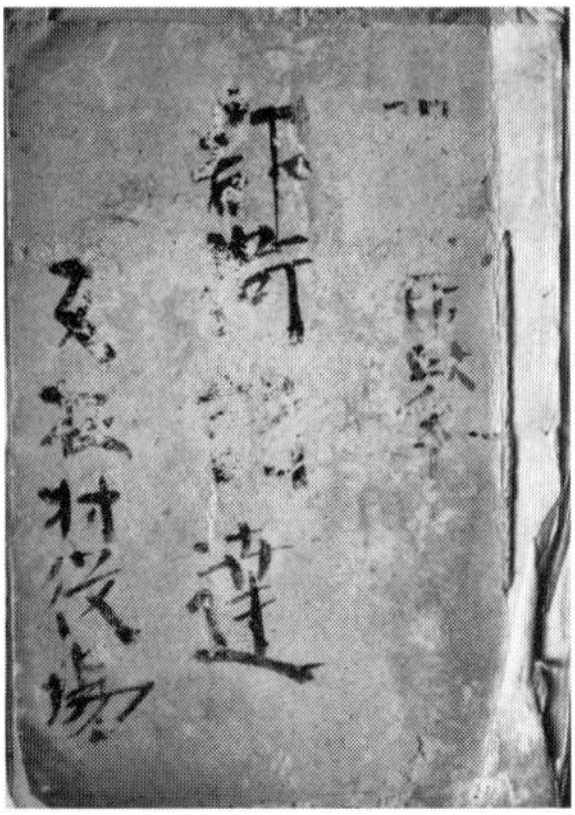

「明治二十六年 郡衙諸達 友枝村役場」の表紙

『築城町誌』にはさらに「郡制時代の郡長（築上郡になって後）」が掲載されている。明治二十四年六月二十日に就任し、明治三十年十二月に辞任した村岡益章から、大正九年十月五日に就任し、大正十二年三月三十一日に辞任した宮崎幸十郎までの、七人の郡長の名前があげられている。なお、郡長は任命制であった。

ところが、葉山荒太郎は「明治二十六年　郡衙諸達　友枝村役場」（以下「郡衙諸達」と呼ぶ）には「上毛郡山田村外十四ヶ町村組合　事務管理者　築城上毛郡長　葉山荒太郎」とある。さらに郡長葉山荒太郎の名前による通達文は明治二十六年一月四日の公示第一号から同年十一月四日の十号の公示文である。十一月十六日付の公示第十一号の署名の郡長は長野恰になっている。

それは葉山荒太郎が「京都、仲津郡長」に異動したためである。『京都郡誌』、『豊津町史　下巻』によれば、葉山荒太郎は最初、「京都・仲津郡」の郡長に明治二十六年十一月八日に就任し、明治四十年八月二十六日まで約十四年間にわたって郡長を務めたことになる（この間、明治二十九年六月に「築城・上毛郡」は「築城郡」に、「京都・仲津郡」は「京都郡」に合併し、改称される）。これほどの郡長在任期間の長さは、他にはあまり例を見ない。そこには何か理由があるのではないかと思われる。

そこでわずかな資料であるが、荒太郎の明治二十六年の郡長時代を見てみたい。

「郡衙諸達」の「公告第一号」として「上毛郡各町村」宛に通達している。

「土木改正ノ件議定其他諮問ヲ要スル義有之来タル九日ヨリ宇島町教円寺ニ於テ其各町村組合臨時会ヲ開キ引続二十六年度通常会ヲ開ク　明治二十六年一月四日」とある。そして、先述の「上毛郡山田村外十四ヶ町村組合　築城上毛郡長　葉山荒太郎」と記す。全文が印刷されたものである（後に、印刷していない手書きの通達文や、本文のみ印刷で、郡長の署名は手書きのものなどがある）。

さて、この「郡衙諸達」の最初のページの明治二十六年の公示でわかることは、当時まだ市町村制、郡制の定まらない時期で、次々と制度が変わった過渡期であった。まだ郡役所もなく、宇島町の「教円寺」を仮庁舎としていたことがわかる。福岡県より明治二十六年一月九日付の通達文が添えられている。それは「山口外一県ニ於テ左記之通リ牛疫発生ニ付撲殺及斃死之旨通知アリタリ　右報告ス」とあり、客年十二月二十二日より二十四日に至る三日間で山口県玖珂郡で一頭、同県熊毛郡で一頭、都濃郡でも一頭の牛疫が出ているとある。さらに「長崎県上県郡」では同年十一月十日より十二月二十日まで四十九日間で、五十三頭の牛疫が出ている、とある。

○第壱号　「徴兵参事員」の選挙の公告―場所　八屋町の賢明寺
○乙七号　北海道から東北地方、山口県、更には文字関村、若松町まで全国で天然痘流行蔓延の状況に対し種痘の実施などの訓示。
○公示第八号　上毛郡各町村
「明治二十六年度其郡各町村組会費歳入出予算其組合町村会ノ決議ヲ取リ左ノ通施行ス」
「明治二十六年二月四日　上毛郡各町村組合事務管理者　築城上毛郡長　葉山荒太郎」
「歳入予算のうち雑収入　金千百五拾八円八銭弐厘内訳　金九百六拾弐円五拾銭　生徒授業料（中略）」
などがあげられている。

さらに「前年度繰越金　金弐百参円九拾三銭九厘、地方税補助金　九百六拾三円、町村税三千八百弐拾五円拾三銭六厘」など予算合計六千百五拾円四拾五銭五厘となっている。これに対して経常費支出予算は「会議費　百六拾五円七拾六銭」などとなっている。

他郡の資料でも見られるように、会議費（人件費、印刷費などを含む）、土木費、教育費、衛生費、勧業費などが主要事業である。

さらに、「告示第七号」は、上毛郡各町村に対して「明治二十四年八月十一日付郡衙第三十六号公示上毛郡各町村組合第六条中一戸ニ付金拾六銭ヲ弐拾弐銭ニ地価百円ニ付金拾銭ヲ地租壱円ニ付金五銭弐厘ト改正シ且二地価割ノ次ニ三現夫割ノ四字ヲ追加ス　明治二十六年二月四日上毛郡山田村外十四ヶ町村組合事務管理者　築城上毛郡長　葉山荒太郎」とある。さらに十五の町村の「負担金額、地価割、戸別割、現夫割」などの一覧表をつけている。

「明治二十六年　郡衙諸達　友枝村役場」の記事の紹介が長くなるので、これくらいにして、現在、福岡県とはいえ藩政時代は異なる地方の状況を見ていきたい。

郡役所の官員数については、『小郡市史　第二巻　通史』の「那珂御笠郡役所」の例（山内家文書二八三）「御笠那珂席田郡職員表」によれば、明治十五年二月の時点で、郡長は小河久四郎、官員十五人（士族十一・平民四人）、「雇」が十一人（士族九人・平民二人）、合計二十六人（士族二十人・平民六人）が、庶務科・勧業科・租税科・出納科の四科と旧民費掛に分かれて職務を行っている。庶務科は庶務・衛生・学務戸籍・徴兵などを担当し、勧業科は勧業と土木を担当した。租税科の中には地券掛が置かれている。科の構成や職務分担などは御井御原山本郡役所も同様であったと思われる。しかし、『明治宝鑑』によれば、郡長と書記官五人のみを掲載している。実際は職務を遂行するには、ほかに二十人以上の職員が必要であったといえる。時代によって郡役所の組織、機能も異なってきたが、各郡役所もほぼ同じような規模であったようである。「山内家文書」の明治十五年の「御笠那珂席田郡職員表」は、他郡において資料の少ない中で大いに参考になる。

築城・上毛郡資料については「小原村有角文書（築上町所有）」、「築城上毛郡役所より通達・明治十五年」、「諸官省布告・布達県郡諸達引譲目録」などがあるらしいが、見ることができなかった。

最後に、旧豊前藩内で隣郡の企救郡の郡長を参考までに記す。『企救郡誌』（伊東尾四郎著、ナガリ書店、一九八三年。原本：一九三一年）によれば、企救郡役所、歴代郡長は次の通りである。

庁舎ハ明治十一年今ノ門司、小倉市及企救郡ヲ包轄シテ小倉室町ニ設置セラレシニ初マリ、爾来二十ヶ年ヲ経テ、同三十一年四月十五日小倉馬借町ニ移転ス。大正十五年七月三十一日郡役所廃セラレ、建物ハ企救郡自治会館トシテ今ニ継続ス。

○歴代郡長ノ就職年月左ノ如シ。

明治十一年十月十八日　　津田惟寧
同二十四年十一月十九日　後藤章臣
明治三十年十二月十三日　村岡益章
同三十四年六月二十六日　戸田宣徳
同四十一年十一月三十日　石塚　昇
大正二年四月二十四日　　鷲塚正人

同九年九月三十日　　津田如真
同十二年二月二十八日　　甲本貞次郎

まとめ

葉山嘉樹の祖父・平右衛門、父・荒太郎は幕末・明治維新の動乱の時代に翻弄されながら過ごしてきた。また、地方における行政組織も次々と変遷して、たかが百年前の貴重な資料さえ姿を消してしまった。それゆえ、わずかに残された資料である『官員録』、「明治二十六年　郡衙諸達　友枝村役場」などによって、この論を進めてきたが、これらの内容は、明治の地方行政の混乱期に約二十年間にわたって郡長を務めてきた荒太郎が有能な行政官吏であったことを示すものではないだろうか。

祖父・平右衛門、父・荒太郎は武道に長けた武士であったが、文学に関する資料は出て来ない。『鍬之柄』（高橋種之編、一九〇二年三月頃。高橋のために友人、知人、名士たちが漢詩、俳句、短歌、長歌を寄稿している）には、どういう経緯からか「投吟諸君姓名」欄に「豊前国京都郡豊津従六位　葉山荒太郎」（当時、荒太郎は郡長）の名が出ているのだが、作品の掲載がない。何かの都合だろうか、また原稿の期限に間に合わなかったのか、それとも初めから作品を出す気がなかったのか不明である。荒太郎はどうも文学の方面には興味がなかったようにも思える。

最後に、冒頭でも紹介したが、浅田隆氏が『葉山嘉樹論』において「葉山嘉樹の特徴は父との生活や豊津および豊津中学での生活の中で無自覚に芽生え始めていた、父が属した周囲の人々のすべてが受容していた秩序観・価値観からの逸脱感と、そこに端を発し、自我構造にめばえた現実逃避・下降志向などに起因するものであったと思われる」と述べている。このことに一言触れたい。

私はこの論を否定しないが、どういう事実によるものかわからない。荒太郎は二度離婚している。嘉樹は継母のような人になじめないで少年期を過ごし、母親の愛情に飢えていた。こういう少年時代を過ごした者に多く見られる傾向がある。それは「現実逃避」、「衝動に基づく放浪性」、「山一つ越せばよりよき生活があるといふやうな空想に対する盲目的な突進」（清水茂氏の指摘）などである。もう一つはロシア文学の影響も大きいと考える。

ここではこの問題はこれくらいにして、浅田隆氏は父・荒太郎のことを「感情を抑制することを善とする禁欲的な倫理観によって家族の前に立つ、家父長的父親像」などと指摘するが、これは明治・大正・昭和二十年代までの父親に多く見られた傾向ではないだろうか。しかし、この荒太郎の人物像を示す資料が足らない。今後の課題である。もっと新資料を発掘して葉山家の周辺の空白部分を埋めていき、葉山嘉樹の文学作品の理解の一助になればと切望している。

里村欣三をめぐる北九州出身の作家たち

不思議な縁で結ばれた里村欣三・葉山嘉樹・火野葦平・鶴田知也

「平凡は普遍に通ず」という夏樹静子の言葉が好きである。文学作品においても同様だと思う。たとえ平凡なストーリーの小説であっても、そこに人間の正直さ、真実が描かれていることが肝要である。そして、この夏樹の言葉とともに里村欣三の作品群を思い出す。とくに『第二の人生』三部作（河出書房）や以後の『兵の道』（六芸社、一九四一年）、『光の方へ』（有光社、一九四二年）などの作品に顕著に表れている。

「私のやうな、ぐうたらな人間が、本当に立派な兵隊になれるだらうか？――といふ疑問であつた。私は馬を曳きながら、または、どのやうに猛烈な砲火の下に於ても、この自問自答をやめなかつた」、「しかし愛想がつきただけでは、済まされなかつた。私は新しい信念と理想を摑むことへ躍起になつて行つた。それが私の『第二の人生』への出発である。これは、私の戦争の記録であると同時に、私の新しい人生追求の姿でもある」と里村は『第二の人生』第一部（一九四〇年）の跋に記している。

さらに、この『第二の人生』第三部『徐州戦』（一九四一年）の後記では、「自分としては、何もかも洗ひざらひ吐き出して、自分の精神の所在が、どこにあるかをハッキリ究めたいと思ひました。だが、そのやうな大仕掛な野心作は、私の力には剰《あま》る仕事であり、また己れを知らざる野望であつたとも思ひます。しかし私は力の限り書いてみました」、「ただ夢中の作品であり、渾沌の闇の中をのた打ちまはつて、一縷《いちる》の光明に縋りたい、私のやむにやまれぬ希求の所産が、この作品であり、また私の乏しい力を駆つて、この三部作の完成に没頭させる機縁にもなつたと思ひます」とある。

これらの文が示すように、里村の戦争文学には自身の分身と思われる人物が純粋で、あまりにも正直すぎるような人間が登場する。浦西和彦氏は、『第二の人生』は「里村の文字通りの転向小説である」、「だが『第二の人生』は、華々しく、また勇ましく戦争を謳歌した、戦意昂揚の小説ではない」と指摘している（『浦西和彦著述と書誌 第一巻 新・日本プロレタリア文学の研究』和泉書院、二〇〇九年）。とくに最近の経済優先の世の中になると、里村の作品に登場する人物には魅せられる。

さて、この里村の正直な性格、自己の実体験に基づいた創作方法などは、葉山嘉樹にもよく似ているところが多い。そういう意味でも馬が合ったのかもしれない。二人は親しく、よく行き来した。『葉山嘉樹日記』（筑摩書房、一九七一年）には、そのさまがよく書かれている。

年齢は八歳の違いで、葉山がやや年上の兄貴格、里村が弟分といったところである。葉山は明治二十七年（一八九四）三月十二日に、里村は明治三十五年三月十三日に生まれている。

この二人は不思議なほどよく似通った点が多い。実の母親がいなくなり、継母に反抗して育ち、家庭的な愛情に恵まれていなかったこと。内容的な違いはあるが、旧制中学校時代に反抗的な事件を起こしていること。左翼運動に関わったが思想的、理論的には無頓着であること。放浪生活をしながら一介の肉体労働者として働き、その経験に基づいて創作活動をし、昭和の軍国主義のはびこる時代になると、生活苦と闘い、ついに転向せざるを得なかったこと等々。さらに不幸なことに、共に戦争の犠牲者になって、戦後の復興を見ることはなかった。

もう少し二人の経歴を詳しく見てみよう。二人は文学活動の時期や主な発表雑誌なども同じであった。里村は大正十三年（一九二四）、『文芸戦線』第一巻三号で「真夏の昼と夜」、第一巻六～七号で「富川町から――立ン坊物語（一）、（二）」などを発表。大正十五年、同誌第三巻六号で「苦力頭の表情」の発表によって認められたものの、まだ作家として生活できるほどではなく、苦しい時代を送っていた。中国大陸を放浪し、肉体労働も経験しながら、ひたすらに徴兵忌避者であることを隠し続けていたという。その後、昭和十年（一九三五）四月、徴兵忌避であることを自首した。「あらゆる嘘と偽りでカモフラージュした生活では、本当の文学は生れないし、第一に子供たちに対する責任が済まない。あれやこれ、色々に考へた末に、敗北的だが、その筋へ自首して出ることにしたのだ」（昭和十年五月一日付、里村欣三の葉山嘉樹宛手紙）にあるように、自分の正直な気持ちを親友に打ち明けている。

やがて、里村は兵役を終え、徴兵によって「二年有半の歴戦」を体験する。それ以後、里村の著作の大半が戦争文学というものであったのは、あまりにも切なく、皮肉であるが、一連の作品には優れたものが多い。例えば、『大東亜戦争 陸軍報道班員手記（マレー電撃戦）』（文化奉公会編、大日本雄弁会講談社、一九四二年。里村のほか堺誠一郎、井伏鱒二などの短編を掲載）に収められた「月下の前線にて」に「夜は更ける。月光はますます冴える。惜しげもなく放射される黄金の月光下に、墓場の死人が起きて動き出したやうに、たえまなしにつづく住民と華僑のシルエット。ジョホールを中心にして三十キロ以外に、住民の立退きが布告され、それらの住民がひっきりなしに交戦圏外へ立退きつつあるのだ。しかも一発の銃砲声もない、死の沈黙である。沈黙の世界の上には、惜しげもなく十五夜の満月がバラ撒く豪華な黄金の雫――」とある文章は名文と言ってよい。里村は「戦争文学」と称されるものを次々と発表しているが、これらの作品は今日でも評価できるのではないだろうか。

一方、葉山は大正十四年十一月、『文芸戦線』第二巻七号に「淫売婦」を発表して注目された。次いで同誌に短編小説「セメント樽の中の手紙」を発表して一躍、脚光を浴びた。さらに大正十五年十月、「海に生くる人々」を発表して、華々しく小説家としてスタートした。しかし、昭和七年頃になると、作家生活も苦しくなり、家族を岐阜県の妻の実家に寄食させる。大陸、南方での戦線は拡大するばかりで、もうプロレタリア文学を受け入れる状況ではなくなった。葉山は「飯場もの」、「農民文学」、「生産文学」と称される佳作を発表するが、もうじっくりと小説を書ける時代ではなかった。追い詰められ、転向していくことになる。太平洋戦争末期の危険な時に中国大陸に渡り、敗戦のため日本に引き揚げる途中で亡くなった。里村と鶴田との関係について記す紙幅はないが、二人の親交は厚かった。

里村とともに「戦争文学」にとって忘れられない北九州出身の火野葦平がいる。里村と火野とは後で述べるが、浅からぬ縁で結ばれている。里村の親友の葉山が北九州市戸畑区の「私立明治専門学校」の職員（大正六年九月～九年十月）として働いていた頃、火野は近くの若松から旧制小倉中学（大正八～十二年に在学）に通う生徒だったが、文学に目覚めて小説、詩を書いていたという。二人はこの頃、面識がなかったが、後年（一九三八年）、火野は葉山の弟分の鶴田知也の推薦で、「糞尿譚」が芥川賞を受賞することになった。また、授賞式が中国戦線で行われたことで世の脚光を浴びる。次いで『麦と兵隊』（改造社、一九三八年）がベストセラーになり、『土と兵隊』、『花と兵隊』などを発表し戦争文学作家の花形になった。しかし、火野もいろいろな制約の中で、戦争を賞賛し人間性を無視するような作品は書かなかった。作家の良心は捨てなかった。そういう点では里村とも通じるところが多くある。

里村は報道作家の派遣をこの火野と「交替」して激戦中のフィリッピンに渡り、戦死した。後年、火野は「里村君が身代わりになってくれたようで、胸の疼く思いがしている」（『火野葦平選集 第四巻』の解説。東京創元社、一九五九年）と悔いた。いずれにせよ、里村と北九州出身の葉山と鶴田とが深く関わるという縁を、不思議なことだと思う。

プロレタリア作家・里村欣三と火野葦平の戦争と生活

やむを得ない事情から書庫の整理をすることになった。その苦労したことの見返りに、一つ良いこともあった。それは、すっかり忘れていた新聞の切り抜きが出てきたことである。平成十一年（一九九九）二月十三日の「毎日新聞」朝刊の記事で「火野葦平が最前線で反戦の心情を吐露」、「エピソード書いた手紙」、「若松の遺族に届く」とあり、「一日も早く戦争をやめないと日本は崩れさるのみ」、「親軍作家との世評を晴らす一助に」という見出しが掲載されていた。

さらに読み進んでいくと、「作家火野葦平が太平洋戦争末期の昭和十九年六月、インパール作戦の最前線で一人の主計大尉と親しくなり、大本営の発表は全く虚報。戦場は地獄で、とてもペンを取ることはできないと嘆き、僕はこの戦争は反対だった。日中戦争も早くやめさせて欲しいと思っていた」と記している。引用が長くなったのは、実は火野葦平には戦争文学作家というイメージが強烈であるが、最近の研究ではかなり違った評価がされている。これと同様に、里村欣三においても、少し違った評価ができるのではないかと思われるからである。

共に戦争文学作家である里村欣三と火野葦平には、多くの共通点がある。家庭環境は異なるが、共に左翼体験をもち、現役の兵隊として従軍し、過酷な戦場を経験していることである。そして、戦争文学作家として多くの作品を発表したが、決して戦争を賛美し、国策に迎合したのではない。一人の作家として、いや一人の人間として純粋な精神で、兵隊として、自分のできるだけの良心を込めて書き上げているのである。二人の作品を注意深く読めば理解できるであろう。そこに私は魅かれるのである。

最近刊行された大家眞悟氏の本格的な研究書『里村欣三の旗――プロレタリア作家はなぜ戦場で死んだのか』（論創社、二〇一一年）には「戦争の中の人間存在に迫りたいという里村の希求が里村を戦場の第一線に押し出していった。文学としてはそこには何もないかもしれないのに、止むに止まれぬ文学的衝動に突き動かされて戦場の第一線に出て行ったのだ」と記しているが、まことに里村という作家は自分に正直な人間であった。

一方、火野葦平も里村と同様に〝戦争文学作家の寵児〟と言われたが、苦悩しながらも自分のできる限りにおいて良心を貫いたと言ってもよいであろう。高崎隆治氏は著書『ペンと戦争――その屈辱と抵抗』（成甲書房、一九七六年）で、火野の『麦と兵隊』、『土と兵隊』を論じて、「脈々としたヒューマニズムだけはその初期において火野に保持されていたことを知っておく必要はある」と記している。

戦争当時のことを火野自身が書いている。日本軍が負けているところを書いてはならない。戦争の暗黒面を書いてはならない。味方は全て立派で敵は全て鬼畜でなければならない。作戦の全貌を書くことは許されない。部隊の編成と部隊名は書いてはならない。軍人の人間としての表現を許さない。女のことは書かせない、などの制限があったという。これに抵触すれば、軍部による容赦のない削除が行われた。

「いわゆる戦争文学を代表する作品を残した作家として記憶されてきた彼は、今もそのように記憶されているし、これからも記憶されていくであろう」（川津誠「『火野葦平』編 解説」〔『作家の自伝57 火野葦平』日本図書センター、一九九七年〕）と。

鶴田知也の「謙虚」と「実践」の文学　序文・後書きへのこだわり

鶴田知也《ともや》は明治三十五年（一九〇二）、現在の北九州市小倉北区の生まれであるが、少年期は実家のあるみやこ町豊津で過ごしている。小説家、随筆家、酪農業の指導者、労働運動の活動家、画家など、いくつもの顔を持っていた。私は生前の鶴田知也に四、五回会って、交友関係のあった作家などについて尋ねたことがある。一度は葉山嘉樹、堺利彦の調査のため東京の私宅を訪ねた。その後、葉山嘉樹の文学碑建立を記念する座談会などで会った。また、たびたび手紙のやりとりをして、大石千代子のことなどご教示を受けた。だが、鶴田は謙虚な人柄で昔のことを多く語らなかった。明朗で温厚かつ誠実な作家であったが、「過去のことに拘泥しない」で、いつも未来を見つめた作家であった。

しかし晩年、「等閑記」（一九七二〜七七年に雑誌『農業・農民』に連載。のち『鶴田知也作品選』〔小正路淑泰編著、一九九二年〕に収録）を書き、自伝的な文章を発表した。これには幼年期、青年期のこと、故郷での出会いなどを意外にも饒舌に語っている。そのうちに昭和六十三年（一九八八）に逝去された。
私は資料の一部が容易に揃わないこともあったが、本格的な鶴田知也研究ができずに今日まで来た。その後、平成二十四年（二〇一二）七月、鶴田や葉山嘉樹と共通の文学運動をしていた親友・里村欣三の「生誕百十年記念講演会」が、生誕地である岡山県備前市日生町において開かれた。そして記念誌として『里村欣三の眼差し』（里村欣三顕彰会編）が発行され、そこに拙文「里村欣三をめぐる北九州出身の作家たち」を寄稿し、鶴田知也、葉山嘉樹、火野葦平を取り上げた。この時、やはり鶴田知也について書かねば申し訳ないという思いがしてきたため、この論を書く契機となった。

いつも思うのは、鶴田知也の作品には誠実で正直な好人物が登場するが、それが同時に鶴田の誠実な人柄と重なり合うということである。端的に言えば、鶴田がよく口にしていた「不遜なれば未来の悉《ことごと》くを失う」という言葉である。換言すれば、「不遜な人間になるなかれ」ということは、「誠実な人間たれ」という意味であろう。そして、そのことを社会で「実践せよ」とも言える。激動の時代を生き抜いてきた鶴田のこの言葉は重い。そして鶴田はこの言葉を正直に実生活、文学作品において貫いたのではなかろうか。

『里村欣三の眼差し』

鶴田の信念の源はどこから出てきたのか、さらに故郷豊津とどう関わっているかを、残された小説、随筆、論文などを中心に見ていきたい。

鶴田知也はいくつかの名言を残している。「不遜なれば未来の悉くを失う」は、北海道八雲町と、豊津の文学碑に刻まれた警句でもある。現代社会にそのまま必要な言葉ではないだろうか。「過去は私にとって已に全く運命的であり、一切の問題は、現在及び将来に亙ってのみ解決し得る。だから、私の確信する方向に、私自身を鞭うつことが現在の私にとっての最大関心事たるを云へば足る」(『コシャマイン記』の序文)。また、「懶是真《らんこれしん》(自身の解釈によればなまけるのがことのあり方、生き方だという)は、杜子美や老子を知る前にすでにこの時、私の骨肉になりつつあったにちがいない」(「等閑記」)、「闘いは常に具体的でなければならぬ。抽象論はいらぬ」(講演会記録)。このように残された言葉、文章の一片を取り上げても、彼の生きざま、人生観が伝わってくる。

作家・鶴田知也が誕生するにあたって一番影響を受けたのは、実父の高橋虎太郎(知也は七歳の時、伯母の鶴田家の養子となる)からであろう。虎太郎は若い頃、東京高等商業学校(現・一橋大学)に通いながら「植村正久牧師の指導をうけてクリスチャンになった」人であり、大の文学好きであった。また、家庭にあっては温かい愛情を持って子供たちを愛しんでいた。「等閑記」でいう「父のおかげで、書物には事欠かなかった。父の蔵書は、バラエティーに富んではいなかったが、一応読んでおかなくてはならない古典の数々を中心に文学書も相当にあった」と述べている。また、高橋家は文学サロンのようなところでもあった。「父の友人がよく私の家を訪ねて来ていたことは、私の生涯を方向づけたものだ。葉山さんは当時、熱烈なトルストイアンだつた」という。鶴田は晩年に同じように「朝日新聞」（一九八四年）紙上で、葉山さんは私にとって「旧制豊津中学校の先輩であり、何よりも文学上の先輩である。恩師というべきかも知れない。それ以上に、私の人間形成上特別の影響を与えられた人という方がたしかである」と述べている。

中学生の頃にも、良い教師に恵まれている。数学の教師の寛大さ、頑固で厳格だったが徹底的に国文法を教えた国語教師は、愛情ある心配からか鶴田を図書係にして自由に本を読ませたという。また中学には第五高等学校の教授に推薦されるほどの優秀な漢文の教師、緒方清渓がいた。その影響で鶴田は唐詩選、郷土の漢詩人・村上仏山の詩を好み、自作の小説にもたびたび取り上げている。「ほとんど毎月のように少年雑誌や文芸雑誌に詩歌や散文が入選するせいで誰からも文学志望の変わり者とみなされたのだ」

鶴田知也の資料の探索中、未発見のものが出てきた。これは鶴田が旧制中学校の時のもので、『豊津中学校　校友会雑誌　記念館落成号』（一九一七年）に掲載された「羅漢寺にて」と題する、耶馬溪の羅漢寺に遠足に行ったときの感想文である。その一部を紹介したい。

「時、段々の羅漢の鐘はなり出で申し候て、日は少しく西に向かひ候。段々たる旋律は、山を上り渓を越江、諸樹の沈黙を破り、悪魔の手の如く驀進《ばくしん》し豁然《かつぜん》たるの所を行き候へば、峯にあたり、峯を廻れば、峯又峯、かくして何地にか消えん。限りある鐘も、高く低く、又新らしく、古く、木精《こだま》をかえして消ゆるを惜しみ候へば、我が身もなきが如くに候。耶馬溪羅漢寺は水なけれど——是の鐘あり——候。鐘楼をまいり候へば、鼓楼は古びて、詩趣満々に候。

○羅漢寺の鼓楼はさびて夏木立」

当時の文壇の影響か簡潔なリズミカルな擬古体で、文中に自作の短歌、俳句をちりばめている。この文体も敢て変えて、後年の変幻自在の文体で書き分けた鶴田の片鱗が見える。これが十五の少年の文章とは思えない。ここに後年の鶴田知也の作家的原点があるように思える。

ついでながら、明治二十七年生まれで八歳上の葉山嘉樹の中学校時代の文章の一部を見ていこう。

「思へ、第一学期の貴重なる日時の如何に費されたるかを、往けるものは追ふべからず、貴重なる今日あるを知りて、一秒時をも徒費すべからず、我等の一学期は我等に於て甚だ貴重なりしが如く、第二学期も、又第三学期は我等とりて甚だ貴重なり、矧《いわ》んや、我等は更に一学期の不足をも補はむとするに於てをや、然り第二学期は慈母の愛を以て、奮励努力の決心を見せる我等健児を迎へ、而して鼓舞し慰藉《いしゃ》するに躊躇せざるなり、この善意に対する我等の覚悟如何、

唯勇往邁進斃れて後に已まむのみ」（『豊津中学校　校友会雑誌』二十五号、一九一一年）

鶴田の感想文は文学的な匂いのするものとなっているのに対して、この葉山の文章は優等生的な文として書かれ、やや背伸びをした感がある。全く後年の個性の強い葉山独特の文とは思われない。このギャップが実に面白い。

鶴田知也は若い頃、『コシャマイン記』の序文でいう「過去のこと」に拘泥しないという信念を持っていた。私もそのような話を直接聞いたことがある。年譜を見てみると、七十歳前後から自伝と言うべき「等閑記」を執筆している。少し長いが紹介したい。

「福岡県小倉市、現在の北九州市大阪町（下富野）というのが私の生まれた町である。原籍は、そこから南三〇キロほどの豊津村（みやこ町豊津）である」、「わが豊津村は、堺利彦先生や葉山嘉樹さんの郷里で、私たちは小倉小笠原藩士の後裔である。今から百二十年か百三十年前かに徳川幕府は、倒幕運動の元凶である『長州征伐』の軍を起した」としている。

豊津という土地の狭い範囲の中から輩出した明治・大正・昭和に活躍した堺利彦・小宮豊隆・葉山嘉樹・鶴田知也などの文学者を語る場合、幕末の小倉戦争、すなわち「御変動」を語らねばならない。そこで、堺利彦が明治初頭の情勢と故郷の様子を実によく描いているので紹介しよう。

「豊前六郡（今では四郡）十五万石は小笠原家（今の長幹《ながよし》伯爵家）の所領で小倉がその居城で

あった。然るに慶応二年、徳川幕府の長州征伐の時、幕府の親藩として九州方面の先手を承った小倉藩は、戦い利あらず、城を焼かれて退却した。そして新たに地を豊津に相して、そこに城を築くことになった。伝説的な我が豊津の痩せ松原は、かくてまた一つの珍しい大きな運命に遭遇したのである。ところが、それから間もなく幕府が亡びて、慶応四年が明治元年と変り、引き続いて版籍奉還、廃藩置県となったので、豊津の城下は未完成のまま、まだほんの荒ごなしのまま、新時代の雨風の中に放りだされた。そこに豊津の特殊性がある」（『堺利彦伝』）と明治三年十一月生まれの堺利彦が、明治初期の故郷豊津を回想している。

堺利彦が物心のつく頃は「父がサムライでないと同じく、豊津は既に城下ではなかった。殿様と呼ばれた旧藩主は既にこの地方を引き揚げて、東京住居になっていた。お城は――と言っても、子供の目に城という感じを与えるような、高い石垣もなければ、櫓のようなものもない、ただ平地に建てられた、やや大きな一構えの御殿に過ぎなかったが――」、「そのお城のあたりを中心として、松原の間や谷あいに沿うて、士族の屋敷があるいは群集し、あるいは散在していた。本来なら城下の屋敷町であるべきはずが、すべて松原と谷あいとであった。昔の山城を鷲の巣に喩えた話を聞いたことがあったが、その格で行くと豊津の士族屋敷は鳥の巣と言ってよかろう」と記している。

鶴田は大正九年（一九二〇）、旧制豊津中学校を卒業し、実父虎太郎の師植村正久の東京神学社神学校に入学し、聖書、キリスト文学を学ぶ。その後、北海道八雲町出身の真野万穣の紹介で八雲を訪れ、農業を手伝いながら北海道の酪農、農業を学ぶ。これが鶴田と北海道を結ぶ機縁となり、「八雲は第二の故郷」と言わしめた。さらに大正十一年、名古屋で労働運動をしていた葉山嘉樹のもとに行き、運動のかたわらマルクスの『資本論』、ウェーバーの『社会主義』などを読んだという。大正十三年、豊津で同人誌『村の我等』を実弟・福田新生《しんせい》、大石千代子などと発行した。昭和二年（一九二七）、葉山嘉樹が「淫売婦」、「セメント樽の中の手紙」などを発表し新進作家となった頃、鶴田も上京して『文芸戦線』の同人となり、処女作「子守娘が紳士を殴った」を発表し、その後もプロレタリア文学といわれる作品を掲載した。

作家活動の傍ら、先輩の堺利彦、葉山嘉樹らと共に講演活動をして、講話術も磨かれたのであろう。後年、鶴田は講演、座談の名手であると称する人もいる。筆者も何度か聴いたことはあるが、鶴田の人間性と相まって聴く人を惹きつけるものがあった。

昭和五年（一九三〇）、まだ鶴田が習作時代、葉山嘉樹の名（代作）で「幼き闘士」を発表した。これはプロレタリア文学の範疇に入るものであるが、後の芥川賞受賞作『コシャマイン記』につながる作品である。幼い賢太郎という子供が、養子先の土木請負業の実家で大事に育てられるも、学校や社会の矛盾を感じながら成長し、次第に労働運動に身を投じ、警察に追われ、ついに捕らわれて破滅するというものである。当時の労働運動、社会事情を描いている。ここ

『コシャマイン記』

に登場する賢太郎の義父・大川清太郎などは善人で誠実な人物である。「誠実な人物」と「実践力のある人」が描かれている。

　鶴田は小説の創作の傍ら労働運動の講演活動をしながら、昭和十一年に『コシャマイン記』で第三回芥川賞を受賞した。当時、プロレタリア文学の側にいた鶴田が相反する立場の『文藝春秋』主催の賞をもらい、周辺から驚きの目で見られたという。賞の創設者で選考委員の菊池寛はこの作品を歓迎した。批評を一例だけ挙げると、中野重治は「一つには作者にとって第二の故郷ともいうべき北海道の記憶とも結びつている。農民の姿を描いてきたこの作者は、そういう人々にたいする愛情にアイヌの悲運にたいする同情を加えて」、「政府の民族政策にたいする消極的批判をここに生かそうとした点が見られる」と評している。当時の国策、軍国主義の蔓延する世情を憂えた小説と言うべきであろう。

　いずれにせよ、この小説はおおむね好評であった。また、この作品の序文に記している姿勢が、後の鶴田の一連の作品に表れていると思われる。この最初の著書で「この小著が千九百三十六年代に出版されたと云ふ事実に添えて当面私の感じていることを、序言に代えて、一言書き留めて置くのも何かの足しにならぬものはない」と述べている。この作品のように鶴田の著書には序文や「あとがき」の類が多い。人によっては蛇足だと言うかもしれないが、読者にとっては本文のみならず、「序」、「あとがき」の類も読み合わせて、より理解が深まることが多い。この説を筆者も肯定したい。これは鶴田の真摯な態度の現れであろう。

　この作品の序文の中で、もう一つ大事にしている考えを言っている。「我々のリアリズムは、歴史を創造せざるを得ないやうな状態に置かれた××（筆者注：人民）の必然的な成長を、その現実の根拠とするものであって、発展進化する現実をありのままに直視し、批判し、之に働きかけることを怖れない。そこに『空想的』ならぬ高い文化史的意義が存するのである」とあり、そして先に紹介した「過去は私にとって已に全く運命的であり、一切の問題は、現在及び将来に亙ってのみ解決し得る」と言い、これからの困難な時代の到来を暗示しているかのようである。

『児童・コシャマイン記』

　鶴田知也は芥川賞受賞後、三年を経た昭和十四年二月に、子供を対象とした『児童・コシャマイン記』を出版した。この著書は鶴田の児童ものの作品の中でも優れたものである。受賞作を大きく児童用に書き換えている。簡潔でわかり易い文章で、しかも登場人物の優しさを丁寧に描き、悲劇の物語でありながら悲惨さを出さないよう配慮されている。そこに作者の真摯な姿、「謙虚」さ、「誠実」な人間性が感じられ、優れた児童文学になっている。「あとがき」で出版社の新屋敷幸繁氏が、「『コシャマイン記』は鶴田氏の出世作で「芥川賞」の名作です。その題目のひびきもよく、またそのひびきの如くさえた名作です」、「原作よりも長い新作を生みだしてくれました」と記している。鶴田の誠意を込めた力作である。

また、『児童・コシャマイン記』にも「前書」を書いているが、時局に対しての警句を子供たちに説き、時代背景と物語の概略を実にわかり易く述べている。まず初めに「この書物を読む前に、ぜひ知っておいていただきこと」とわざわざゴシック体にして、昭和十年当時、国の有りさまを正すべく「勝った国の人民が、負けた国の人民をわけもなくけいべつしたり、いぢめたりするのは、大国民の恥であるばかりでなく、負かされた国の人民に、しひて不平や、うらみの心を起させるばかりで、それが、やがて自分の国を危くするやうな重大な原因になるのである」と記している。

その後の我が国はどうであったか。昭和二十年八月十五日の終戦を迎え、ようやく鶴田の警告を理解できたのではないか。小説の前書、梗概などは不要であるという説もある。この作品は子供向けということもあるが、鶴田の切ない国情を憂えたものと考えられよう。挿絵を実弟の福田新生（後の日本美術協会会長）が描いている。この作によって鶴田は児童ものを多く手掛けるようになる。

太平洋戦争時、戦後の苦しい時には、外国文学・児童文学の翻訳本『しとやかなる天性』(今日の問題社、一九四〇年)、「白いきば」、「荒野の呼び声」(共に『少年少女世界の名作文学』第十六巻、小学館、一九六七年)に携わっている。

戦中の児童文学の佳作である『土の英雄』(健文社、一九四四年)には、福田新生のかわいらしいカラーの表紙、カット絵と共に「前書」を記している。「この物語のところどころに、農業の話が出て来るのだが、それが、たいへん理屈っぽい話なのだ。私はなんどもけづってしまはうかと思った」と言いながら、なぜ書いたかという理由を次のように言う。「第一に、この物語を読む都会の人たちに、農業のこと、特に寒い北国の困難な農業のことを是非知ってもらいたかったからだ。第二に、農村の人たちには、農業の本当の尊さを、あらためて、一そうはっきりと自覚していただきたいと思ったからだ」と言い、「なにもけづる必要はないときっと真面目に読んでくださる人も幾人かはいるんだ、と思った」とも言う。小説の読者に対して、本文のみでは納得できずに、前書で書かずにはいられなかった。鶴田の性格だけではなく、誠実で正直な鶴田の表現方法の一つとも言えよう。

『北辺の土』(国文社、一九四二年)では「文化と酪農業——後書の代りとして」と二十六ページにわたる文章を書いて酪農業の持論を述べている。ここにも鶴田の書かざるを得ない気持ちが表出している。鶴田は「謙虚さ」と酪農業の「実践」とが農民の文化的生活の向上につなが

るのだと熱心に説いて回った。それが数千数百回に及ぶとも言われている

太平洋戦争の初めの頃、戦勝気分に国民総狂乱となったが、次第に戦局が厳しくなると文学者たちも戦争協力者に仕立てられていった。作家として生活もできがたくなる。鶴田も日本文学報国会員となり、「建艦献金運動」に参加して、多くの作家たちと同様に国の方針に逆らうことができなかった。『北方の道』（錦城出版社、一九七二年）、『アッツ島』（国民図書刊行会設立事務所、一九四四年）などの小説にも「前書き」、「付録的な資料」、「あとがき」が掲載されているが、そのうち『北方の道』のあとがきで「私のこれまでの仕事の九十パーセント以上は、北海道に取材した作品であるが、今またここにその中から選んだ七編を集めて上梓する。然かもこの作品集の読者が多く満州国在住の人々であるのは、この上ない悦しいことである」と当時の時代色を鮮明にし、今日では批判されるべき文となっている。

鶴田は昭和三十年、「ハッタラはわが故郷」（当時『小学六年生』に連載。『少年少女現代文学傑作選集5 ハッタラはわが故郷』刀江書院、一九六〇年）で「第四回小学館児童文化賞」を受賞した。また、持ち前の変幻自在の文体を駆使して評論文も多く書いている。著書に『酪農業の話』（秋田県農業会、一九四八年）、『新しい農民運動の創造』（社会新報、一九六七年）などがあり、農業の指導者として全国各地を回っている。

晩年、得意だった写生力と巧妙な文を生かして『わが植物画帖 第一、二、三集』（市民新聞

社、一九七二、七四、七六年)、『画文草木帖』(東京書籍、一九七八年)、『草木図誌』(同、一九七九年)、『百草百木誌』(角川書店、一九八一年)、『草木を描く楽しみ』(東京書籍、一九八七年)などを次々に刊行し、新聞、テレビなどに取り上げられ話題になった。この中に自作の俳句や中国の漢詩を引用して、その自然観を述べている。『百草百木誌』では、「くろまつ(黒松)の項」で「私はこれまでに松を描こうと思ったこともない」、「あまりに見なれているからというのも大きな理由の一つになるだろう。私の生まれは、いずこも松ばかりという北九州である。だから松となると拒絶反応というほどではないが、いささか鼻につく」と言いつつも、「描くうちに、松なるものがかくも趣のある木だったのかとおもいしらされ、数知れぬ先人が描き続けたのも当然だと思うようになった」と言う。鶴田の故郷豊津は江戸時代に藩の指導で貴重な松の木を植林して、やたらと松の木が多い。それゆえに「いずこも松ばかり」ということになるのである。この文は故郷のことをよく思い出して描き、読む者を苦笑させる。

草木の写生について鶴田は言う。「忠実な写生は誠実な観察が前提」であるが、「鉛筆をとって描くという操作、実践につれて、原初的なモチーフであった美しさは、草木のいっそうの美しさをかいま見せてもらえる段階への誘いにほかならないとわかってくるのである。草木たちは、見た目の美しさよりはるかに美しい」と。そして、「十数年前にちょっとしたきっかけで絵を描きはじめたこと、それもごく身近な草木たち、いつも見ていながら見ていたとはいえない草木たちを描く楽しみを知ったことを、ありがたい幸せと思っている」と。

鶴田知也は明治・大正・昭和の激動の時代をくぐりぬけてきた作家であるが、自身の持って生まれた性格、人徳のなせるものであろうか、それとも、あの厳しい時代に、善悪入り乱れた文学仲間たちをも良き関係に変えるという性格は、取り巻く環境に恵まれていたからだろうか。晩年は草木の絵を描き、理想的とも言える作家生活を八十六歳で閉じた。その生涯を通して、「不遜」とならず常に「謙虚」で相手の心を察するという信念で、創作活動、農民運動を「実践」したと言える。稀にみる正直な作家だった。

連歌の再興に賭けた人　高辻安親宮司を悼む

高辻安親《やすちか》宮司さんと知り合ったのはいつの頃だったか、よく思い出せない。美夜古文化懇話会の懇親会の時か、郷土史学校の時かであったようである。

高辻宮司さんにはたくさんのご恩があるが、その一つは、主宰する須佐神社の機関誌である『ぎおんさん』に連載していた文章が『京築文学抄』（美夜古郷土史学校、一九八四年）として上梓することができたことである。これには編集長代理の山内公二氏のアドバイスも大きかった。

当時、私は本業と家の仕事を抱えて苦しい時であったので、原稿はかなりいい加減なところもあったと思う。しかし、宮司さんは私の原稿には何らの注文もつけず、連載してくれた。このお陰で京築の文学を広く紹介することができた。

以来、迷惑をも顧みずにたびたび神社、自宅まで押しかけては、連歌、古典文学、本のことなど教示してもらう。そして、いつも連綿と続けてきた今井祇園の連歌を、如何にして盛んにしていくかということを熱心に説かれた。

忘れられない思い出の一つは、昭和五十九年（一九八四）十月、宮城県多賀城市で行われた俳文学会に一緒に出かけた時のことである。夜二人で、鮟鱇《あんこう》の本場なのでぜひ旨い店を探そうということで、かなり歩きまわり、ようやく見つけ出し、大いに賞味した。満足した二人は大声で歌をうたってホテルに帰ったのである。

その旅行では、小宮豊隆の文学碑建設の協力を得るため東北大学へも行った。豊隆の弟子の柴田教授と教え子の原田助教授に面談し、東北大学教授時代の豊隆のことをお聞きすることができた。旧帝大、第三高等学校時代の校舎、新しく移転した大学の図書館を見学させてもらい、さらに豊隆の尽力で寄贈された夏目漱石の文庫をも見学することもできた。帰途には仙台市内の豊隆のゆかりの地まで連れていってもらい、大いに参考になった。これも全て宮司さんの細かい配慮のお陰であった。

二人で話している時、私と十歳くらい年齢が離れているため安心するのか、宮司さんがふと本音をもらすことがあった。早くにお父さんが亡くなり、人にわからない苦労を乗り越えてきたことなども知った。

今、私が悔いを残すのは、度々連歌の会に誘われたが、私は若い頃プロレタリア文学をかじったため、あまりにも異質の連歌の世界にはどうしても入れなかったことである。亡くなる少し前に家内とともにお見舞いに行った折、前日まで意識がはっきりしていなかったが、この日は家族も驚くほど元気になったという。少し病状のことを聞いているうちに、「長い間、お世話になりました、後をよろしく頼みます」と言われたので、私は驚いて「とんでもない、こちらこそお世話になったのに、そんな弱気なことを言わないでください」と言葉を交わしたのが最後であった。

高辻安親宮司さん、いろいろなことを教えていただき、ありがとうございました。

高辻安親氏（須佐神社・熊野神社宮司）

一九三三年（昭和八）生まれ。東京大学教育学部卒業。七一年、父・亀之進氏の逝去後、祀職牧瀬・高辻家を継ぐ。享禄三年（一五三〇）以来の連歌を継ぎ、再び盛んにした。多数の神社の祭祀を担い、地域の人々に厚く信頼された。八〇年、須佐神社の昭和の御造営に尽力。翌年、奉納連歌シンポジウム・歌仙連歌張行を成功させる。福岡県神社庁理事などを務める傍ら、九四年、約六十年ぶりに須佐神社で百韻連歌を復活。九五年、全国連歌協会会長となる。二〇〇一年、第三回全国連歌大会で百韻連歌の宗匠を務めた。〇三年、「第十九回国民文化祭ふくおか２００４」のプレ大会（行橋市）に尽力。翌〇四年、本大会の準備を進めていたが、十月十七日、逝去。享年七十一。著書に『神奈備頌』（須佐神社出版局、一九八三年）。共編書に『御大典奉祝・豊前祝詞集』同編纂委員会編（九〇年）、『平成の連歌』須佐神社・連歌の会編（九八年）、『よみがえる連歌――昭和の連歌シンポジウム』・『現代と連歌――国文祭連歌・シンポジウムと実作』国民文化祭行橋市連歌企画委員会編（二〇〇三年・〇五年、海鳥社）。

高辻安親宮司
（『祇園の社』より）

Ⅱ 郷土・美夜古の文献と歴史

本章は、筆者が執筆・発行する通信「郷土・美夜古《みやこ》の文献と歴史」の創刊準備号（二〇一五年一月）～四十六号（二〇一九年十月）に掲載した文章を編集して収録した。

はじめに

私が本の魅力にとりつかれ始めたのは、二十一歳の頃、卒業論文の資料を探すために、古本屋を回るようになってからである。その後、幸いなことに健康と環境に恵まれ、本の蒐集のために徘徊し始めた。そのうちついに、不幸なことに〝古本病〟という不治の病に冒されてしまった。

爾来五十二年、「塵も積もれば山と成す」ということわざもあるが、このチリの山は大きくなり過ぎて、日常生活に不便をもたらすようになった。昔はかたく「宝の山」と信じていたものの、他人がしきりに「ゴミの山」と蔑視するようになった。とうとう自分も本当にそうかもしれないと思う時もある。そして「このままでは紙クズの山で終わらせてしまうのではないか」と危惧するようにもなった。

そこで、残り時間の少なくなったおのれに叱咤激励の鞭をあてて、少しずつ整理し、まとめ始めた。だが、元来、私は気が多いというか、欲張りというのか、いろいろな方面に興味、関心を持ちすぎた。そのため今、思い切って三つのテーマ、すなわち一つは郷土の文学・歴史、二つ目は村上仏山《ぶつざん》のこと、三つ目は吉田健作のことに絞り込むことにした（注：本書では主に郷土に関する内容をまとめた）。

その間参考にした文献資料などを紹介しながら、その周辺の歴史を記していきたいと考えている。それもできるだけ京築地方の歴史を中心とし、しかも、大半は私が架蔵している文献資料によってのこととしたい。

手にした当時は珍しく貴重な史資料、古書と思っていても、よく調べると、あまり大したものでないこともある。また、逆にそれほどでもないと思って入手した資料が、大変貴重なものであったりする。それゆえ、ここに紹介する史資料、古書などの価値判断は、私の偏見と独断になっているかもしれない。

興味、関心のない人にとっては「ただの紙屑」に見えるかもしれないが、私にとっては、その時その時の感動と夢を与えてくれたものである。私の五十数年の喜怒哀楽が一杯詰まっている「宝の山」なのである。

どうか、ご一読いただき、少しでも郷土の歴史と文学に関心を抱いていただければ幸甚である。

郷土ゆかりの文化人たち

葉山嘉樹

葉山荒太郎・嘉樹親子の直筆

豊津出身のプロレタリア作家・葉山嘉樹《よしき》は、大正末期から昭和二十年（一九四五）まで活躍し、代表作に『淫売婦』、『セメント樽の中の手紙』、『海に生くる人々』などの名作がある。

写真は父・荒太郎の築城郡・上毛郡長時代（明治時代）の直筆の通達文（「明治二十六年　郡衙諸達　友枝村役場」より）である。

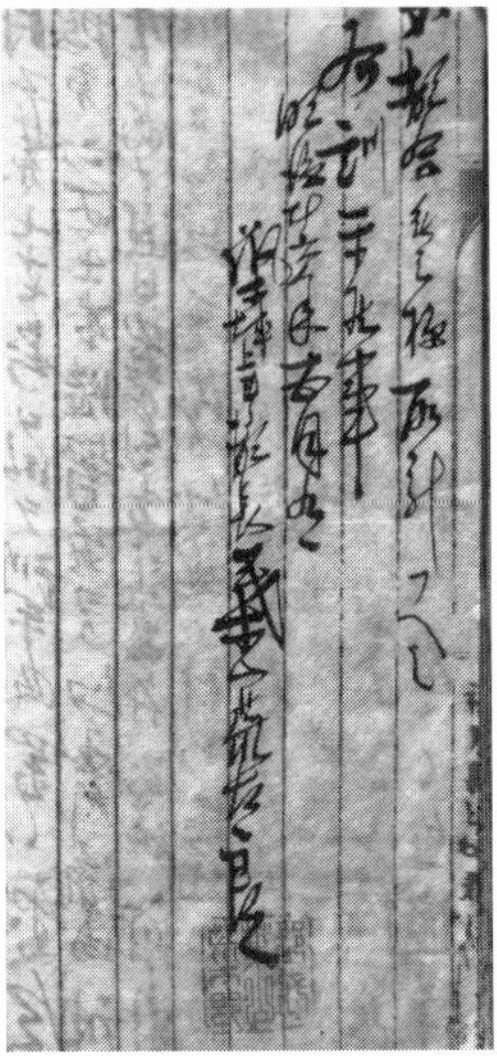

葉山荒太郎の直筆

もう一つは葉山嘉樹の色紙で、「ブルヂョア政治家の胃の腑で、消化し切ないものは、何一つだってない。――一九二九、九―勲章ギゴクに際して」と書かれている。見事な筆である。

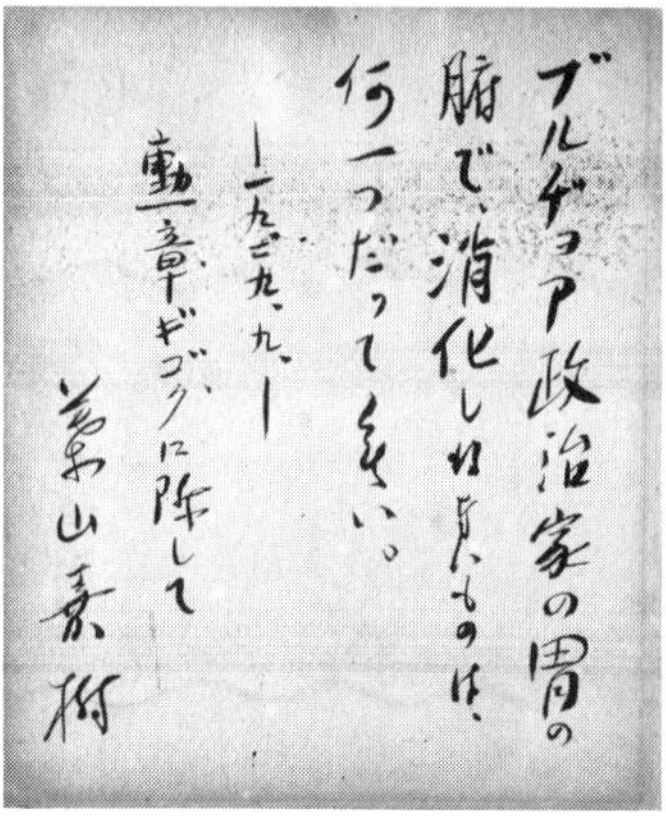

葉山嘉樹の色紙

葉山嘉樹の自筆原稿

一カ月前（二〇一五年六月）に葉山嘉樹の生原稿を入手した。これは「猫の奪還」という随筆で、揃いの原稿ではなく、原稿用紙四枚程度のものである。

この作品は昭和十一年（一九三六）四月二十八～三十日発行の「都新聞」㈠～㈢に発表したもの。同年四月十日に脱稿したという。当時はプロレタリア作家にとっては厳しい時代で、葉山は昭和九年十月、東京での生活を切り上げ、長野県上伊那郡赤穂村（現・駒ケ根市赤穂）に移住した。

文芸評論家の小田切秀雄は「それは極度の貧乏生活――原稿売りこみに成功するとその金で文字通りに米・塩を買うというような――によるもので、そういうことをふくめてこの作家の貧乏ぐらしは徹底したものがあり、直接にその貧乏ぐらしのすさまじさを描いた随筆には、読む者の胸にせまるものがある」と指摘しているが、その中の一つがこの「猫の奪還」である。

あらすじはこうである。

「私は農村にゐたって百姓をしてゐる訳ではなし、炭焼きに行く訳ではなし、釣りに行くが、獲物を売って、それで生活を立てると云ふ程釣れやしない」という具合で生活に窮している。

主人公は、弱りきっていた捨て猫を懸命に育てる。その猫は次第にたくましく育っていく。鼠は無論のこと小鳥を捕まえる「実に天才」になった。

ある時、猫は雀を捕まえて来て、まだ生きているのをもて遊んでいた。主人公はうまく猫の注意力を逸らし、まんまと雀を「横領・略奪」に成功する。久しぶりに雀の焼き鳥が食えると期待しながら焼きはじめた。いよいよ美味しく焼きあがって、手を差し出した途端、それよりも早く猫が飛び出してきて焼き鳥を「奪還」してしまうのだ。しかも「猫舌」のはずなのに。

主人公は思わず「泥棒猫」と言ったものの、いや、自分にそんなことが言えるのかと反省。猫の方が被害者なのだ、と思うのである。

貧乏生活の中でも人間らしい、ほのかな良心とユーモアを感じさせる葉山独特の作品である。

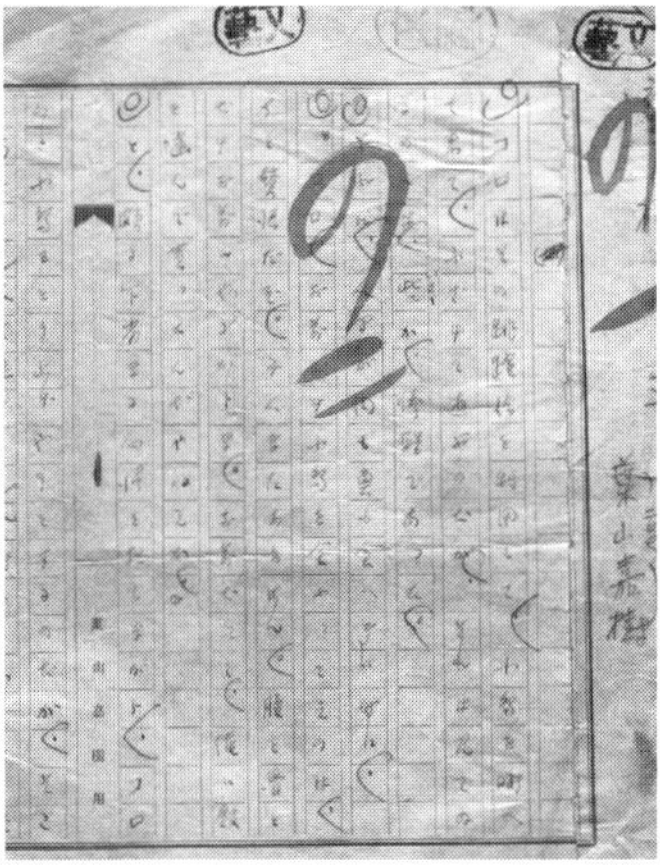

「猫の奪還」の生原稿

作家・葉山嘉樹の原点

葉山の代表作『淫売婦』が、『ある女工記』という名で映画化が進行している（注：二〇一六年に完成。児玉公広《きみひろ》監督）。撮影もかなり進んでいる、と小正路淑泰氏から初号完成報告をいただいた。

私は五十年前より葉山の郷土での足跡を調査してきたが、

仕事の合間合間でのことで、大した成果を上げることはできなかった。しかしその中でも「「龍ケ鼻」と「原」——我が郷土を語る」を見つけたのは貴重であった。葉山と交流のあった人を訪ね歩いていて、たまたま旧豊津町在住の児倉勝氏を訪ねたところ、ご自分の昔の日記帳『新文芸日記・昭和六年版』の中に葉山嘉樹の文章が印刷されていたことを思い出されて、コピーしてくれた。これは私にとって大きな発見であった。全くの未確認の作品であった。普通の本や雑誌とは違い、日記帳は個人のみが使用して、多くの人の目に付きにくいという特殊性があったため、意外と研究者などに気づかれなかったようである。当時、筑摩書房より『葉山嘉樹全集』（全六巻、一九七五年四月〜七六年六月）が順次出版されていたので、コピーを送って第五巻に収録してもらうことができた。

この「「龍ケ鼻」と「原」——我が郷土を語る」は、葉山嘉樹の家庭的に恵まれない幼少時代を伝える自伝的随筆である。実母は家を出て、継母にはなじめない寂しい少年であったことを如実に示す作品である。

「幼少時代の私は、その芝生から、今川の流れや、それに沿うて田川地方の炭坑地に走つてゐる鉄道（中略）不思議な幻想的な形に横たはる龍ケ鼻の山容などを、全半日もぼんやりと見とれてゐる事が多かつた」とある。

この暗くて寂しい幼年期を送った葉山少年は、やがて文学にのめり込むことになった。その理由を詳しく述べるには紙幅がないので略すが、この文が故郷の八景山に立つ文学碑に刻まれていることは喜ばしい。文学碑の正面に向かって左下に「「龍ケ鼻」と「原」——我が郷土を語る」の文章の一部が刻み込まれている。

葉山は小説を執筆する時、文章の内容をほとんど頭に入れていて、原稿用紙に向かうと一気呵成に書き上げた。それが長編小説でも同様だった。初め仲間の作家たちは信用しなかった。

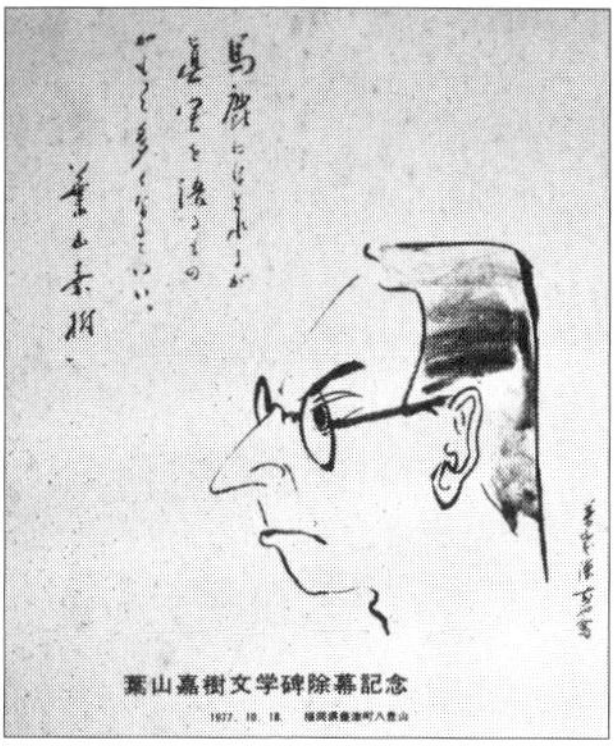

葉山嘉樹文学碑（みやこ町八景山）。碑の正面右側には「馬鹿にはされるが真実を語るものがもっと多くなるといい」と刻す。左の文学碑除幕記念（1977年10月18日）の色紙にも同じ言葉がある。

ある作家仲間たちは執筆中の葉山の部屋をそっと覗いたり、部屋の屑籠をあさってみたが、書き損ねたような原稿用紙が全くなかったので信じるようになった、というエピソードがある。これは作家としては大変珍しいのではないだろうか。頭の中でじっくりと文章を練り上げて、ペンをとったのであろう。ただ、さすがに晩年の原稿には、消したり、挿入した文章がある。

この一気呵成の書き上げが葉山の独特な文体となって、読者の心を「わしづかみ」にしたのであろう。

「淫売婦」と雑誌『文芸戦線』

葉山の代表作「淫売婦」は、プロレタリア文学雑誌『文芸戦線』の第二巻第七号（一九二五年十一月一日発行）に掲載された。葉山はこの作品で一躍文壇にデビューした。さらに「セメント樽の中の手紙」など多くの作品を同誌に発表し、華々しい活躍を見せていく。これに郷土の先輩・堺利彦の蔭ながらの支援があったという。

「淫売婦」発表の頃の『文芸戦線』について、作家・平林たい子は次のように記している。

「葉山嘉樹の『淫売婦』がセンセーションを起こしていた。つづいて林房雄の『林檎』、それから里村欣三の『苦力頭の表情』など、つぎつぎに現れて、いままで片隅にいた『文芸戦線』が俄かに文壇の話題になった」（『文芸戦線』の思い出」）

評論家・青野季吉《すえきち》はこう述べている。

「世に知られた綜合雑誌のいはゆる檜舞台でなく、一『文芸戦線』の誌上で、しかも活字になったかのやうな一短編で、それほどの成功をかちえたといふことは、明治大正の文壇にも希れな現象である。或は空前といっていいかも知れない。いま回想してみても、やや不思議な気

がする位である」（「解題」『葉山嘉樹全集 第三巻』小学館、一九四八年）

この作品はタイトルに次ぐ冒頭部で「此作は、名古屋刑務所長、佐藤乙二氏の、好意によって産れ得たことを附記す。―一九二三、七、六―」とあり、小説の最後の附記に「一九二三、七、一〇、千種監獄にて―」とある。これが一層センセーションを起こした。事実、葉山は「名古屋の労働運動界で急進的な指導者であった。大正十二年六月二十七日の名古屋共産党事件で治安警察法違反に嵌められ、名古屋の千種未決監」に入れられていたのである。その間、大地震もあった。

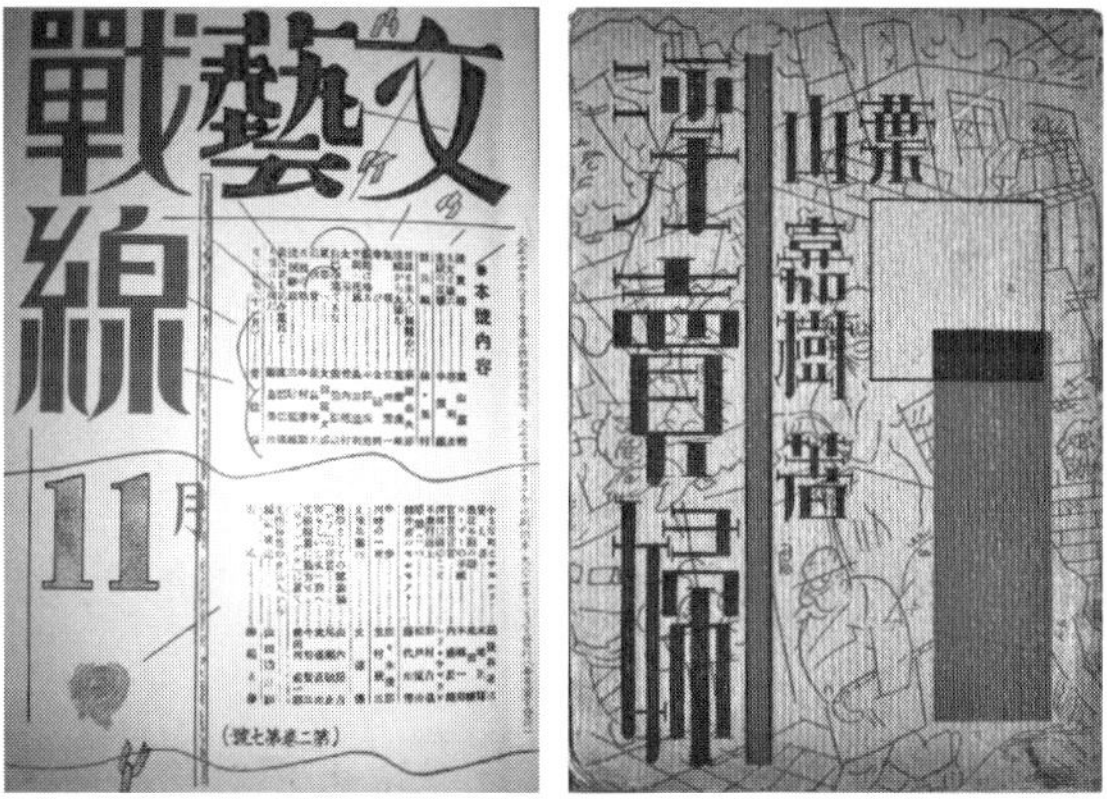

左：葉山嘉樹「淫売婦」が掲載された『文芸戦線』第２巻第７号（1925年11月）。右：『淫売婦』（春陽堂，1928年６月発行の第７版）。初版は1926年７月18日で，雑誌発表から約半年後に出版された。

葉山嘉樹と『文芸戦線』

前述したように、葉山の作家への出発点は雑誌『文芸戦線』である。『文芸戦線』複刻版別冊「解説」（近代文学館、一九六八年）を見ていくと、葉山の初期の作品の多くがこの雑誌に発表されている。

『文芸戦線』は大正十三年（一九二四）六月に創刊され、途中に休刊もあったが、昭和八年まで九十五冊が

『文芸戦線』第７巻
第９号（1930年11月）

発行された。関東大震災（大正十二年九月）の影響で廃刊した雑誌『種蒔く人』のあとを継ぐかたちで、「プロレタリア文学運動を再建する目的」で発行した。この雑誌によって「プロレタリア文学のめざましい思想的、芸術的発展を作りだした」という。

この雑誌で佳作を発表した作家は、葉山嘉樹のほかに黒島伝治、壺井繁治《しげじ》、林房雄、里村欣三、平林たい子、鶴田知也など多くの者がいる。

葉山嘉樹が『文芸戦線』に発表した作品を時代順に見ていく。

大正十三年十月号に「牢獄の半日」、同十四年十一月号「淫売婦」、同十五年一月号「セメント樽の中の手紙」、同年三月号「それりや何だい」、同年五月号「どつちへ行くか?」、同年八月号「子供について——偶感」、同年九月号「浚渫船」、大正十五年十一月号「誰が殺したか——長編小説の一節」、同年十二月号「反抗心について」（随筆）、昭和二年一月号「降つて来た人——一幕三場」（戯曲・未完）、同年二月号「犯人」（小品）、同年四月号「朝は来るのだ」（詩）、同年五月号「坑夫の子」、同年七月号「仁丹を追つかける」、同年九月号「蟻の反抗」、同三年一月号「火夫の顔と水夫の足」、同年四月号「電灯の油」、「荒れた手万歳」（随想）などを発表している。以上は第五巻第五号までのものである。このあとの号でも葉山はかなりの作品を発表している。

注目されるのは、葉山の代表作品と言われる「淫売婦」と「セメント樽の中の手紙」が、この『文芸戦線』で発表されていることである。作家・葉山嘉樹は事実上、この雑誌によってデビューしたのである。この雑誌に発表された諸作品の執筆時期は異なると思われるが、ざっと拾いあげてみただけで、大正十三年から昭和三年にかけて精力的に創作していたことがよくわかる。

葉山嘉樹と改造社・雑誌『改造』

作家・葉山嘉樹にとって、『改造』及び改造社は忘れられない雑誌であり出版社である。一番先にあげねばならないのは、出世作『海に生くる人々』（一九二六年）が、郷土の先輩・堺利彦と評論家・青野季吉《すえきち》の推薦によって改造社から出版されたことである。これは『文芸戦線』に「セメント樽の中の手紙」を発表した九カ月のちのことであった。このため当時の葉山の文壇への登場は劇的であった。

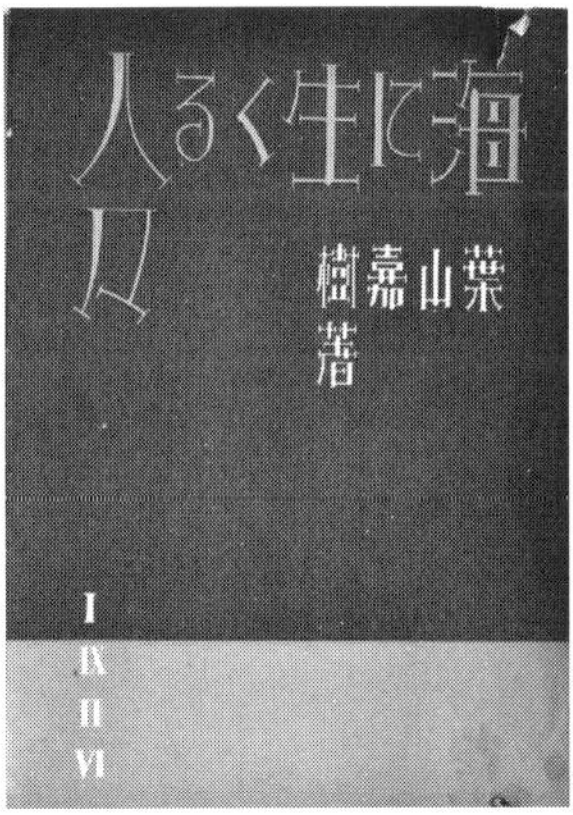

『海に生くる人々』

浦西和彦氏は「この三篇の秀作によって葉山嘉樹の新進作家としての存在は動かしがたいものとなった」（『浦西和彦著述と書誌 第一巻 新・プロレタリア文学の研究』和泉書院、二〇〇九年）と指摘している。

改造社・豪華版日本文学大全集『葉山嘉樹全集』（扉）

その後、昭和八年二月二十八日、同社から豪華版日本文学大全集・第二十四巻として『葉山嘉樹全集』が出されている。四六倍判、背の四隅は革張りで、挿絵は装丁と同じ中川一政。当時このような豪華版が出版された作家は少なく、プロレタリア作家にはいない。未収録作品は多いが、代表作の大半が入っており、葉山四十歳の節目の出版であった。

ところで、『改造』はどういう雑誌だったのであろう。『日本近代文学大事典 第五巻 新聞・雑誌』（日本近代文学館編、講談社、一九七七年）によれば、「総合雑誌。大正八・四～昭和一九・六（休刊）、昭和二一・一～三〇・二。全四五五冊。大正末から昭和にかけては『中央公論』と並ぶわが国総合雑誌の両翼的存在。改造社は薩摩藩士の出身で東京毎日新聞社長の山本実彦が創業したものだった」とある。

『改造』に掲載された葉山の作品は、「誰が殺したか」、「今日様」、「山谿に生くる人々」、「子を護る」など三十二編もある。昭和八年頃より世の中が戦時体制強化へと進み、『改造』もやむを得ずプロレタリア文学から純文学へと傾斜していた。その中で葉山作品がこの時期に多く掲載され、経済的にも助けられている。

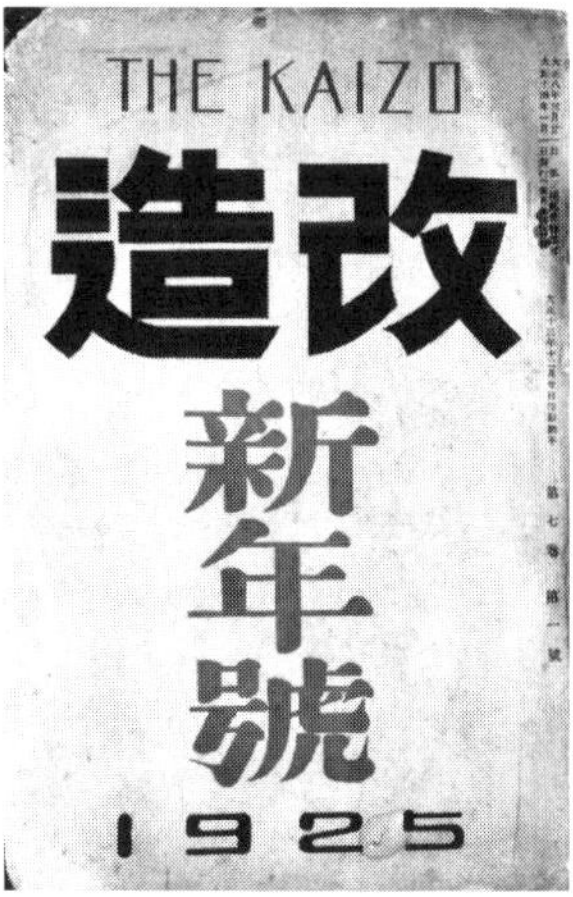

『改造』1925年１月号。この号で利彦は「堺利彦伝」の連載を始めた。

改造社社長の山本実彦は左翼運動に理解があり、堺利彦とうまが合ったのか、何事にも好意的であったという。当時、どの作家も苦しい時代であったが、特にプロレタリア作家は経済的に厳しい生活をしていた。ちなみに『改造目次総覧』（横山春一編、新約書房、一九六六年）によれば、利彦の執筆は主に評論、翻訳、自伝など七十二編に及んでいる。利彦は大正八年七月の第四号に「マルクス批評概観」という論文を寄せている。

『改造』は当初売れなくて、三号雑誌で終わる危惧もあった。そこで四号から編集方針の大転換を行い、「労働問題・社会主義批判号」とした時、安部磯雄、賀川豊彦、阿部次郎、堺利彦らの論文を掲載して人気を博し、この号は売り切れとなり、その後も順調に売れ行きを伸ばしていく。堺も救世主の一人であった。その後、名文と絶讃された「堺利彦伝」（一九二五年一〜四月号）を掲載している。

この縁で堺利彦と改造社の山本実彦とは親交が深まり、さらに葉山嘉樹も改造社との深いつながりができたようである。

小宮豊隆

小宮豊隆と夏目漱石の親交

平成二十七年十一月二十二日より、みやこ町歴史民俗博物館に小宮豊隆《とよたか》の記念展示室が新設されて、貴重な資料を展示している。中でも夏目漱石が豊隆に宛てて送った葉書は、『吾輩は猫である』のモデルとなった猫の死亡を伝えるもので、漱石の持ち前のユーモラスな一面を表して第一級の資料である。

これともう一つ、私が感銘を受けたのは、漱石から豊隆に宛てた慈愛のこもった長文の手紙である（明治四十一年十二月二十日付）。これは師の漱石が弟子の豊隆に対して、文学者になる覚悟と考え方を諭したものであるが、漱石の文学観や、文壇、世中に対する考えが出ている重要な資料と言ってもよい。この手紙については後述することにして、猫の死亡を伝えた葉書のことを記したい。

漱石の次男の夏目伸六著『猫の墓』（文芸春秋新社、一九六〇年）、『父・夏目漱石』（文芸春秋新社、一九五六年）にかなり詳細に書かれている。

そこで『猫の墓』に書かれているところを少し紹介したい。

夏目伸六著『猫の墓』。表紙の写真は伸六氏と，猫の13回忌にあたる年に建立された九重の石塔。

「父の小説に書かれた初代の猫は、無論迷子の捨猫であって母の話では、いくら夜中に、外へつまみ出しても、翌朝、雨戸をくるや否や、待ち構えて居た様に、再び慣れ慣れしく、ニャーニャーと泣きながら、家の中へ這いこんで来る始末に、とうとう根まけして、これを飼う事にした」が、以後、この猫は大いに漱石先生一家を困らせることになる。しかも、小説にある通り、「如何に珍重されなかったかは、今日に至る迄名前さえつけてくれないのでも分かる」というのも事実であると。そんなことで家族はこの猫をあまりかわいがった様子はないのである。

それから「初秋の或る秋、名なしの彼（猫）にふさわしく、家族の者からは殆んどその存在を忘れられた儘《まま》、裏の物置のへっついの上で、いつの間にか、静かに成仏して居たのである」とある。やがて猫は裏庭の桜の木の下に埋められ、漱石の「猫の墓」と誌した墓標が立てられた。「父としても、流石に吾が家の名無しが死んで見ると、其処に幾分の感慨なきを得ぬものがあったのだろうか、極く親しい御弟子連に宛てて、その日のうちに」、猫の死亡通知の葉書に黒枠を入れて投函したという。

　辱知猫儀久々病気の処療養不相叶、昨夜いつの間にかうらのヘッツイの上にて逝去致候。埋葬の儀は車屋をたのみ箱詰にて裏の庭先にて執行仕候。
　但し主人『三四郎』執筆中につき、ご会葬には及び不申候。以上。

たかが猫の死であるが、筆まめな漱石がユーモアを込めて親しい弟子たちに知らせていて、明治人の大らかさと温かい人間関係がうかがえる。明治四十一年（一九〇八）九月十四日のことで、小宮豊隆は二十三歳で東京大学の大学院生であった。この葉書は小宮のほかに松根豊次郎、鈴木三重吉、野上豊一郎に届けられたようである（『漱石全集　第十四巻　書簡集』岩波書店、一九六六年）。

なお、その後、猫の遺骨は改葬され、漱石の墓に納められた。また、二代目以降の猫は、家族にかわいがられたという。小説「吾輩は猫である」も多くの人に読まれ、猫にも関心をもたれたようだ。

この時に小宮豊隆が漱石からもらった葉書が、みやこ町の歴史民俗博物館に展示されているのである。百年以上も経過しているが、保存状態がよいのは、小宮家が大切にしてきたためであろう。漱石に最も愛された小宮の思いが伝わってくる。

小宮豊隆と恒子夫人

みやこ町歴史民俗博物館の「小宮豊隆記念展示室」を見学した折、漱石の豊隆宛ての手紙に感銘を受けたと同時に、私はいつの日か豊隆と夫人のことを書きたいと思い、それなりの資料を収集していたが、生かせぬままに今日まで来たので、この際に少しばかり記しておきたい。

五十年前から郷土の人物、特に葉山嘉樹、堺利彦などを調べ始めたが、当時たまたま小宮豊隆夫人の恒子さんがご健在であることを知り、問い合わせの手紙を差し上げたことがある。すると、ご返事の葉書（消印によると一九七四年十二月二十七日）をいただいたのだが、驚くことに恒子夫人（旧姓は高山氏、小倉藩士の家）は葉山嘉樹と尋常小学校の時の同級生であるという。葉書の表は、豊隆の生地であるみやこ町犀川久富に文学碑が建立されることを遺族は願っている、という内容だった。そこで当時、私は先輩、知人などと適当な場所を探したが、久富では実現しなかった。

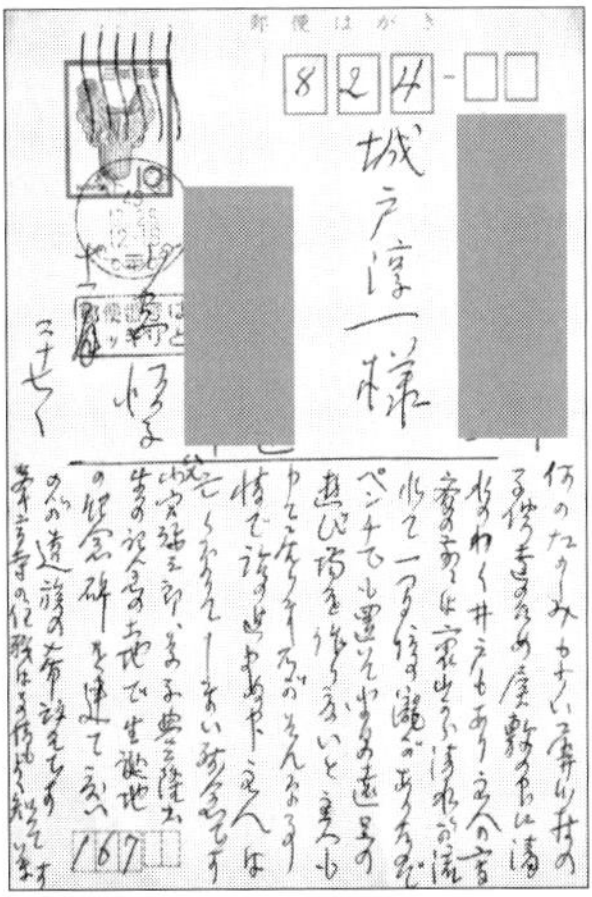

小宮恒子さんよりいただいた葉書。いつも達筆をふるって貴重なことを教示してくださった。

しかし、豊隆の生誕百年を記念して昭和六十年、錦陵同窓会によって母校・豊津高等学校校庭の「三四郎の森」に、文学碑が建立された。碑面には「女手に育ちて星を祭りけり」という俳句を刻んでいる。また、同時に『小宮豊隆生誕百年記念 三四郎の森』（錦陵同窓会、一九八五年）が刊行された。拙文も掲

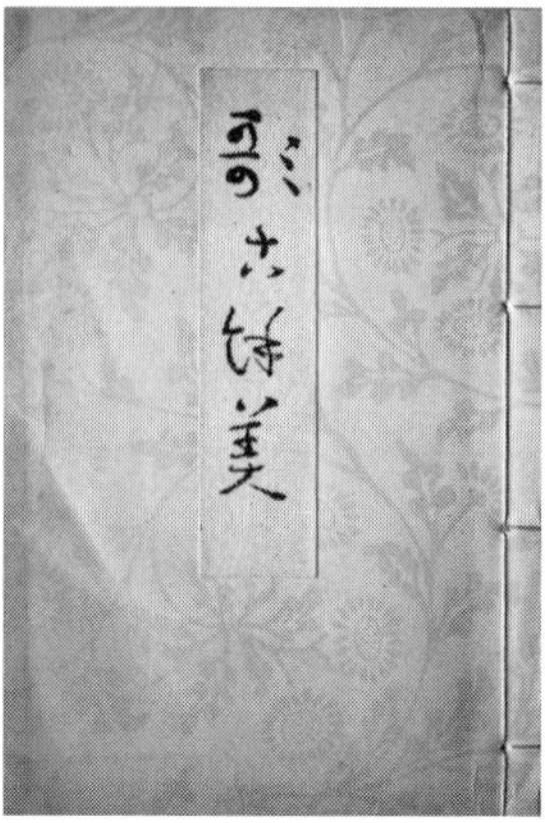

小宮恒子さんの歌集『歌古余美』（左）と随筆集『偲ぶ草』

載されている。

さて、夫人の葉書の裏面には、次のように書かれていた。

「夏、長養の池の前の道を右の方へ入った処で嘉樹さん達と蛍をとりに行ったり、秋、岩根社の裏山で白茸をとったり、ぎをん（祇園）祭りに行ったり、郷里の山河は夢にも忘れられません」と。

小宮恒子夫人と葉山嘉樹が小学校の同級生であったことなどは奇縁であった。その後、夫人の実家高山家は福岡市に移住して、当地で過ごしたようである。

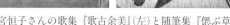

恒子夫人は絵と書道を津田青楓《せいふう》に習われたというだけに能書家であり、若い時から折々に歌を作り、文章の上手な方でもある。歌集『歌古余美』（自家限定版、一九七一年）は題簽《だいせん》を津田が書いている。

また、『偲ぶ草』（彌生書房、一九七〇年）は豊隆の生い立ちや、当時の実家周辺の歴史、漱石のことなどがよくわかる貴重な本である。「豊隆は私どもが大事にしすぎたため、無駄使いが多い、よくあんたが引きしめて行っておくれ、頼みますよ」と女丈夫の（豊隆の）祖母に言われた、という件は真実味がある。

小宮豊隆著『蓬里雨句集』

小宮豊隆は、夏目漱石の「門下生代表、『漱石全集』の編集や、漱石研究の基礎的伝記・作品研究の先駆者」（『夏目漱石 周辺人物事典』笠間書院、二〇一四年）として知られているが、もともとドイツ文学者であり、評論家、そして俳人である。歌舞伎、演劇、連歌、芭蕉の研究でも知られた大正教養派の一人に挙げられている。

この『蓬里雨《ほうりう》句集』は昭和四十七年五月、私家版限定三百部として恒子夫人が発行した。その後、昭和五十九年三月、やはり恒子夫人によって私家版限定三百部として発行された。句集名の「蓬里雨」は「豊隆《ほうりゅう》」をもじったものだという。

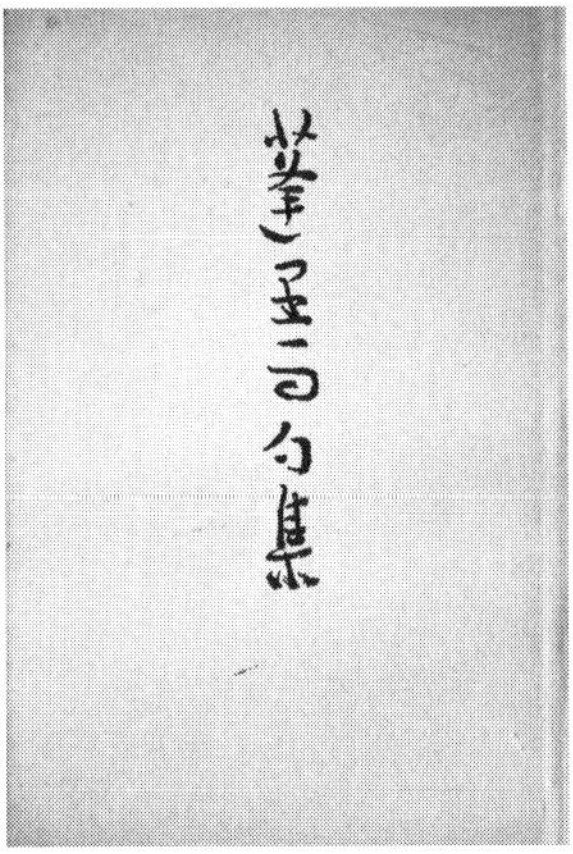

『蓬里雨句集』(昭和47年版)。ドイツ文学者，漱石・芭蕉研究家として著名な小宮の別の一面が知れる。

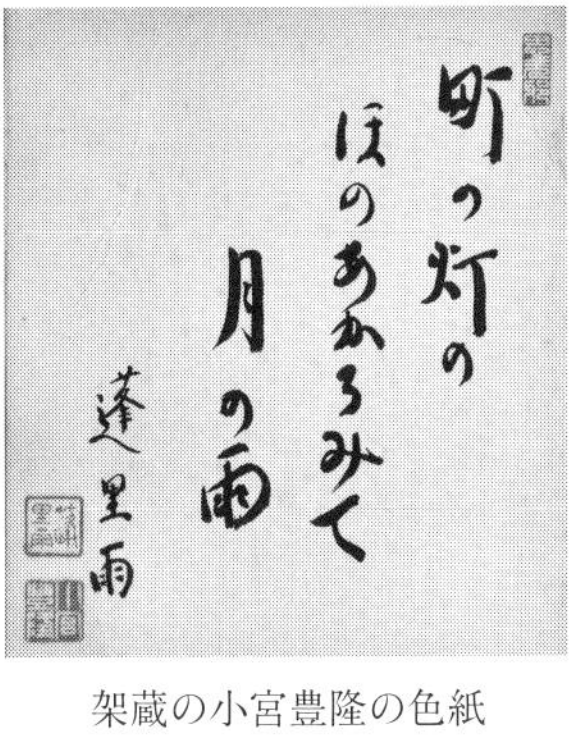

架蔵の小宮豊隆の色紙

四十七年版は一一四頁。長男の金吾氏によれば、「福岡県豊津中学校時代、柏木純一氏のおすすめで、無絃と号して俳句を作り始めた父がよき師よき友を得て八十二才で死去するまでの六十五年間、折にふれ、ところに応じて、吐いた句を拾い集め、およその年代順に配列し、七周忌の記念に作った」と記している。

のちの五十九年版は、表紙の色を少し変えて、「あとがき」を恒子夫人が書き、「本年は生誕百年に当り改訂補足して記念に出版することにした」と記している。頁数も豊隆の年譜（豊隆自身の執筆したものが大部分）を加えたため一五七頁になっている。

豊隆が俳句を作り始めたのは旧制中学校時代に柏木純一に勧められてからで、その後、子規、漱石の影響を受けた。

この句集には、郷土を詠ったものもたくさん収められている。

神楽終へ焚き火かすかに宮の庭（「ホトトギス」明治三十四年十一月号、地方俳句界欄所載）

馬に乗って物買ひに行く春の市（「ホトトギス」明治三十五年三月号、地方俳句界欄所載）

これらの作品は明治三十四、五年、豊隆が旧制中学生の時のものである。本人執筆の年譜には、「柏木は私に近松も読ませて、また俳句を作らせた。従兄の丹村泰介が五高にいて夏目漱石に俳句を見てもらつてゐたので、俳句のこと、夏目漱石のこと、子規のこと、『ホトトギス』のことは割に早くから知ってゐたが、自分で俳句を作るやうになったのは、中学校四年か五年の時分だつた」とある。
その他の故郷に関係した俳句を挙げてみる。

我家は柿の実ばかり赤々と　(明治三十一年秋)

古里は梅咲く事も早かりし

こほろぎのぢぢとなき又ちちと鳴く　(峯高寺の墓石に刻んでいる)

他に秀作はたくさんあるが、紙幅の都合で紹介できない。二句のみを挙げる。

子を兵に召されて二度の閑古鳥

五十年生きて恥ずかし漱石忌

白河鯉洋

ここでは白河鯉洋《りよう》（次郎）という人物を主に記していきたい。

私が気になっていたのは、森銑三著『明治人物夜話』（講談社文庫、一九七三年）で「（田岡）嶺雲《れいうん》のために尽くすところの多かった鯉洋の方は、まだ一冊の文集も公にせられずにゐる。寂しいことといはざるを得ぬ」という一文である。確かに帝国大学出の名文家としては物足らぬものであるが、次の共著、雑誌形式の著書がある。『支那文学大綱　巻之七　陶淵明』（大日本図書、一八九九年）は白河鯉洋・大町桂月《けいげつ》・藤田剣峯・笹川臨風・田岡嶺雲の五人の共著である（著者名の白河・大町・笹川の名前の上には「文学士」が付く）。『王陽明』（雑誌型、博文館、一九〇〇年）は白河鯉洋ひとりの著作である。

白河鯉洋の本名は次郎という。父の則之は旧制豊津中学の教員。「福岡県」の出身と紹介されているが、まだわからないことが多い。中村十生《じっせい》先生の『新豊前人物評伝』（一九七八年）によれば、「豊津の人、明治三十年に東京文科大学を卒業した。漢詩文を能くし名文家であつた」とある。調べてみると、どうも豊津の出身であるようだが、「豊津中学」の出身ではない。他の中学を卒業したものと思われる。以前からここにとらわれて調べているが、一向に進まない。調査途中であるが、ここでわかっているところだけでも提示したい。

『竜南人物展望』（吉田千之著、九州新聞社出版部、一九三七年。創立五十周年を迎えた熊本の第五高等学校出身の人物、歴史を掲載）によれば、白河次郎（鯉洋）は第三回の卒業生（明治二十七年）となっている。「元九州日報主筆の白河次郎（福岡）」と紹介されている。

鯉洋は、在学中は会津出身の秋月韋軒《いけん》（悌次郎）教授に学んだと思われる。その後、「九州日報社」は政府の新聞統制と共販制実施によって昭和十七年「西日本新聞社」と合併。『西日本新聞社史』（高野孤鹿編、西日本新聞社、一九五一年）には、「福岡県豊津の出身である赤門出の文学士白河次郎（鯉洋）が六月二十四日（明治三十二年）入社して、第五代主筆の任についた。彼は大町桂月、田岡嶺雲らとともに当時すでに文名高かったが、その謙虚な態度は、一味の床しさを覚えしめるものがあった」といい、その後、「主筆白河は、三十六年（明治）二月七日、南京の教育顧問兼南京師範総教に招聘されて退社した」とある。

また後、鯉洋は立憲国民党の代議

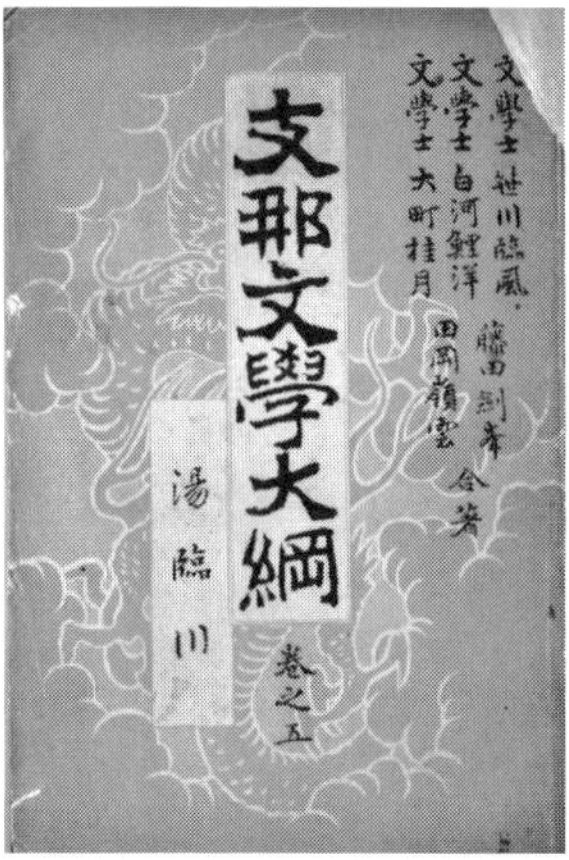

『支那文学大綱』

『王陽明』

士になったこともあるらしい。『明治人物夜話』の「白河鯉洋の一文」によれば、鯉洋が親友であった田岡嶺雲の亡くなったあと、「告別式に、鯉洋が霊前で読んだ弔辞は、痛く会葬者を動かした」、「特に鯉洋の書いている一文を読み返して、やはりその文の持つ真実にうたれた」といって、その文(『中央公論』)を引用しているが、残念ながら紙幅がないので割愛する。

同著には「嶺雲は四十三歳で、鯉洋四十六歳で、共に大いに志を伸ばすことを得ないで歿した」とある。また『犬養木堂書簡集』(鷲尾義直編、人文閣、一九四〇年)によると、鯉洋没後、木堂はその夫人に何かと援助したという。「心は高処に寄せてゐる人々が明治時代には多かつた」、「今は上下を通じて事務家型の人々ばかり充満する世の中となつてしまつた」、「よし粗枝《そし》大葉《たいよう》の譏《そしり》はあらうとも、明治型ともいふべき人々の跡を絶つてしまったのが寂しい」と。白河と田岡、二人の墓は並んで建っているという。

友石家

友石惕堂著『惕堂遺稿』

友石家は企救《きく》郡の大庄屋を務め、学問を好んだ家系である。村上仏山とは特別に親しく交わり、父・慈亭(宗左衛門)の頃から厚誼を結び、その子息四人は水哉園に入門するか交流していた。末子・惕堂《てきどう》も水哉園に入門している。

惕堂は号である。字は子春、通称は延之助といった。宗左衛門の四番目（実際は五人いたが、一人は早死）の子供である。長兄の承之助（古香）、次兄の晴之助（篁陽）、三兄の戸山、末子が延之助（惕堂）である。

『豊前人物志』（山崎有信著、国書刊行会、一九八一年）によれば、惕堂は「少うして儒を村上仏山に学び、既に帰て産を分ち別宅を営み、子弟を教授するを以て業と為す。志操端正にして善く後進を誘導し、弟子益々進む。惕堂顔貌豊肥而も、性質羸弱《るいじゃく》寒暑動もすれば病む、明治二十二年十二月風邪に罹り、翌年一月六日に溘焉《こうえん》として易簀《えきさく》（注：死をいう）す。（中略）墓は畑村向の山裏手にあり、後門人相謀って、碑を同村玉泉寺に建て西秋谷に嘱して文を作らしめし」と記す。『豊前人物志』は『惕堂遺稿』（明治四十五年（一九一二））に記載の秋谷の「墓誌銘」を参照したものと思われる。秋谷は慈亭の頃から友石家とは親しく交流して、同家のことはよくわかっていたので、この墓誌銘は具体的で、真心が込められた名文である。

『惕堂遺稿』（1912年）

惕堂は私塾「集成舎」、「晩翠塾」を開き、地域の教育に貢献した。また、詩人として多くの文化人たちと交わ

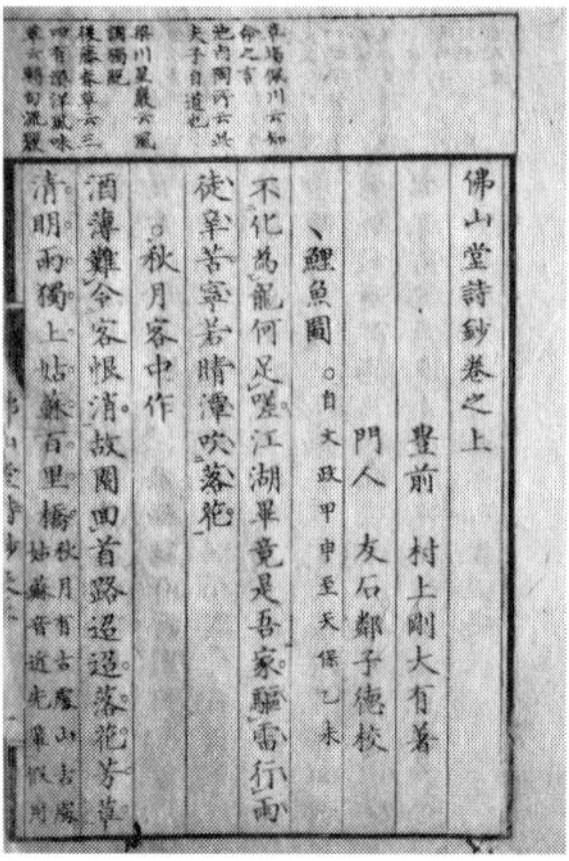
佛山堂詩鈔巻之上
豊前　村上剛大有著
門人　友石鄰子徳校
鯉魚圖　○自文政甲申至天保乙未
不化為龍何足嗟江湖畢竟是吾家驅雷行雨
徒辛苦寧若晴潭吹落花
秋月客中作
酒薄難令客恨消故園回首路迢迢落花芳草
清明雨獨上姑蘇百里橋

『仏山堂詩鈔　初編』本文の冒頭部分。「豊前　村上剛大有著」と並んで「門人　友石鄰子徳校」とある。

り、詩作していた。その養子の文斐も詩を能くした。

また、惕堂の次兄・晴之助（子徳・篁陽）は特に優秀で、仏山に最も期待され信頼されていた。『仏山堂詩鈔　初編』の発刊の凡例・校訂の欄に記載されている「友石鄰子徳」である。仏山の詩集刊行の準備のため草稿の清書をしたり、序文、跋文、評文をもらうために佐賀の草場佩川《はいせん》、日田の広瀬淡窓のもとに使いする。水哉園を大帰（卒業）すると、日田の「咸宜園《かんぎえん》」に入門し、短期間で優秀な成績を修め、最高級近くに昇級した。師の淡窓にその詩才、人物を見込まれて後継者に懇請されたが、惜しいかな二十四歳の若さで没した。仏山、淡窓はその死を悲しんだ。その文章も残されている。

長兄・承之助は父の跡を継ぎ、安政五年（一八五八）より大庄屋となる。やがて慶応二年（一八六六）の激動の時代を迎え、田川、京都郡に移り、藩士たちを支えるために奔走する。『豊前人物志』にいう、「古香人と為り敦厚和寛、喜怒色に顕はさず、家蔵書に富む、博覧強記而も人に対する日に一丁字もなきものの如し。最も詩を善くす、遺稿数百首、清真雅澹、陶韋の風あり」と。

友石家は、家業を立派にこなしながらも詩人たちが育っていった稀有な一家であり、一族には優秀な人が多い。

仏山の村上家とは深い縁で結ばれ、『仏山堂日記』を見ていくと、頻繁に行き来していることが窺える。承之助（古香）を祖父にもつ友石孝之先生が『村上仏山――ある偉人の生涯』（美夜古文化懇話会、一九五五年）を著しているのは、実に人を得たものである。また、その内容においても資料的にも貴重である。

友石先生は医師を家業とし、名医としても評判であった。余暇には郷土史家として多くの論文、著書を著した。また、多忙の中でも後進の育成に努め、小倉郷土会会長、美夜古文化懇話会会長などを引き受け、地方の文化財の保護に功績を残した。先生の晩年に『淡彩集――友石孝之漢詩集』（玉江彦太郎・山内公二編、美夜古文化懇話会、一九八三年）が出版されている。孝之先生は漢詩も能くした。

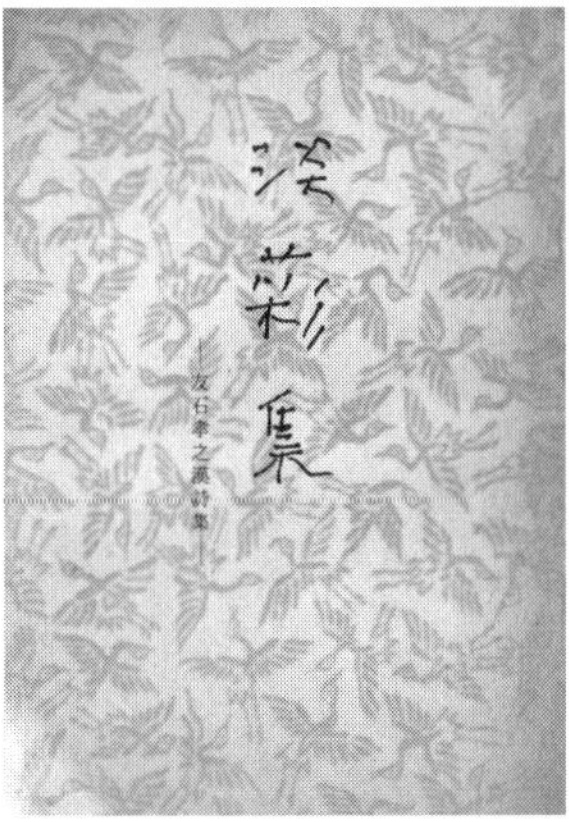
『淡彩集――友石孝之漢詩集』

友石承之助著『小森承之助日記』

『小森承之助日記』（全五巻、北九州市立歴史博物館編、一九九五年）は、企救郡小森手永の大庄屋を務めた友石承之助（古香）のものである。第一巻は父の跡をついで大庄屋となった安政五年（一八五八）八月二十七日から始まり、中に欠けてい

『小森承之助日記』

る年もあるが、明治四年（一八七一）までの五巻、十三年間のものである。この日記については永尾正剛氏の解説と、友石孝之氏（縁戚関係にある）の「家譜解説」などを参考にした。

父・文儀（宗左衛門・慈亭）は藩校「思永館」の漢学者・矢島伊浜《いひん》に学び、多くの文化人と親交をもち、二十年間も大庄屋を務めた実力者でもあった。承之助も父と同様に矢島伊浜に学んだ。前にも述べたが、友石家は代々、学問を好む家柄であり、水哉園の村上仏山とも親しく交わっている。

この日記は無論、公の日記なので、手永《てなが》の行政、公文書の写し、役所との行き来などが主である。だが、『豊前仲津郡 国作手永大庄屋御用日記 慶応二年丙寅』と比べてみると、随分文体も異なり、やや私的な記述内容も多い。本を利用する目的によっても異なるが、私個人としては、この私的な部分に関心を持っている。特に多くの漢詩人たちとの交流は貴重な資料である。

友石孝之氏の文章によると、承之助は「性質は質実の方で、勤労をいとわず、政治家らしい活動家の方で、風采は清秀、もっとも人から愛されるたちでした」、「交友は河野四郎、島村志津摩などの老職、政治向きは別として、学者、詩人には村上仏山、広瀬青邨、草場船山、西秋谷、恒遠醒窓《つねとおせいそう》、吉雄菊瀕《きくひん》、後藤田川、戸早春村《とはやしゅんそん》など、ことに仏山と青邨、船山、秋谷などとは親友の方でした。この頃の友石の世間関係は非常に大きく広がっていたので、いま一々それを述べるわけにも行きませんが、一つはこの承之助の威勢徳望によるでしょう」と述べている。

承之助が大庄屋に任期中、安政の大獄、第一次長州戦争、第二次長州戦争が起こり、ついには小倉城の落城。藩主、藩士、町人の多くは香春などへ避難し、小倉藩は激動の時期であった。それゆえ、この日記は貴重な資料である。

ここでは文化人との交流の関係記事のみを少し抜き出してみる。

・安政五年八月二十五日「田川素一参り居候」

・安政六年八月十八日の条「今日役宅より薫一郎ヲ稗田仏山堂家内死去ノ弔ニ遣ス、香典干物送之」

・同七月二日の条「余の草稿仏山堂評、先月吉雄被持帰候分、当思永館頭取篠原先生え見セラレ候由」

などが散見される。紙幅の都合で大半を略す。

その中で、仏山が藩侯の求めにより治民策の論文『開炉小談』を著して提出した経緯が、この日記でよくわかった。

それは慶応四年（明治元年）の正月二十三日の条に、「稗田仏山翁より使参、開炉小談ヲ見示」とあり、翌二十四日「仏山翁被来候、此度御郡内御政事向きの義何ソ書出し候様、京都郡御筋奉行より絶て御申越ニ相成、右ニ付、小冊一巻開炉小談と名ケ差出候由、昨日被為見候、右ノ内評論無遠慮いたし呉候様申参り候間、評論付紙いたし為持返し候処、已ニ来訪ニ相成候、夕方帰杖」とある。仏山と承之助の深い信頼関係と、承之助が多くの知見の持ち主であったことがうかがえる。これは長年調べてこられた友石孝之先生だからこそ明らかにできたことである。『開炉小談』は未だ所在不明。政治向きのことは言わなかった仏山。その内容が如何なるものであったか、知りたいものである。

堺　利彦

堺利彦著『堺利彦伝』

『堺利彦伝』（改造社）は大正十五年（一九二六）、堺利彦が五十五歳の時の出版で（昭和八年、六十二歳で没す）、社会主義者になる前までの自伝であるが、単なる作家、歴史家、出版業者という堺個人の伝記にとどまらず、幕末・明治初頭の小倉藩、豊津藩、周辺地の郷土史として貴重なものである。そこには強烈な郷土愛が溢れている。

明治三年（一八七〇）十一月二十五日生まれの利彦であるが、父母や周辺の人たちから聞いた話を交えての文章は、利彦の記憶力の素晴らしさに驚かされる。と同時に、人並み以上の人間愛に溢れた人でもあったことを知ることができる。また、名文家でもある。

若き日の堺は旧制豊津中学校を首席で卒業し、帝国大学に進むべく高等中学に入学して、前途洋々たる青年であったが、中途で道を踏みはずして「放蕩無頼」の生活にのめり込んでしまう。父母に対しても、決して親孝行な子供ではなかった。しかし、いつでも文学への関心を持ち、読書を怠らなかった。身辺には不幸なことが次々に起こるが、「日本一のユーモリスト」とも言われていただけに、なぜか読む者に前向きで明るく感じさせる。利彦の人柄、性格によるものであろうか。

『堺利彦伝』。左は初版（1926年），右は中公文庫（1978年）

荒畑寒村《あらはたかんそん》が堺利彦を評して、「酸いも甘いも知りつくした人生の苦労人」だったと言い、「私は草創期における社会主義者の先駆者の中では堺利彦先生が一番すぐれていたと思う」、「人生の紆余曲折を経て時代の変遷と趨勢に目が開けて行く過程」、「スッ裸かであるままの生活記録として一層興味がある」と。

この自伝の「豊津時代」には混乱の幕末の小倉藩、豊津藩の様子が実に細かく描かれているが、これが郷土史の一つの貴重な資料にもなっている。

また、中学生時代の恩師・緒方清渓から漢文の教えを受けたこと、島田先生に『論語』を習ったことなどは、興味を持たせる。堺家は決して裕福な家ではないが、利彦は父母、兄弟、恩師たちの愛情に包まれた幸福な少年時代を過ごしたようだ。東京の学生時代の項では、当時の東京の学校の事情などが詳細に書かれている。数年の違いはあるが、末松謙澄、夏目漱石、正岡子規などの研究にも参考になる。

大阪時代の項では、当時、東京の文壇と張り合っていた大阪文壇の事情も大いに参考になる。特に利彦の兄・本吉欠伸《けっしん》（乙槌《おとづち》）は文士としてかなり名を知られ、著書を出していることなども記している。兄弟とも作家への願望が知れる。

福岡時代の項には、結婚したばかりで「蜜月行」となり、福岡日日新聞社に入社すべく、福岡に転居するとある。これは小倉藩士出身で社長の征矢野半弥《そやのはんや》のお蔭であった。「福日」の同僚には旧知の芝尾入真《にゅうしん》などがいた。しかし、編集長との意見が合わず、在職一年で退社（明治二十九年五月～三十年五月）。その後、東京に行き、征矢野半弥の紹介で男爵・末松謙澄の力で毛利家歴史編輯所に勤め始める。そこで『防長回天史』の編集に携わる。考え方、立場は異なれども、やはり豊前人という共通の郷土を持つ者同士のつながりを感じる。

堺には自伝以外にも「望郷台」、「故郷の七日」、「土蜘蛛旅行」などの著作がある。

写真は黒岩比佐子著『パンとペン――社会主義者・堺利彦と「売文社」の闘い』（講談社、二〇一〇年）である。堺利彦の研究書はかなりあるが、この本は文字通り命を賭けた労作、名著

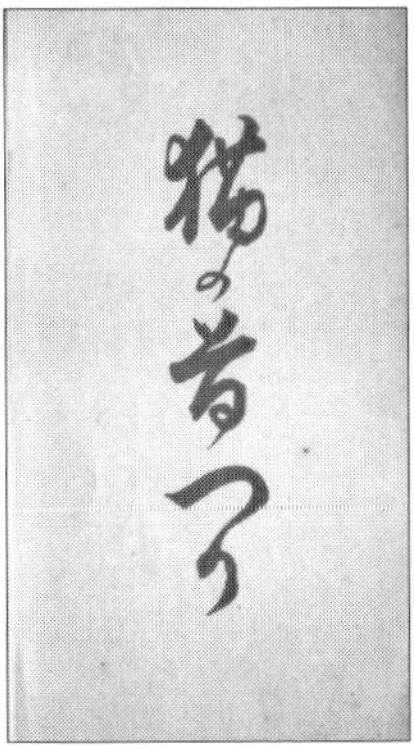

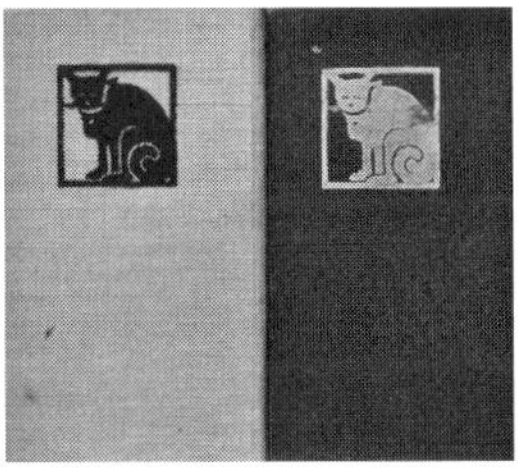

『猫の首つり』。上・右（黒表紙）は改訂増補版，左（白）は初版の扉。

黒岩比佐子著『パンとペン』（文庫版）▶

（著者は同書を出版後、亡くなる）。機会を見てこれを取り上げたい。

堺の〝猫三部作〟

『猫の首つり』、『猫の百日咳』に『改訂増補 猫の首つり』を加えて、黒岩比佐子氏は「堺利彦のエッセイ集 猫三部作」と称している。

『猫の首つり』は架蔵の内外出版協会に係る十六版によれば、初版本が「大正十二年（一九二三）十一月二十七日発行」となっており、著者名は本名の「堺利彦」としている（ただし、「序」は堺のペンネーム「貝塚渋六」の名）。ところが改訂増補版は、内外出版の発行は同じだが、架蔵の大正十五年（一九二五）八月十日発行の十六刷によれば初版は「大正十五年（一九二六）八月五日」とあり、著者名は「貝塚渋六」となっている。同名二書の著者名が異なる（その理由はあるようだ）。

初版『猫の首つり』は小型本（辞書型）で四二二頁。改訂増補版は同型で、新しい文章が入っているものの、頁数は初版本と同じ。

だが、出版広告が二十三頁にわたっている。これも当時の出版事情を知る資料である。

夏目漱石の『吾輩は猫である』のパロディー本と言えないこともない。言うまでもなく、本のタイトルは読者を引き付けて買ってもらうためには重要な要素である。この奇抜なタイトルの付け方は、さすがに名編集者たる利彦の面目躍如たるものがある。

昨秋（注：二〇一七年）、千葉県八千代市の秀明大学で川島幸希学長のコレクションの一つとして、「夏目漱石展」が開かれた。その時、『吾輩は猫である』の多くのパロディー本が展示されていたのには驚かされた。それだけこの小説は人気を博したとも言えよう。

堺の『猫の首つり』には、故郷のことを描いた「故山の情話」、「故郷の七日」という作品が収録されている。

「故山の情話」は大正初め頃の豊津の事情、友人関係などユーモアを交えた話である。手紙形式になっているが、小説風である。堺は言う、「三分は事実、七分は空想」だと。しかし、記憶力抜群の堺によって幕末・明治・大正の故郷のことがよく描かれている。

「故郷の七日」はほぼ事実であろう。堺家が小倉に住んでいた時のこと、幕末・維新の折のことなどは郷土史の参考になる。中で白河鯉洋の父・則之に中学校時代に漢文を習った折の苦い思い出を書いている。面白いエピソードであるので紹介したい。

「鯉洋君のお父さんの則之翁は、僕等に孟子を教へて呉れた先生で、馬の嘶《いなな》く様な咳払をする人であった」。ところが、試験の時の答案があまりに良かったので、「剽窃《ひょうせつ》」と思われて、三十五点であったという。「僕は実に不平で堪らなかったけれど、遂に弁解するの機会を得ずに終わった。先生今や既に没して居られるが、先年東京の鯉洋の宅で久しぶりお目に掛かった時、此話をすれば善かったと、今でも僕は残念に思って居る」と。いつまでも少年時代のことを悔しがる、堺の純な心持ちが伝わってくる。

同じ中学校時代のことだが、『堺利彦伝』によれば、漢文の西玄理先生の時間に「極く短い十行ばかりの作文（その頃の作文は総て漢文）を出した時、其の余りに短い故を以て叱られる事を予期していた。所が、どうだろう。初めから終わりまで全文に朱丸の圏点がついていた。私は一体、文章を短かくし過ぎる癖がある。それは技巧上の癖でもあろうが」と記している。堺は作文には自信を持っていた。それゆえ、三十五点は悔しかったのであろう。

堺は名文家である。漢文、文語文、口語文と、時代とともに文章形式が大きく変化した時代であったが、口語文でも簡潔でリズムのある文章を書く。

『猫の首つり』（内外出版協会、一九二六年）に収録の「故郷の七日」では、母と散歩し、裏山の見晴らしの好い所に立って、「オオ好え景色ぢやなァ」と素朴なる讃嘆の声を発したので、そのため自然の美に対する僕の眼が初めて開かれたような心地がすると言い、人の感化は意外の時、意外なことを受けるものだ、などとある。堺ほど故郷の風土の影響を受けた者はあまりいないのではなかろうか。

書と人

幸徳秋水、大杉栄は非業の死を遂げた。堺利彦は地味な人柄にふさわしく、平凡な最期だった。それゆえ、やもすれば堺の存在が閑却《かんきゃく》されてきたきらいがある。だが、堺は日本社会主義運動史上、あらゆる意味においてもその名を消すことはできない。政府、官憲による不断の弾圧と、繰り返し起こる運動内部での対立を乗り越えて、堺は常にマルクス主義的社会主義の先頭に立っていたと言えよう。堺の温厚な人柄、精神的なやわらかさは誤解を招くこともあったが、最後まで信念を貫徹した。

堺は「日本社会主義の元老」というだけでなく、小説家、翻訳家、俳人、歌人といった、いくつもの顔をもっていた。

堺の揮毫した色紙は今日でも時々見かける。

母と共に花しほらしの薬草の千振《せんぶり》つみし故郷の野よ

などの短歌もそうである。彼は周囲の風物に対して純粋で素直な目でとらえ、一切の技巧、体裁を無視。それがかえって彼の歩んだ道程と、人とがあいまって作品の魅力になっている。

堺の俳句「バリ〳〵と氷ふみわる夜道かな」は、大逆事件（明治四十三年〔一九一〇〕）で処刑された幸徳たちの遺骨を持って帰る途中に詠んだものだという。

大逆事件は社会主義運動を弾圧するために政府と桂太郎軍閥内閣が仕組み、でっちあげた事件。この時、堺はたまたま赤旗事件で獄中にいたので、この事件に連座せずにすむ。だが、裁判は非公開で、証人も立たせずに行われ、明治天皇暗殺を計画したかどで二十六名が起訴され、うち二十四名に死刑を宣告。無実の人々を絞首台に送った。明治四十四年一月二十四日のことだった。翌二十五日、堺らは処刑者の死体を引き取りに行き、棺を火葬場に持って行く。途中、警官と何度も衝突し、ついに「国家が認めた犯罪人は賑恤《しんじゅつ》するをえず」ということで、堺らを検束。官憲の非人道的行為に堺は怒髪天を衝くような憤りを、この句に詠んだ。

この句の書幅は、豊津高校の小笠原文庫にあるが、もともと行橋市の医師・木村照一氏が所蔵していたのを寄贈したものである。

この書がうまいか、まずいかは、私にはわからない。だが、堺の憤怒が一気呵成に筆を走らせたのであろうか、力強い筆勢であるのだけはわかる。

大逆事件以来、社会主義者たちは発言の自由を失い、いわゆる「冬の時代」を迎えた。堺は困窮した同志の面倒をみながら、持ち前のユーモアと温かい人間味のある文章で創作に翻訳に励むかたわら、大逆事件の遺族を歴訪。堺を中心にわずかながら社会主義の思想の命脈を保っていった。

竹下しづの女

竹下しづの女《じょ》（本名は静廼《しずの》）は行橋市中川の出身で、大正、昭和前期に活躍した著名な俳人である。最近、ようやく知られつつある。

その理由の一つとして、昨年（二〇一六年）十一月に福岡市総合図書館及び赤煉瓦文化館で行われた、福岡市文学館の企画展「銀の爪、紅の爪――竹下しづの女と龍骨」が挙げられよう。冊担当の有能な神谷優子さんたちにより、多様な展示物や初めて公にされた資料が展示され、冊子には貴重な資料が六十五頁にわたって収録された。これはしづの女・龍骨親子の資料というだけでなく、立派な年譜にもなっている。今まで、しづの女、龍骨（長男。本名は吉信）の本格的な研究書が少なかっただけに、貴重な資料となる。殊に夭折した龍骨の俳論、俳句は貴重である。

年代が前後するが、新しいものから紹介したい。

今年（二〇一七年）三月、『竹下しづの女・龍骨句文集』（福岡市文学館選書4、海鳥社）が刊行されて、親子の俳句への熱い思いを知ることができる。もっと長く創作活動してほしかった二人ではあるが、この出版をあの世できっと手を取り合って喜んでおられるに違いない。

この本には『成層圏』（龍骨が母の支援を得て企画、設立した旧制高等学校俳句連盟、後の学生俳句連盟の機関誌）の内容も収録されている。しかも、しづの女の句文だけでなく、龍骨（創刊号で透江要子の名を使用）の作品を読むことができる。龍骨の句は「銀皿に小鳥の声を盛つて来る」、「はかなけれ枯葉の如く仰臥せる」などが掲載されている。なお、『成層圏』には、著名な中村草田男、香西照雄、山口誓子、日野草城《そうじょう》なども関わっている。その意味でも貴重な資料である。

さて、しづの女の最初の句集は『颱《はやて》』である。出版事情の厳しい中、昭和十五年十月（五十三歳の時）、「俳苑叢刊」シリーズとして三省堂から出版された。日野草城、松本たかし、星野立子、中村汀女なども同時期に「俳苑叢刊」に名を連ねている。この句集には「短夜や乳ぜり泣く児を須可捨焉乎《すてっちまおか》」（「ホトトギス」の巻頭句を飾る）などの初期の名句が収録されている。故郷の行橋の関係の句を見ていくと、「古里は痩稲を刈る老ばかり」、「掃苔《そうたい》や景行帝の御所ちかく」などの句も収録されている。

しづの女の没後十三年を経た昭和三十九年二月、『定本竹下しづの女句文集』（香西照雄編、星書房）が出版され、同

『竹下しづの女・龍骨句文集』

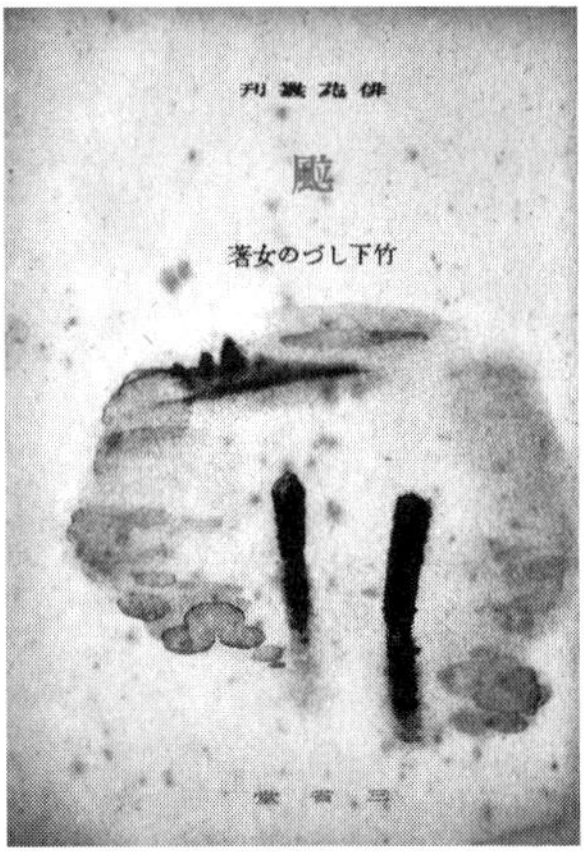

『颱』

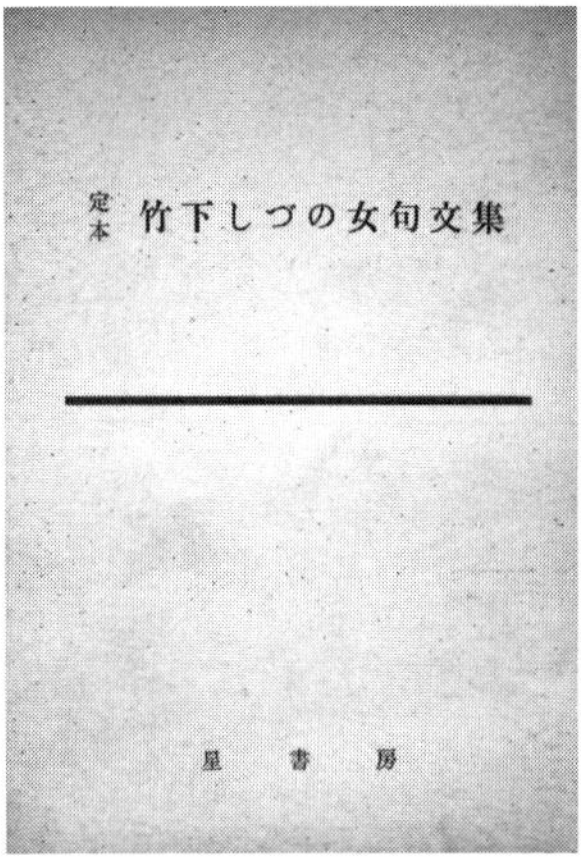

『定本 竹下しづの女句文集』

時に特装版も出された。これは初めの句文集の昭和十四年までの作品に、その後の句（故郷を詠った句が多い）と俳論、短編小説などを加え、さらに編者により既発表の作品から選ばれた作品を加えている。他に研究編として中村草田男、香西照雄の鑑賞文、批評文、成層圏年譜なども掲載。また、所収の短編「渡海難」（『ホトトギス』）には故郷の苅田《かんだ》の海の風景や、登場人物に小宮豊隆を思わせるような人が描かれている。しづの女は小説にも意欲を示していた。

杉田久女

増田連《れん》氏は昭和五十三年（一九七八）に『杉田久女《ひさじょ》ノート』（裏山書房）を著して、杉田久女（本名は久《ひさ》）の人物像を大きく変えたことで高く評価されている。『久女〈探索〉――〈付〉久女未収録俳句拾遺』（桜の森通信社、二〇一四年）はその続編であるが、良質の久女研究の探索文献でもある。久女研究の資料は豊富にあるが、中には自分でよく調べず偏った他人の文献を引用したものも多い。増田氏は長年の研究によって信頼できる資料を提示し、研究者、俳句愛好者にとっては実に助かっている。

先に刊行された『杉田久女ノート』について少し述べると、昭和五十三年の刊行当時、私はこれを読んで、松本清張の小説「菊枕――ぬい女略歴」（一九五三年）に登場する久女のイメージとの大きな違いに驚くとともに、増田連さんの情熱的な調査に感銘を受けた記憶がある。私的なことだがその頃私は、葉山嘉樹の資料を探して増田氏の古書店を度々訪ねていたので、熱意の一端を知っている。だが、ある時から店番はほとんど奥さんがするようになった。おそらく増田氏は調査のためあちこちを飛び回り、留守をすることが多かったのであろう。

『久女〈探索〉』

『杉田久女ノート』は日本で最初の本格的な杉田久女伝記とも言える。久女は松本から、東京、鹿児島、小倉などに移り住んでいるが、小倉時代が一番長く、本格的に俳句を始め、俳壇に登場したのもこの小倉時代である。久女にとって小倉時代は重要な時期である。

増田氏が「あとがき」で、「これまで、世間に流布している〈悪女〉イメージの久女像に反撥するあまり、いささか久女に傾斜している自分を意識しないでもありませんが、黒を白だといいくるめようという気持ちは、まったくありません」と述べるように、より客観的・論理的に述べようとしている。

世評では女流俳人の第一人者として杉田久女をよく挙げているが、〝家庭を顧みない悪女〟、〝精神を病んだ人〟という負のイメージの表現が多々ある。殊に清張の小説「菊枕」の影響は大きい。これが出版された頃、私は久女伝と思い込んでいた。ところが、実は多くが脚色された虚像であったのである。

これらの久女につきまとっていた悪評を見事に覆したのが、増田氏のこの二著である。特に高浜虚子によって巧妙な「政治的な文章」で『ホトトギス』を除名され、「狂女」のイメージをつけられたことを、次々と覆していく増田氏の執念の調査に感動させられる。私も少し経験があるが、悪意を持った人間による巧妙な噂は、あっという間に広がり、いつの間にか作り事が真実になってしまう。また、そういう噂を好むのは人間の業であろうか。

この杉田久女の弟子が、八景山（みやこ町）の麓に住んでいた宮本正子である。増田氏から二十数年前、「風説・宮本正子」という文章のコピーを送ってもらった。久女研究の過程で正子のことを知り、『京築の文学碑』（山内公二・綿井八重子・今村佐恵子著、美夜古郷土史学校、一九八四年）を読んで実地調査したものであった。この『久女〈探索〉』ではより詳しく記している。

それは「第4章〈杉田久女・外伝〉桂朗と正子と」である。久女の長女・石昌子《いし》の文章によると、久女が京都高女（現在の県立京都高等学校。昭和二年卒）で手芸（フランス刺繍）の講師をしていた時、正子は教えを受けたらしい。その後、「彼女（正子）は県立京都高女を卒業すると私の家に行儀作法、料理、俳句等習いに毎週通っていた。泊まりこみで来ることもあった。静かで容姿も美しい人だった」と記している。その後、東京に出て行き、俳句雑誌に投稿していたが、帰郷して自殺したという。享年二十五だった。正子の俳句には、「牡丹に嫁ぐときめし薄化粧」、「父母に逢へる日を待ち蓬《よもぎ》つむ」などがある。

『久女〈探索〉』は他に「第二部〈杉田久女〉参考文献解説」、「第三部　久女未収録俳句拾遺」なども研究書として信頼できる第一級資料である。こういう著書こそ貴重なのである。

森鷗外の小倉時代

陣山綏著『鷗外さん』

戦後、北九州では森鷗外の研究が盛んになった。特に松本清張が『或る「小倉日記」伝』で芥川賞を受賞（一九五三年）してから一層、拍車がかかった。鷗外の没後、容易にわからなかった『小倉日記』が遺族の家から発見され、『鷗外全集』（一九五二年）に収録された。しかし、

『小倉日記』

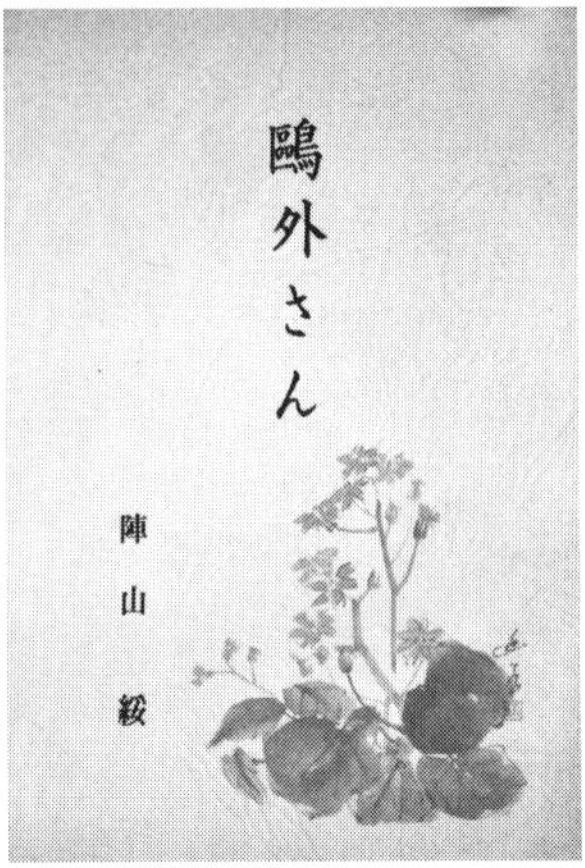

『鷗外さん』

この頃まだ市町村には図書館がないところが多く、あっても購入予算がなく、閲覧することは容易ではなかった。筆者はこの『鷗外全集』中の『小倉日記』を、頼み込んでようやく借り出し、コピーしたことを思い出す。

『小倉日記』は、鷗外という作家の研究だけでなく、明治時代の北九州の文化史、近代史の貴重な資料でもある。森鷗外は明治三十二年（一八九九）六月から三十五年三月まで、小倉の十二師団の軍医部長として勤務していたが、余暇には行橋にも三度程やって来たこともあり、行橋の人が鷗外宅を訪問していたこともあって、鷗外と行橋とは関わりが深い。

さて、『鷗外さん』（一九八二年）の著者である陣山綏《やすし》先生は、早くに鷗外に注目して研究されていた。また、先生宅に所蔵していた鷗外訳述の『戦論』のこともあって、鷗外に関心を抱かれたようである。

『鷗外さん』の中の「森鷗外遺聞」は、鷗外の『小倉日記』に登場する女中（婢）のモト（元）、おばの末次ハナ（花）のことなどを詳細に調査した貴重な資料となっている。これは地元の旧家の出である先生にのみできたことでもあった。この本のお蔭で、私は働き者で気品のある女性モトの墓を捜し、手を合わせることができた。

行橋市出身のモトは、両親を早くに亡くした薄幸の女性、働き者、しっかり者でもあった。鷗外は小倉に赴任して以来、小倉では良い女中さんに恵まれず、かなり難儀をしていたが、モトは信頼のできる女中さんであった。こう俳句で詠っている。

まめなりし下女よめらせて冬こもり

鷗外は挨拶に来たモトのおば・末次ハナに会い、礼儀正しく、聡明でしっかり者の女性に感心した。「婢元（モト）のをば末次はな（ハナ）至る」、「色白く丈高き中年の婦人にして才気面に溢る。現に京都郡今井の小学教員たり」などと紹介している。

この『鷗外さん』の「さん」は、昭和四十年代でも小倉の地元の人が親しみを込めて「鷗外さん」と読んでいたのに感心して付けたという。陣山先生は「小倉で鷗外に仕えた女中・木村モト」がご自分の近所に居住していたためか、「異常な関心をもって調査」したという。そして、鷗外が聞き誤ったであろうことを詳細に正している。そして、「『孤にして貧し』いなかで育ち、年頃になって強いられた結婚に破れた哀れな女性木村モトは、高名な顕官森鷗外の女中として

『松風録』と『彩雲』

仕えることに、どんなに大きな慰めをあてられ、心の張りを覚えたことであろう」と記す。

　私事だが、陣山先生から「今度、新築される須佐神社の社務所で、鷗外の研究会を開きましょう」と誘われていたが、突然亡くなられ、ついに実現しなかった。今でもその時の先生の嬉しそうなお顔を忘れることができない。

　松本清張が小説「鷗外の婢《ひ》」（『週刊朝日』一九六九年）を発表し、木村モト、末次ハナのことが話題になった。これはあくまでも小説で、かなり虚構の部分がある。なお、陣山家の新資料として鷗外の『戦論』の原稿が発見されたことで、小倉時代の鷗外研究が進んだ。『鷗外さん』には、私の恩師小林安司先生の「森鷗外の『戦論』訳述――新資料にふれて」を掲載している。この論文は鷗外の左遷説を覆す重要なものであった。これも陣山先生の人柄を偲ばせるものである。

　陣山綏先生の著書は他に『松風録――守田家史料をたずねて』（一九七二年）、『応永戦覧』（一九七五年）、『彩雲――浄喜寺古文書をよむ』（一九八二年）などがある。

山崎一頴著『鷗外ゆかりの人々』

森鷗外は小倉にとって親しみのある文豪である。それは鷗外にとって大きな転機となった三年余りを小倉に在住したことから始まる。

『鷗外ゆかりの人々』（教文堂、二〇〇九年）の著者・山崎一頴《かずひで》氏の言うように、鷗外の偉大なところは、「一身にして二つの生涯」を送りながら、どれもが勝れていることである。すなわち陸軍軍医総監・陸軍省医務局長、帝室博物館総長兼図書頭《ずしよのかみ》として官界に生き、小説家・翻訳家・評論家として業績を残した。山崎氏は鷗外が交遊した人々を詳細に調査、研究して本書を著した。取り上げた人物は山口秀高、玉水俊虠《たまみずしゆんこ》、平出修《しゆう》など七人である。

玉水俊虠は小倉安国寺の僧侶で、鷗外の小倉時代の親友としてよく知られている。『小倉日記』には度々出てくるし、小説「二人の友」（一九一五年）、「独身」（一九一〇年）のモデルだとも言われている。だが、わからないことが多かった。その空白の部分を埋めていったのが、今村元市先生の『北九州文芸あれこれ』（せいうん、二〇〇八年）に収録の「玉水俊虠」である。中でも自身が所蔵する俊虠の「自筆自歴書草稿」や書簡など多くの資料によって、一つの伝記と成している。圧巻は、今村先生自身が架蔵している俊虠の晩年の日記（明治四十五〔一九一二〕年六月一日〜）と論文があるが、唯一出版された俊虠の著書『修証用心訓』（鷗外は「修証一如」の書を贈る）を解説していることである。今村先生と俊虠の関わりについては、いつまでも尽き

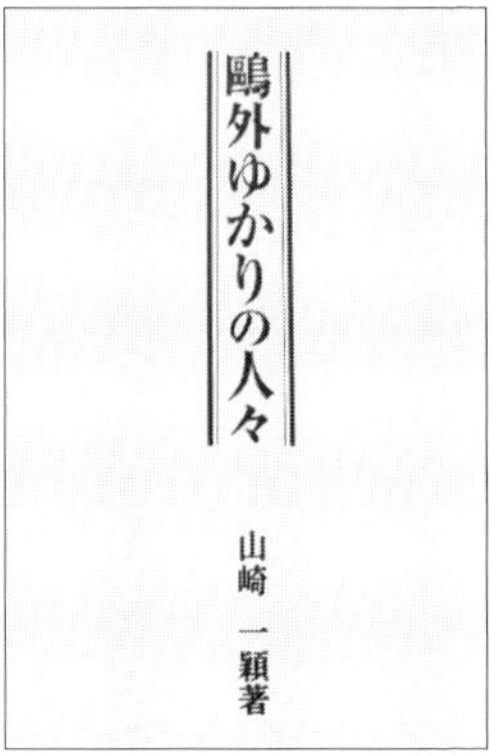

『鷗外ゆかりの人々』（扉）

玉水俊虠（『森鷗外「小倉日記」』北九州森鷗外記念会, 1994年より）

ないが、本題に戻る。

さて、山崎氏はかなりの部分で今村論文を参考にしているが、独自の調査・研究も相当ある。殊に鷗外と俊虠とのドイツ哲学と唯識論との交換授業は有名であるが、山崎氏は「玉水俊虠・福間博との出会い、鷗外の勉学、鷗外の小倉時代を生き抜く心構えはともかく、鷗外は現実から人から学ぶことになる」と言い、年代順に考察している。

山崎氏の論文で感心させられる点は、北九州市立図書館所蔵と東京大学図書館鷗外文庫所蔵の『成唯識論《じょうゆいしきろん》』（全十巻）を詳細に調査していることである。そして、両者の使用本の赤インクの書き込みなどから、俊虠と鷗外の交換授業の様子が推定できることだ。

この『鷗外ゆかりの人々』は、俊虠の足跡を熱心に追い、かつ書き残したものを探し出して、今村論文を補っている。俊虠研究の貴重な資料である。

前後するが、玉水俊虠について、今村・山崎論文を参考にして少し記したい。

俊虠は慶応二年（一八六六）三月、行橋市行事の父・広瀬延孝、母・山本氏の第四子（三男）として生まれた。鷗外より四歳年少だった。明治十年（十二歳）、母の弟である門司区畑《はた》の玉泉寺の玉水俊豹のもとに上がり修行した。厳しい修行を重ねて明治十四年、十六歳の時、許されて行脚に出る。明治十五年、大阪で藤沢南岳に漢学を学ぶ。同じ頃、大阪府の「私立曹洞宗支校」に入学し、同十七年に卒業。その後、各地の寺で禅学を修行。明治十九年四月～二十年十二月まで、「蔵春園」で漢文学を修めている。

さらに同二十一年二月、曹洞宗大学林（現・駒沢大学）に入り、二十五年七月（二十七歳）に卒業。同年九月、大谷大学に入学し、苦学しながら二十八年に卒業したという。実に俊虓の向学心は旺盛である。その後も永平寺、総持寺などで修行。明治三十二年、曹洞宗大学林教授になっていたが、健康を害して帰郷し、東禅寺の住職となる。やがて当時荒れ果てていた安国寺の住職となり、再興。そして、鷗外と出会うのである。明治三十三年十一月一日のことであった。

玉水俊虓は鷗外の不遇時代を救うことのできた真の友であった。

幕末―明治の郷土を知る

会津藩と小倉藩（豊津藩）の奇縁

会津藩・郡長正の自刃

一昨年（二〇一三年）のNHK大河ドラマ『八重の桜』の後半部に、僅時ではあったが「会津降人《こうじん》」を小倉藩士が護送する場面が出た。私は宇都宮泰長氏の編著『会津少年郡長正《こおりながまさ》自刃の真相』（鵬和出版、二〇〇三年。いわゆる〝手紙説〟を否定されている）を思い出して再読し、この本の意義を再認識させられた。すぐ宇都宮氏に電話をして、感銘を受けたことをお伝えした。

宇都宮氏は祖父や父、さらに多くの郷土の人の聞き取りなどから綿密に調査し、長正自刃の最大の原因は、小倉藩の藩校「育徳館」に留学してきた長正が、当初約束されていた外国人教師による大橋洋学校での勉学が遅れたことに対し、不満を述べたことがこじれての事態であった、という説を挙げている。もう一つが、この会津の降人護送問題である（詳細は後で述べたい)。

郡長正の自刃の真相は確かな資料がなく、未だに不明であるが、過去には戦争翼賛の如き小説や聞き書きなどによる、母への手紙説、剣道の試合説などがある。やはり手紙説が最も多い。しかも会津若松においては、長く戊辰戦争、斗南《となみ》藩時代などは屈辱と憤怒の歴史として封印されてきたというが、平成になってようやく長正のことが地元の会津においても取り上げられた(小倉藩士も、会津戦争で降参した会津藩士を東京まで護送したことは屈辱と悔恨の歴史で、秘してきたもののようである)。

ところが、どこでどのような資料が出たかわからないが、『会津人物事典(武人編)』(小島一男著、歴史春秋出版、一九九三年)には、〝手紙説〟を小説風に長々と記している。当然、会津士魂を称え、豊前人は「食客の身でありながら、食物のことついて不平を言うとはけしからぬ。

『会津少年郡長正 自刃の真相』

『会津人物事典(武人編)』

いかにも亡国の臣らしいと、つめよった」と。しかも、最も大事なこと、即ち留学のことには触れず、「蘭学教師カステールも長正の人となりを愛し、熱心に教えを授けた」と記す。これは誤り、というよりも全くありえない作り話である。カステールが大橋洋学校で教鞭をとったのは明治四年（一八七一）十月からで、長正の自刃（同年五月一日）に遅れること五カ月程のことである。歴史が歪められてゆく怖さを知った。

　この他に『会津人が書けなかった会津戦争——会津への手紙』（牧野登著、歴史春秋出版、一九九七年）などがある。

　その後、書店で『白虎隊士飯沼貞吉の回生　第二版』（飯沼一元著、ブイツーソリューション、二〇一三年）を見つけて購入した。数奇な生涯を送った貞吉のことは無論、会津戦争前後の動向を詳細に調査した貴重な書である。読んでいくうちに、あまりにも歴史の巡り合わせという

『会津人が書けなかった会津戦争』

『白虎隊士飯沼貞吉の回生　第二版』

か、奇縁と言っていいことに驚かされた。飯沼氏は豊津育徳館で自刃した会津藩の郡長正よりも少し年長。長正は年齢が足らずに白虎隊に加わることができなかった。もし、長正が白虎隊に加わっていれば、その後の運命も大きく変わっていただろう（飯沼氏は〝手紙説〟を否定）。

白虎隊の生き残りの飯沼貞吉の生涯もまた壮絶であったが、近代日本の建設に大きく貢献した。後述するが、特に下関、小倉、福岡の電信電報の敷設に尽力し、結果的に秋月の乱で豊津藩士が巻き込まれることを防ぎ、豊前人は明治の近代化に遅れをとらずに済んだのである。歴史は奇縁を生む。

〝手紙説〟への疑問

郡長正の自刃のことから簡単に述べたい。鳥羽・伏見の戦いから戊辰戦争などで幕末維新の悲運にあった会津藩は、青森の下北半島の寒冷地、斗南藩に移された。

小笠原豊津藩は会津藩に恩義があったためか、あるいはそのあまりの悲運に同情したのか、会津藩（斗南藩）の優秀な少年藩士七人を育徳館への留学生として引き受けた。そして斗南藩の少年たち七人がやって来たのは明治三年～同四年の初めの頃だったという（月日は不明）。

ところが、その一人、郡長正が同四年五月一日に育徳館寮で自刃してしまった。その原因について諸説があるが、ほぼ通説になっているのは、長正が母親に宛てた手紙の中で育徳館寮の生活を「給養意の如くならざる旨（食事がまずいことと同じ意にとられるか）」と伝えた（伝えようとした）ことに対し、母から「長正を叱正する返事」が届いたが、長正が落としてしまう。それを拾って読んだ地元出身の学生に非難され、「会津士魂」まで傷つけられたゆえに自刃に至った、というものである。この〝手紙説〟が会津の地元でも多く伝えられている。古くは平石弁蔵著『会津戊辰戦争』（一九一七年）の巻末に記載されたという（未見）。

その後、確たる資料がないことによって様々な説を書いた本が出たが、中には戦争賛美の時代の小説が史実の如く喧伝されているものもある。それが小説『会津士魂』（笹本寅著、博文館、一九四一年。小説であるが、多くの挿絵の中に郡長正の写真を掲載して真実味を持たせた）である。これは小説であって、史実とは大いに異なる。この『会津士魂』を参考したのであろうか、本格的な歴史書『斗南藩史』（葛西富夫著、斗南会津会、一九七一年）や『会津人物事典（武人編）』（前掲）の中で、共に少しニュアンスの違いはあるが〝手紙説〟が定説化された観がある。これらの書に疑問を呈したい。

一方、郡長正自刃について、早い時期にわれわれの地元では『京都郡誌』（伊東尾四郎編、一九一九年）で触れている。「兜塚に会津の少年郡長正の墓あり、斗南藩郡長政《（ママ）》神位、明治四歳次未五月朔日と刻せり、明治の初、会津落城して斗南に移され、其の子弟諸藩に預けられしが、長政（長正）は斗南藩の家老の子なり、従兄神保岩之助等四五人と共に豊津藩に預けられしが、長政（長正）が其の境遇の苦情を故郷の母へ報ぜんとすること同郷人の知る所となり、遂に自刃するに至りしといふ、長政（長正）時に歳十五」とある。その後、中村亀蔵先生（『豊津高等学校七十年史』一九五八年）や古賀武夫先生の文などがあるが、やはり母への手紙説である。

ただし、同じ手紙説でも、豊前と会津では少し違っている。『京都郡誌』には、「境遇の苦情を故郷の母へ報ぜんとすることを同郷人（会津の留学生たち）の知る所となり」とはあっても、地元の豊津藩士の子弟による非難などという記述はない。中村亀蔵先生も手紙説をとっているものの、地元の子弟による非難、詰問などの記述はない。

しかし、先の会津で出された『会津戊辰戦争』、『斗南藩史』、『会津人物事典』などは、手紙説であるうえ、その手紙を拾った豊津藩士の子弟が「食客のくせに食事がまずいとは何ごとか」と非難、詰問する。そのため長正はやはり会津武士として恥じるべきことだったと自刃した、という説である。そこには郷土愛のなせるものがあるにせよ、豊前地方の出版物を引用しながら、事実が歪められていないのか。特に挟間祐行（『維新秘史 会津戦争』亜細亜書房、一九四一年）、笹本寅などの小説による会津士魂を美化するためのフィクションが、悪影響を及ぼしているのではないか。

これに大いに疑問を感じて新説を出されたのが、宇都宮泰長氏の著書『会津少年郡長正　自刃の真相』である。自刃の原因に、洋学校の外人教師による授業が遅れたこと、会津降人の護送問題などを挙げており、巻末には「会津降人名簿」も記載している。

編著者の宇都宮氏は地元豊津の出身で、先祖より小笠原藩士の家系に生まれ、祖父、父、親戚の人たち、さらに会津の関係者より聞き取ったり、小笠原文庫を調査したりして地元の歴史について熟知している。

宇都宮氏が「まえがき」で、過去の誤った歴史観の中で自刃行為を美化した長正事件を小説のまま無批判に語り継ぐことは許されることではない、真相を正しく伝えることこそが大切であると判断した、と記しているが、私も同感である。

そこで宇都宮氏は、秘匿し続けてきたと言われる「会津降人七百余人の名簿」を勇気をもって発表したのである。そしてこの著書では長正自刃の大きな原因に、「外国人による洋学教育」が遅れたこと、さらに戊辰戦争後に小倉藩士が「会津藩降人」を東京まで護送したことに対する誤解などの問題で、両藩の少年たちの間で議論が起こり、「ことに会津藩の捕らわれ人となった人々を、それも何百人という会津藩士を東京まで護送されたことは、そのご苦労を考えると私達が夜毎に述べてきた小倉藩に対する非難中傷は、藩主様に死をもってお詫びする以外に方策はありません」と言って自刃した、という中川柿園《しえん》氏などの聞き書きを記している。紙幅の関係で詳細に記せないことをお許し願いたい。

長正自刃の原因としては、母親宛の〝手紙説〟が最も多いが、明治四年当時まだ郵便制度は確立しておらず、豊津郵便取扱所ができたのは明治五年七月である。自刃当時は、東京にいる母親へ手紙を出すことは困難であったという。しかも、「四書五経」などの教えを受けている育徳館生が、拾った他人の手紙を開いて見るだろうか、というような多くの疑問が残る。


〝手紙説〟について疑問視している者が会津側に一人もいないというわけではない。現に前掲『白虎隊士飯沼貞吉の回生　第二版』がある。会津白虎隊唯一の生き残りの飯沼貞吉は、多くの苦難を乗り越え、日本の電信電話の施設の建設に貢献した人物である。著者の飯沼一元氏は貞吉の直系の孫であり、東北大学工学部を卒業した工学博士で、日本電気株式会社に入社し研究所長を務めた優秀な人。白虎隊の会を設立している。

この本でも「長正自刃の理由について、長正が郷里の母に宛てた手紙を落とし、その手紙を豊津の少年に拾われ、寮の食事がまずいと書いたことが露見したのが原因という説がある。これは挟間祐行の小説のストーリーで、いつの間にか定説化されているのは困ったものである」、「こんな無礼なストーリーが地元会津で喧伝されている。著名な作家まで鵜呑みにしている。長正の立場を考えたことがあるのか」と述べている。まさに正論である。

なお、一元氏は郡の家と姻戚関係にあることもあり、長正自刃事件に関心を寄せ、豊津・甲塚の墓を訪ねている（二〇一〇年）。祖父・貞雄（貞吉を改名）も明治の初め頃、この墓に詣でたという。

飯沼貞吉と明治の士族反乱

さて、『白虎隊士飯沼貞吉の回生』の著者・飯沼一元氏は、祖父と同様に情報技術に関する仕事をして、祖父の足跡を記したが、この本で驚かされたのは、明治初期の九州・山口で起きた反乱が早い段階で鎮圧された大きな要因の一つとして、飯沼貞吉（貞雄）が建設に貢献した電信電報の力が大であった、というものである。

佐賀の乱（明治七年二月）、熊本の神風連の乱（同九年十月二十四日）、秋月の乱（同月二十七日）、萩の乱（同月二十八日）などを調べてみると、どれも初期の段階で、不穏な動きが逐一電報で明治政府に伝わり、そのたびに警察、軍隊に先手を打たれている。

『乃木希典日記』（和田政雄編、金園社、一九七〇年）、『福岡県警察史　明治大正編』（福岡県警察史編さん委員会編、一九七八年）をめくってみると、その反乱の時の対応が想像できる。明治九年十月二十五日、熊本の神風連の乱の時、「今般営賊進入火ヲ放チ砲発盛ン、兵一時散乱」という電報を受け取る。そして迅速に各所に連絡。『福岡県警察史』にも、神風連の乱の変事が福岡県庁に届いたのは十月二十五日、午前八時であり、直ちに内務省へ打電するとともに隣接各県へも連絡したとある。

さらに『乃木希典日記』には、二十六日、「午前二時五十五分、久留米発局、本台よりの電報に、賊蜂起、兵営総て焼失、その地変あらば臨機の処分に及ぶ可し」とある。すぐに将校、担当官、文官を営内に宿泊させて備えている。その後に続けて、「熊本一件に豊津士族連及計り難し。兵営へも内々打ち合わせ、至急配りあれ」などとあり、豊津士族の動きを警戒している。

この豊津士族の動きは、電報によって明治政府にも早くから知らされたのであろう。そのため、政府の要職を務めていた豊津藩出身の石井省一郎は故郷のことが心配になり、十月二十七日、東京日本橋局から電報を打ち、「蜂起の兆し」があるというがその状況を知らせるように、と打電した。また、高田吉岳という軍人も心配して、乱に加わるような人がいれば説諭せよ、などと打電している（『福岡県立育徳館高等学校創立二百五十年史』二〇一〇年）。

一部の人間は秋月の乱に呼応しようとしたが、結局、豊津士族は乱に加わることなく、乃木の率いる軍隊と協力して「秋月の乱」を鎮圧した。

「佐賀の乱」、「神風連の乱」、「秋月の乱」、「萩の乱」のいずれの反乱者たちも、電信電報の迅速な情報伝達によって初期の段階で政府、警察、軍によって先手を打たれ、鎮圧されたと言えよう。これも会津藩出身の飯沼貞吉（貞雄）らによる電信機、施設の普及のおかげである。会津の郡長正、飯沼貞吉と、豊津藩、育徳館の巡り合わせ、そこに奇縁と言っていいものを感じるのである。

緒方清渓と会津の秋月韋軒の交流

『清渓詩鈔』と『幕末維新のこと』

会津藩士・秋月韋軒《いけん》（韋軒は号。本名は悌次郎。諱は胤永《たねかず》）が熊本の第五高等学校教授を辞して帰郷の途次、豊津の緒方清渓を訪ね、その際、自分の後任教授を要請したという。この話はよく知られているが、その真相はわからない。二人が漢学、漢詩、戊辰戦争前後のこと、その後の苦難の道を語り合ったことは想像するに難くない。それは『清渓詩鈔 下巻』に「秋月韋軒翁来我豊津先是余寓文于翁乞其北越潜行詩見贈頃者謁晩渓書屋賦呈」と題し、七言絶句で詠っていることから推測できる。この対面については後に述べたい。ここでは主に秋月韋軒のことを述べる。

今まで秋月韋軒のことは詳しくわからなかった。ところが、司馬遼太郎著『幕末維新のこと〈幕末・明治論コレクション〉』（関川夏央編、筑摩書房、二〇一五年）の「ある会津人のこと」の条で知ることができた。初め司馬もこの韋軒のことはよく知らなかったが、後にその子孫に会ったり、『韋軒遺稿』（一九一三年）、『秋月先生記念』（八波則吉編、五高同窓会、一九三五年）などの資料を読んだりして韋軒の足跡を把握したようである。

秋月韋軒は下級武士の家に生まれているが、「藩校日進館の秀才であったため十九歳のとき藩費で江戸留学を命じられ、幕府の大学である昌平黌《しょうへいこう》に学んだ。それも十年以上も在校した。昌平黌のぬしといってよく、ついに寄宿舎の舎長になり学生ながら幕府から手当まで出たといわれている」（『幕末維新のこと』）。この昌平黌に長くいたことで、全国からやって来た多くの秀才たちと知り合っていた。このことが最大の理由で会津藩の公用局（藩の外交を司る役）に抜擢されたという。

しかし、韋軒は幕末の混沌とした政治状況に対応できるような人物でなく、本質は純な学者、詩人であった。それが不幸にも「世間知らず」の藩の運命に関わってしまう。

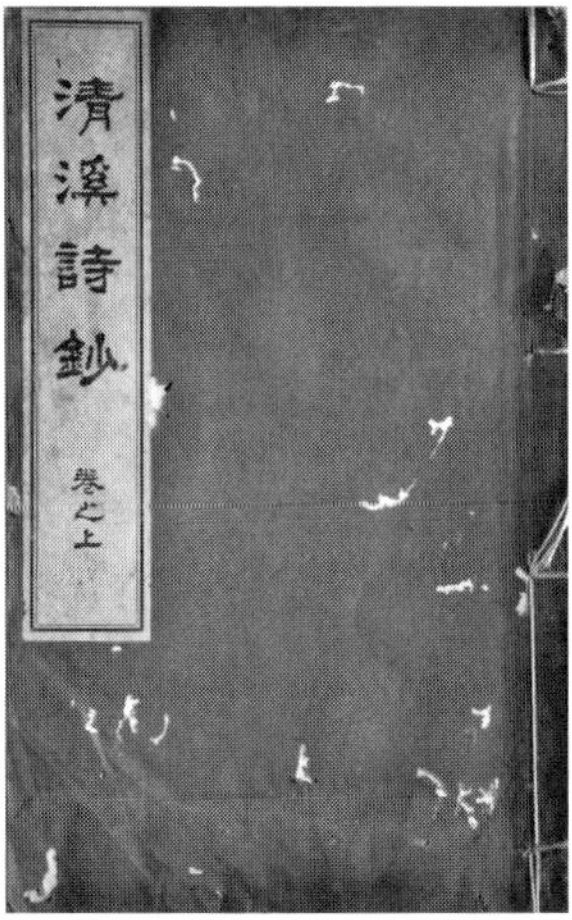

『清渓詩鈔 巻之上』

文久三年（一八六三）前半期の京都は、長州・薩摩・会津の三大勢力が鼎立し、それぞれ複雑な関係にあった。のち歌人と知られる高崎正風《まさかぜ》（当時、佐太郎）がある夜、秋月韋軒を訪ね、薩摩と会津の同盟を持ちかけてきたという。その後、会津藩主、中川宮、孝明天皇などと図り、「薩会同盟」ができたという。秋月韋軒はその功労者となった。そして、長州藩は御所の守備を外され、七卿の都落ち、蛤御門の変にも敗れ、いばらの道を歩むことになる。ところが、のちに薩長同盟が成り、歴史は皮肉にも立場が逆転し、鳥羽・伏見の戦（戊辰戦争が起こる）になり、ついには会津城は落城し、賊軍となって寒冷地の下北半島に移された。秋月韋軒は朝敵、賊軍、罪人にされようとも、将来を担う会津の若者の行く末を憂えて、謹慎中の身でありながら密かに佐渡に渡り、長州の奥平謙輔に山川健次郎（のち東京帝国大学総長、九州大学総長、明治専門学校校長など歴任）らの教育の機会を頼んだという。その後、黒田清隆らの力添えがあって、山川ら会津藩士のアメリカ留学が実現した。

韋軒は明治五年、特赦にあい、官吏になっていたが、校長・加納治五郎と共に「明治二十三年、六十七歳で熊本の第五高等学校に呼ばれ、漢文を教授した。熊本には五年いた。七十二歳で国に帰るため職をやめ、七十七歳、東京で没した」（『幕末維新のこと』）という。とすれば、豊津の緒方清渓を訪ねたのは、明治二十八年の七十二歳の時であろう。突然、意外なところから郷土の歴史がわかってくるから面白い。

『龍南人物展望』と研究雑誌『江戸風雅』

前項を執筆後に新しい資料が見つかったので記したい。

『龍南人物展望』（吉田千之著、九州新聞社出版部、一九三七年）は旧制第五高等学校の沿革、出

身人物の閲歴、逸話、事蹟などを「鳥瞰図《ちょうかんず》たらしめん」として「九州新聞」に連載されたもので、ちょうど創立五十周年の記念の年だったという。

柔道で有名な嘉納治五郎は、明治二十四年（一八九一）の秋、三代目の第五高等学校の校長に赴任し、剛毅朴訥の校風をつくりあげた名校長である。秋月韋軒（胤永）はこの嘉納に誘われて教授になったのであろうと言われる。韋軒は学生から慕われて、進路、同窓会の命名などの相談も受けていたという。同僚教授の小泉八雲は韋軒を神の如く尊敬していた。

明治二十三年十月十日、韋軒が赴任して間もない頃、正式の開校式（実際の開校は明治二十年であったが、開校式をしていなかったのか）が行われた。

その二十日後、「教育勅語」が下賜《かし》されるという名誉に浴した。この式典の際の秋月胤永（韋軒）について『龍南人物展望』は次のように記す。

「当時は彼の有名なる秋月胤永が、明治大帝の大御心に感激して、勅語演説といふ冊子を著し、涙を流して勅語の有難きことを詳解述義したものである。龍南全生徒の、仰慕の標的であった彼が、勅語を通しての感化力は、神の如き、偉大なるものがあった。この教訓によって、龍南人の生活と理想とは一大影響を受け、五十年の伝統を貫いて、

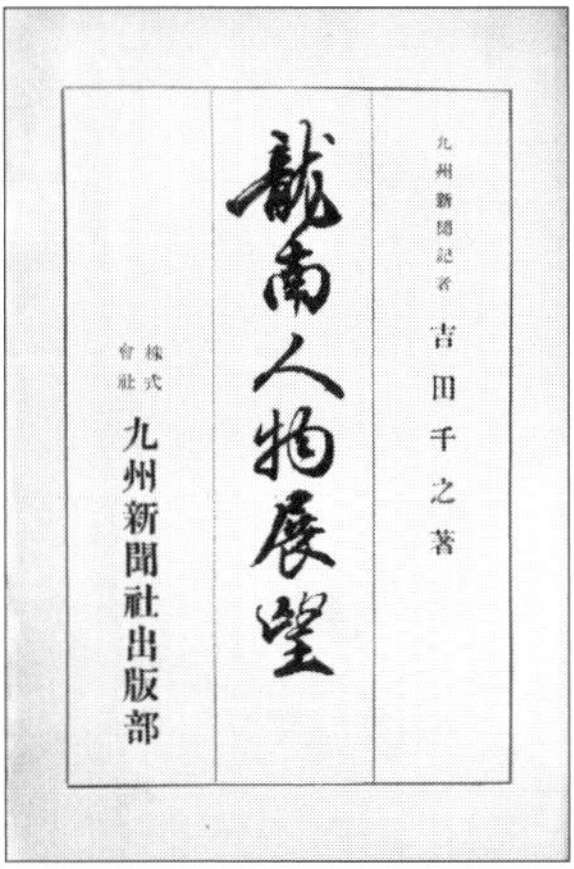

九州新聞記者　吉田千之著

龍南人物展望

株式會社　九州新聞社出版部

『龍南人物展望』（扉）

今日に及ぶところの、所謂五高魂の本領なるものは、この時代に於て根を張り、幹を伸ばし、確固たる基礎が築かれたものであった」と絶賛している。秋月の若き日々は非運の連続であったが、この五高教授時代は幸せな時代であった。

さて、韋軒が明治二十八年（一八九五）、五高教授を辞しての帰途に豊津二月谷の緒方清渓を訪問したことは前に触れた。二人は漢詩人として著名であり、立場は違っても幕末期には共に乱世の不遇な運命に翻弄された。秋月は郡長正の事件などの話も聞いたであろう。二人の詩人には語り尽くせないものがあったに違いない。

韋軒が清渓と会った時の詩は不明だが、明治大学徳田武研究室の研究誌『江戸風雅』第五号（二〇一二年）に掲載された徳田武氏の論文「会津藩儒将　秋月韋軒伝」より、「帰耕の後、熊本の相知に似《しめ》す」と題した漢詩を紹介したい。

七十余《リニシテ》猶《ホ》未《ダ》レ倦《マ》レ遊《ビニ》
帰田有《リ》レ約別《ル》二良儔《ニ》一
誰《カ》知《ル》故国宵宵《ノ》夢
多《クハ》有《リ》二鎮西《ノ》曽《テ》宿《セシ》楼《ニ》一　（七言絶句）

幕末・明治の郷土人たち

『その頃を語る』

昭和三年（一九二八）に出版された『その頃を語る』（東京朝日新聞政治部編、東京朝日新聞社）は、幕末期から明治・大正時代に活躍した政治家・財界人、評論家、学者、社会運動家などが若き日のことを率直に語っていて、貴重な歴史資料となっている。緒方竹虎の「はしがき」によれば、七十六人の語りが「明治大正文化史」ともなっているという。当時はまだ自由なことができた時代だったため、各人は真実に近いことも言えたのであろう。年齢的にも世間に遠慮することもなかった。明治維新より五十年を経て、関係者には故人となった者も少なくなかった。

『その頃を語る』

郷土の出身者の石井省一郎、堺利彦の談話が掲載されている。その中でも、石井省一郎ついての文章は珍しいのではないか。しかも、謎の多い幕末・明治初期の郷土の歴史は貴重である。小倉藩は最後まで佐幕派で通したため、明治政府に登用された者は少ない。その中でも小倉藩士の出世頭は石井と小沢武雄、建野郷三が抜き出ている。

石井は、明治九年（一八七六）に秋月の乱を起こした秋月士族が豊津にやって来る前に、明治政府の情報を察知して、豊津士族に自重して加担しないよう電報を打ったことで知られている（『福岡県立育徳館高等学校創立二百五十年史』二〇一〇年）。この本でもわかる通り、石井は明治政府の中枢にいて、大久保利通らと共に明治政府の確立に苦心していたゆえ、秋月の乱は絶対に阻止したかった。

石井省一郎の項には、「始めての地方官会議――明治八年大久保内務卿時代の思出」というタイトルがついている。そして次のように続く。

「わが国における第一回地方長官会議といへば明治八年、当年八十八歳になる私がまだ三十五歳の時のことである（筆者注：五十三年前のこと）。当時内務省の土木権之頭（後の土木局長）だつた私は答弁委員（今の政府委員）として出席した訳であるが、この第一回地方官会議のことをお話しするにはどうしても、内務省の変遷と、それ以前の政界の模様について一言せずにはいられない」

そして次の小倉藩士時代の話は貴重であろう。

「元来私は小倉藩の出であるが、御維新当時の小倉藩といふものは大変な佐幕党で、当時尊王攘夷を唱へて居た私は、京都の尊王派と連絡をとり一方小笠原家の家老とも連絡を密にして、藩内に環衛隊といふ十八、九から二十一、二歳位までの兵隊を募つて散々に佐幕派をやつけ、明治二年志を抱いて上京し始めて仕官したのが私の内務省に関係した最初である」と述べている。小倉藩にもかなり尊王派の人たちがおり、「環衛隊」なるものを結成していたという話などは貴重である。

しかも石井は早くに明治政府の官吏となり、近代国家の整備に欠かせない土木関係の行政を担当したというのも珍しい。それが薩摩藩出身の大久保利通につながっていたことも、この本で知ることができた。

石井の話は、明治政府ができたばかりで、あらゆる面で不安定な状況下、次々と不平分子の反乱があって右往左往する政府の内部を如実に語っている。

文末に略歴を載せて、「元茨城県知事、貴族院議員。天保十二年生まれ（八十八歳）。夙《つと》に仕官し、民部土木司権之正、土木権之頭、熊本県令心得を勤めて、最初の内務省土木局長となり、岩手県令、同知事、茨城県知事を歴任し、明治三十年勅選せられて貴族院議員となった。貴族院の最高齢者である」、「多年、大久保卿に仕へ、親しく大久保卿時代を語る人は氏を措いて他にこれを求むる事を得ない」と。

確かに小倉藩士の中でも石井が大久保利通に信頼されて、明治政府の中枢にいて奔走していたことは知られていないだろう。また、明治十一年にその大久保が暗殺されてしまったため、当時のことを知る者が少なかったであろう。この石井の証言は貴重である。なお山崎有信著『豊前人物志』(一九三九年)と比較すると面白い。

『乃木希典日記』

今年(二〇一六)は長州戦争(小倉戦争)から一五〇年ということで様々な行事が行われた。ふと、この時、乃木大将はどうしていたのかと思った。そういう時、『長府藩報国隊史』(徳見光三著、長門地方史料研究所、一九六六年)という本を手に取ったことから、さらにこの『乃木希典日記』(和田政雄編、金園社、一九七〇年)を取り上げることにした次第である。

この本は郷土史の資料として参考になることが多い。例えば『その頃を語る』の項でふれたように、小倉藩士(豊津藩士)出身の石井省一郎が秋月の乱(明治九年)の時、東京から旧豊津藩士に宛てて、乱に同調することがないように電報を打っている。佐賀の乱、熊本の神風連の乱、秋月の乱、萩の乱、西南戦争などは、近代文明の一つである電報・電信の発達により明治政府が逸早く察知して、先手先手を打って軍隊や警察の出動によって抑えられたことが大きいと説いた。

その一端を記しているのが『乃木希典日記』。この時、乃木は二十八歳で、熊本鎮台十四聯隊長心得として小倉に駐屯していた。秋月の乱は乃木の巡察の二十日余の後に起き、豊津周辺の地も戦場となる。だが、この本で最も面白いのは明治九年十月八日の条である。乃木がこの秋月の乱を予知していたのかどうかわからないが、小倉、苅田《かんだ》、行橋方面の巡察に出た時の日記である。これを読む限り、のんびりした旅のようでもある。

十月八日の日記によると、乃木は早朝より小倉を出て、下曽根、朽網《くさみ》、苅田、行橋の町、蓑島などを日帰り巡察する旅に出た。これは旅日記風と言ってよいと思うが、実に詳細な記述である。そして、明治九年の頃はまだ江戸時代の様子と変わらないので、当時の郷土の状況が推察できる。そのため貴重な郷土史資料でもある。

「十月八日、日曜日、晴。六時軽装、望遠鏡ヲ携ヘテ家ヲ出、橋本ニ車ヲ雇ヒ、津下氏方ニ告グ。留守ヲ托シテ直ニ曽根に向フ。旭日未ダ山ヲ出デズ。暁霧断続秋暁の快爽無㆓限リ㆒ト云ウベシ。（中略）曽根ニ到ル。袖辰（腕時計）已ニ七時二十分。従㆑是歩シテ歩ム。左顧右眄《さこうべん》、且行且留リ、望遠鏡ヲ弄シテ止メズ。思フ、今春第一大隊葛原湯川ニ大哨兵ヲ配布ス。又昔日奇兵隊報国隊ノ両隊小笠原氏ト戦テ戍塁ヲ茲ニ占メ、余モ亦当時小少其ノ員ニ加ハレリ。敵ノ狸嶺ニ拠ル者ト対セバ、実ニ止ム可ラザルノ要地ナリ。路頭ニ小商ノ塩ヲ荷ウテ、西走スル者数十ヲ見ル。曽根ハ則チ豊前第一ノ塩田アリ。蓋《けだ》シ此ニ産スル者ヲ小倉ニ輸スルナル

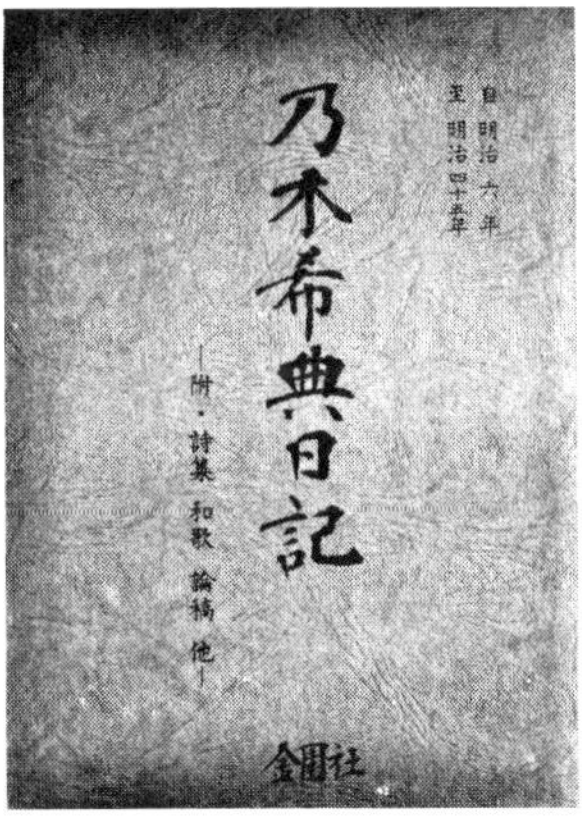

『乃木希典日記』

ベシ」

曽根の周辺の絶景に「左顧右眄」し、「望遠鏡ヲ弄シテ止メズ」という表現などの繊細な自然描写は一個の作家のようである。

慶応二年（一八六六）の長州戦争（小倉戦争）の折、乃木は「奇兵報国両隊」に属し、参戦。『愁風小倉城』（原田茂安著、自由社会人社、一九六五年）によれば、赤坂での戦争の時、「上鳥越に向った長軍の増援部隊、桂の砲隊に代って長府藩の盤石隊が砲三門を曳いてかけつけた。この盤石隊の中に後年の乃木希典、当時十六才の乃木文造が初陣の功名に胸を躍らせて」いたという。その後、狸山の激戦に加わったのである。

狸嶺の戦いでは小倉藩と長州藩とは一進一退の激戦を繰り返した。それため、十年ぶりにこの地を訪れた乃木希典は感慨無量だったのだろう。「小倉ヲ去ル三里余。漸《ようや》ク下テ海ニ浜ス。村アリ、神田ト云フ。村ノ北端ニ狸嶺ト一谿ヲ隔テ、海ニ凸出スル山アリ……」とあるが、狸山は当時かなり小高い山で要害の地であったようである。今日、切り通しは残っているが、広い道路が貫通しているため見過ごしてしまう。

神田、与原などを通過するが、作家のような街の描写が続く。やがて現在の行橋市に入る。「平野ノ中央、瓦屋粉壁屋数百戸、之則チ《すなわ》行司、大橋ノ二大市邑ナリ。（中略）一橋大凡《おおよそ》十五間余（万年橋か）。川ヲ越エズシテ右折スレバ、四里ニシテ香春駅ニ達スルノ道ナリ。両邑ノ境界ニ里標アリ。小倉ヲ距《へだ》ツルコト五里三十四丁ト書セリ。市街ヲ徘徊ス……」と実によく調べている。

やがて一カ月もしないうちに秋月の乱が起こり、乃木はこの地に出軍することになる。

『中原嘉左右日記』

中原嘉左右《かぞう》は小倉城下の大町屋で豪商の一つ「中原屋」の主人である。当初、先代からの飛脚問屋を営んでいたが、のち金融業、石炭の採掘・販売など今日の総合商社のようなものを営み、藩の殖産興業政策に力を注ぎ、藩財政を支えた。

『中原嘉左右日記』（全十二巻。米津三郎校註・秀村選三監修、西日本文化協会、一九七〇～七七年。以下『日記』と表示する）は、慶応四年（一八六八）辰四月朔日から明治二十七年（一八九四）十月三十日までの約二十七年にわたる記録である。

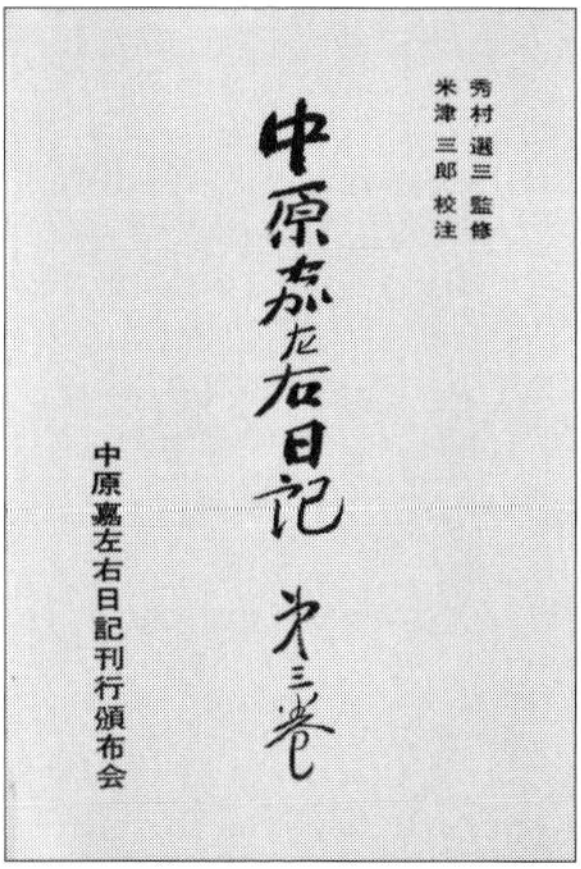

『中原嘉左右日記』（扉）

日記の内容は大きく三つに分けられ、⑴身辺資料、⑵民政資料、⑶経済資料となる（神崎義夫・小林安司他「『中原嘉左右日記』調査報告」〔以下「報告書」とする〕『記録』第三号別冊、一九五五年）。『日記』の始まりは慶応四年四月からであるが、その前の慶応二年「丙寅の変」前後のものがあれば、小倉城下の商人が動乱期にどのような生活をしたのかがわかるのだが、残念ながらその部分が抜けている。だが、激動の明治初期の地方の歴史を知る貴重な史料である。

小倉城下から避難した中原嘉左右について調べた瓜生敏一執筆の「香春の中原屋敷」（『中原嘉左右日記』十巻附録月報、一九七六年）がある。中原は当初、赤池に住み、その後、慶応三年三月から香春に移住した。それは藩庁が香春にあったため、赤池では不便であったからだという。その後再び明治三年、藩庁と共に豊津、行事に移住して意欲的に商業活動を行っている。

先述の「報告書」による『日記』の「身辺資料」に属するものに、個人的に関心があるゆえ、少し見ていきたい。

殊に嘉左右の長男・辰八郎のことである。辰八郎は安政六年（一八五九）生まれ、幼い頃に吉雄正安大前玄斎に師事（第二巻）、明治五年に大橋洋学校に入学、同六年二月、小笠原忠忱がイギリスに留学する折、随行留学した（辰八郎は十五歳）。この時、柏木紋蔵も一緒であった。明治九年四月に帰国し、やがて東京の開成校に入学したが、二十一歳で夭折したという（馬渡博親著『私の出会ったひとたち――北九州歴史人物散歩』櫻の森通信社、二〇一三年）。

第三巻の明治六年一月九日の条に「中原辰八郎義、此度洋行存立東京江罷越、旧知事様付属罷越候手筈之事右、今九日、柏木黙二倅勘八郎男紋蔵、同行候事」とあり、同九日に馬関から乗船し、東京に上った。洋行費用は自宅から正金札百両を持参する外、兵庫で売米代一二〇〇両、東京で石炭売代一四〇〇両という大金（注：合計一七〇〇両）を受け取って費用に充当し、二月二十七日、一行は英国に向かって船出したという（「報告書」）。

明治七年になると、小倉の町もようやく秩序が落ち着いたため、二月七日に宝町三丁目の土地に家屋を新築。「今日日柄ニ付、新築宝町三丁目地敷江引移候事」とある。時代の動乱に巻き込まれ、赤池、香春、豊津と居を変えつつ、ようやく元の小倉に戻ったのである。

嘉左右は香春、豊津の時代の不自由な時でも積極的に商業活動を展開し、藩の立て直しに貢献したことが、日記の随所に出てくる。藩校育徳館の書籍代や、病院・学校の建設などに多額の寄付をした。「明治に入ると小倉の町が近代的な商業都市になるべく『商法会議所』、『豊前国商法会議所』の設立に尽力した」（『ですかばあ北九州　石碑は語る』文：馬渡博親、写真：赤星文明、櫻の森通信社、二〇一七年）と。幕末期以来、小倉藩の政商として筑豊、とくに田川郡の石炭開発の第一人者であったと評されている。

嘉左右の「中原屋」が商売で電報を利用した記録として、明治六年九月十九日に馬関から大阪へ発している。同六年九月二十九日に東京・長崎間の電信線ができ、十月一日には電信局が小倉の京町に開設。ここからも嘉左右が時代に即応できる人物だということがわかる。この電信は、当時次々に起きた不平士族の反乱に対し、政府が迅速な先手を打つための強力な武器となった。この『日記』に出てくる「秋月の乱」も、政府、警察、軍隊の早期の情報収集で抑えられたことが窺える。嘉左右は手紙などでも逐次、「秋月の乱」の動向を収集していた。貴重な史料でもある。

郷土史を学ぶ

『ふるさと　美夜古の手引』中村天邨著（美夜古文化会、一九六二年）

『ふるさと　美夜古の手引』

文庫本より小さい袖珍本《しゅうちんぼん》形式の本である。カラー印刷が多く、郷土の歴史、文学散歩と称して郷土の史跡、人物などを網羅している。地図、歳時記として郷土の祭りや行事などを取り上げ、人物年表、交通、料理、産物などの案内をつけており、小型本であるが実に内容が豊富で、よく調査した研究書とも言える。『京都郡誌』（伊東尾四郎著、一九一九年）と共に、郷土の歴史を知ることのできる貴重なものである。

出版されて五十年以上が経つが、当時の地方の印刷技術の最高レベルのものでもある（印刷は博水館美術印刷）。著者・中村天邨《てんそん》氏の郷土史に対する熱い情熱が伝わってくる。

私は今から五十年前、小倉の古書店で購入して、この本の恩恵を受けた。

この本について友石孝之は「京都郡地方の文化史——序にかえて」の中で次のように記している。

「中村さんは、美夜古文化会創立当時からの大幹部の一人でわたしたちと共に、約十数年間、郷土研究の歩みをともにして来た。そのため、この著書には、中村さんのその十数年間にわたる苦心の成果が展開されてあって恐らく同じ郷土人として、読む人の胸を打つものがあるに違いない」

この本の評価は、まさにこの文に言い尽くされている。


『碑石めぐり』中村天邨編（美夜古文化懇話会、一九七八年）

この本も中村天邨《てんそん》氏の熱い情熱と努力によってできたもの。しかも手書きの美しい文字を印刷したもので、現代のわれわれにはなかなか真似できないことである。先人の努力には頭が下がる。私はこの本の恩恵に浴した一人である。

中村氏は高等学校の書道の先生で、郷土をこよなく愛しみ、余暇を利用して各地の碑石、墓標を調べている。また、古文書にも精通して、容易に読めない碑文も読み解いて書き残している。

　中には今日、既に無くなった碑石などもある。また、碑文が自然に風雨で摩耗し、文字が読めないものも多くある。ところが、この『碑石めぐり』に記録してくれているので、郷土の研究には随分助かる。例えば現在、「清渓緒方先生之墓」の裏面の文字は風雪にさらされて殆ど読めないが、この本では書き下し文に直して記録してくれている。

　執筆時はまだ経済成長が地方まで及ばず、開発が急激でなかったゆえか、建立当時の位置にあり、何とかその面影を残していたようである。

　しかし、今は大規模な開発が進み、多くの碑石、墓石が移転するか消滅している。ある寺で「三年以内にこの墓石の管理者が届け出ない場合は、無名墓として処理する」という看板を見かけた。次々と世代交代が続いていく度に歴史的遺物は消えていく運命にあるということを痛感させられた。

　和本様式の仕立て本で、手書きの楷書文字は読みやすく親しみがあり、ペン字の手本にもなる。

『碑石めぐり』

『福岡県史料叢書』〔全十輯〕福岡県庁庶務課別室史料編纂所編（代表者：伊東尾四郎）

この叢書は、敗戦後間もない昭和二十三年（一九四八）五月より第一輯の刊行を始めた。「発行の辞」で伊東尾四郎は「既刊福岡県史資料は今日では実に貴重な文献になつてしまつた。これに載せた文献には罹災して焼亡したものが相当に多いからである。大戦の為に印刷不能となつて已むを得ず休刊してゐる未刊の県史資料には、是非印刷したいものが残つてゐる。けれども紙飢餓インフレの時代実行は実に容易ではない。（中略）それで県史資料の普及版とも称すべきものを発行したらよかろうといふことになった」と述べている。

また、編集は県史資料と同様に「古代より近代に重きを置き、治乱興亡に関するよりも民政に関する資料を多く採録」したという。そのため第一輯には基本となる年表、「筑前地方近世年表」、「筑後地方近世年表」、「豊前地方の近世年表」、さらに「諸藩の変遷及其の領域」などが収められている。百頁で、現在の本や雑誌の紙質と違い、実に粗悪なものであるが、戦災で本や資料のない時代、歴史を学ぶ者にとっては貴重であった。

第二輯は昭和二十三年八月に刊行され、最後の第十輯は翌二十四年九月の刊行になっている。各々について述べる紙幅はないが、私が参考にしたのは第八輯の「小倉藩の丙寅変動」である。随分昔のことであるが、他藩の農民一揆を少し調べていた時、小倉藩では農民一揆はなかったと聞いていたので、この書物を読んで驚いた。「豊前の農民一揆は㈠慶応二年と㈡明治二年と㈢明治四年と都合三度起った」という文章に出会って、この類の歴史書の有難さを知った。

個人的なことだが、入手した四十五年前は、まだ郷土史関係の書籍が少ない時代であったため誠に貴重であった。特に第三輯の「豊前の郡郷荘及町村の変遷」によって、郷土の変遷を知ることができた。殊に自分の住んでいるまちの名称、戸数、人口などの変遷がわかる。例えば私の住んでいる旧仲津郡「平島」（今はこの地名はない）は、明治二十二年（一八八九）には戸数三十四、人口三百人だが、「今井」は二二七戸、一一六二人、「元永」は一〇三戸、五六一人で門前町の状況を示していることなど、貴重な書となっている。戦後の書物のない時代においては、なおのことであった。

『福岡県史料叢書』

『京都郡誌』伊東尾四郎編

最初の出版は、京都郡役所から大正八年（一九一九）のA五判・一二七八頁のものである。発行部数が少なく、幻の本となっていた。私が見たのは二回くらいしかない。

その後、昭和二十九年（一九五四）、長田喬氏によってＢ５判・三六〇頁で再刊された。さらに昭和五十年（一九七五）、郷土史研究が盛んになったが、この基本図書と言うべき『京都郡誌』が入手困難になったため、美夜古文化懇話会（友石孝之会長）によって復刻版が発行された（地元の文信堂印刷所）。これで郡誌は三度にわたって刊行されたのである。

この『京都郡誌』については、『京築風土記』（美夜古郷土史学校、一九七七年）、『新京築風土記』（幸文堂出版、二〇一七年）などの著者である山内公二氏によって詳しく研究されている。最近では草野真樹氏の「伊東尾四郎の履歴と研究――その歩みと福岡県史の編纂過程を中心に」（『福岡地方史研究』第五〇号、花乱社、二〇一二年）がある。

『京都郡誌』は郷土の史資料が多く詰まった宝庫である、と先輩たちから教えられた。確かにその通りで、郷土史を調べる時には、まずこの本を開いてみるといい。私はその恩恵を随分受けていて、いつも再刊本、復刻本の両書を机辺に置いて参考にしている。多く参考にしたのは「第六章　教育」、「第八章　神社」、「第十章　人物」などで、中でも「教育」の水哉園の歴史、入門帳、「人物」の「学者教育家及文人」節の村上剛（仏山）などからは示唆を受けた。

幕末の長州戦争、百姓一揆、繰り返された町村合併、貴重な資料の保持者の都会への移住などによって郷土史料の少ない京都郡においては、『京都郡誌』は貴重な史資料集である。草野氏の指摘するように「専門とする文献史学の立場から古文書などの一次史料を重視し、その幅広い調査・収集を反映させたもの」であるため、高く評価される。伊藤尾四郎先生の功績は甚大である。また、それを引き継ぎ再刊、復刻版を発行した先人たちに感謝しなければならない。

伊藤尾四郎先生については、昭和二十九年（一九五四）再刊の『京都郡誌』の附報、「伊東尾四郎略歴」、「伊東家累代学事略歴」や、友石孝之氏、山内公二氏、草野真樹氏などの文を読めば、よく調べられている。それゆえ、ここでは簡単に触れるに留める。

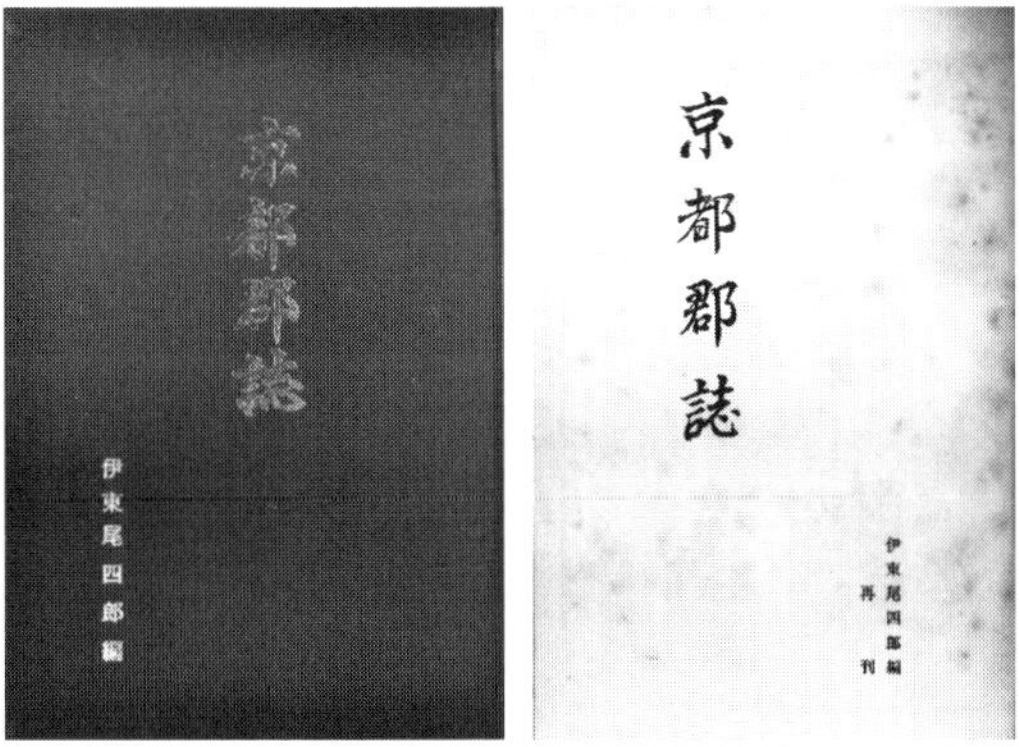

『京都郡誌』。左は1975年，美夜古文化懇話会刊行。右（扉）は1954年，長田喬氏による刊行。今は両書とも稀覯本となっている。

伊藤尾四郎先生は明治二年（一八六九）十一月三日、福岡藩士の子として生まれた。家は代々、儒学をもって仕えた家柄であった。父・謙吉は幕末期に学問所指南役助、明治になると県立農学校や小学校の教員などを勤めている。

その後、尾四郎先生は明治十九年（一八八六）三月、福岡中学校初等科卒業（堺利彦もこの年、豊津中学校を卒業）、同二十五年七月、第一高等中学校卒業、同二十九年、東京帝国大学文科大学国史科卒業。同三十年四月二十三日より福岡県立豊津尋常中学校教諭となり、約十一年間勤め、同四十一年三月、県立小倉中学校初代の校長となる。大正五年九月、福岡県立図書館の初代館長に任じられ、近代図書館の建設、運営に尽力する。その後、福岡県立女子専門学校教授などを経て県史調査に専従。この間、本職の傍ら、処女作と言うべき『京都郡誌』を依頼され、十年余をかけて編纂した。

尾四郎先生はその後も次々と自治体史を手がけ、『小倉市誌』（上・下編、一九二一年）、『企救郡誌』（上・下編、一九三一年）、『門司市誌』（一九三三年）、『八幡市誌』（一九三六年）、『戸畑市史』（一九三九年）、『小倉市誌 続編』（一九四〇年）、戦前・戦後にわたって『福岡県史資料 別輯 福岡県史叢書』（全十輯）などを編纂・刊行。その他『筑紫史談』（全九十集、筑紫史談会、一九一四〜四五年）、「門司新報」などにも貴重な論文、報告書などを発表された。まさに地方史研究の巨人であった。

『郡誌後材 扇城遺聞』 赤松文二郎編（中津小幡紀念図書館、一九三二年）

この本は「例言」によれば、旧制中津中学校教諭の赤松文二郎（翠陰）が「中津小幡紀念図書館」所蔵の旧藩古記録の中から、「中津新聞」、「中津日日新聞」に発表した郷土史の史料をまとめたものだという。タイトルに「郡誌後材」と冠したのは、「下毛郡誌編述以後の蒐集発表にかかわる故」だとも記す。それゆえ、この地方の郷土史の研究には、この本と『下毛郡誌』（大分県下毛郡教育会編・刊、一九三七年）とを参考にする必要があろう。

目次を見ると、藩侯、藩制令達、徳川幕府、明治政府の令達、人物伝記、文武の奨励、農工商の生活、其他経済状態等々の項目に分けている。

附録として、扇城《せんじょう》碑文集、扇城の漢詩壇、扇城俳壇を収録し、全八百頁の大作である。

中津藩は小倉藩の隣国であって、昔から今日まで何かと深い関係にあるため、参考になることが多い。両藩の境界地交換をめぐる争いはよく知られて、特に目新しい歴史的なことではないが、この本の「中津小倉両藩所領換地の事」の項で取り上げて、「本藩所領今の福岡県築上郡東吉富村大字土屋、別府、直江三村（注：大正から昭和の初め頃の町村名）と、小倉領今の中津市小祝及築上郡東吉富村内浜とは地域錯綜して両領民は非常に不便を感ずるから、之を互に取換えの問題から起つて居たが、慶応三年十一月に至つて終に実現した」という。

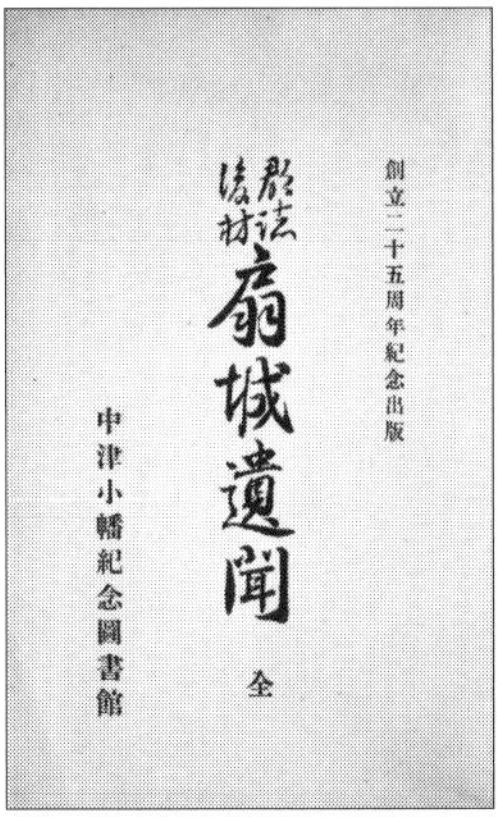

『郡誌後材　扇城遺聞』（扉）

この時の史料は中津藩側にも相当数あり、『築上郡史』（築上郡・豊前市教育振興会編・刊、一九五六年）、『下毛郡誌』などにも掲載されているが、中でも面白いのは、中津藩から小倉藩の役人への「附属」（賄賂か、礼儀的なものか）を贈った詳細な記録が収録されている。

小倉藩の郡代・杉生募など一行が交渉のため中津に訪れた際、「茗荷屋」に宿泊させて、もてなしたらしい。これも中津藩の「多年の懸案が成就」するためものであったというのである。この時に贈った「御目録左之通御送りに相成候」として「一金五千疋……郡代、一同三千疋づつ……郡奉行所両人等々で合〆二万三千七百五十疋」、その後、郡代に一万疋などを贈った記録もあるという。当時の儀礼的なものかもしれないが、中津藩としてはかなりの出費であった。仲介の労をとった肥後藩の役人にも礼の品物などを贈ったという。

また、同書の「伊能忠敬の事」という項には、忠敬が当地の測量にやって来た時の行程予定を収録しているが、これも珍しいのではないか。この時の本町の戸数調査の記録も残っているという。伊能忠敬一行の待遇記録も面白い。例えば、町方に出されたお触れには、測量方役人の泊る宿付近の掃除は念入りに行い、通りでの諸事は慎み、不行儀なことをしないようにとか、見世先《みせさき》に草履をかけておくとか、火の用心をして静かにしているようになど実に細かい指示を出し、気を配っている。

今年（二〇一六年）は小倉藩と長州との戦争から一五〇年目だというが、当時、応援の九州各藩はあまりあてにならなかった。中津藩は親藩でありながら力を貸さなかった。この本では、「会津征伐の賞賜」という項で「本藩は徳川氏の親藩であるから、元治元年長州征伐の時など逸早く出陣して武勲を挙ぐべきであったが、折角小倉城外黒原まで出陣したのに、惜しい事には早々長侯の謝罪によって終に一戦を交へずして帰城した」と記し、また慶応元年の時も「幕命を奉じながら……将軍の薨去で休戦となって、終に此度も実戦に加わらなかった」として、のち戊辰戦争で会津へ出兵して軍功を挙げ、朝廷からの賞賜のあったことを記している。やはり郷土愛のなせる業であろうか。もっと中津藩の幕末の動向を知りたいものだが。

『福岡県教育百年史』〔全七巻〕福岡県教育百年史編さん委員会編（一九八〇年）

明治・大正時代の文書史料は、江戸時代のものよりも保存の具合が良くないと言われている。地方の貴重な史料が、百姓一揆の際の焼き打ちや、繰り返された町村合併の際の破棄、敗戦後の物資不足に伴い燃料などにされたからだと思われる。

その後、自治体史の刊行の際、各地で史料の発掘が行われ、それなりに成果があった。しかし、失われたものがあまりに多かったということもわかった。この『福岡県教育百年史』（以下、『教育百年史』と略す）は県下全域の貴重な資料が豊富に収録されているため大いに役立ち、多くの自治体史に引用されている。

編纂委員会では「基本資料をできるだけ多く収集し、それを複写すること、つぎにその資料のうち重要なものを資料編に登載すること、しかる後にその資料を基礎に客観的な通史を叙述

『福岡県教育百年史』

することを基本方針」とし、「今日、公私とも文書史料の散逸、消滅の度合は二十年前（注：一九五七年『福岡県教育史』刊行の頃）のそれとは比較になりません。ほとんど無から出発した編さん委員会事務局の資料調査収集作業も、調査委員の方々の御尽力と県民各位の御理解によって順調に進み、不十分ながら可能な限りの資料が収集され」たという（森田実教育長の序文）。

私的なことになるが、『行橋市史』編纂を手伝っていた頃、市内の幕末・明治期の資料を探してみたが、殆ど原資料は見つからず、『教育百年史』に頼ったことがある。それでもこの本に取り上げていない貴重な資料を少しは発見できたが、県下全体の時代の流れに沿った資料は、この『教育百年史』の豊富な資料を活用させてもらった。先の序文でも紹介したが、多くの人たちの苦労によって資料の収集がなされていることを改めて知らされる。

特に明治期に次々と出された教育関係の公文書を掲載しているのは大変役に立つ。また、福岡県が一つに統一されるまでの旧藩地区の状況がよくわかるのもよい。

『放送講演集　九州郷土講座』日本放送協会九州支部編（編集代表：伴善光、一九三三年）

この本はタイトルが示すように、ラジオでの講演をまとめたものであろう。序文、あと書きにも説明がないので確めることはできない。ただ巻頭言に、箇条書きのように六行だけで記している。その一つに「本書上梓に当り諸先生の懇篤なるご指導と厳密なる御校閲とを特に深謝致します」とあるので、信頼できるものだと思う。

九州史蹟伝説を十五編、九州藩学を九編、九州民俗を十四編収録している。どの編も簡潔にまとめて、講演ゆえのわかりやすい文章となっている。意外とこういう類の本は少ない。

史蹟伝説編には長崎県立長崎図書館の初代館長・永山時英《ときひで》の「幕府時代に於ける長崎の教学史」という講演放送を載せている。耶蘇会の神学校から医学校まで七つの学校について話しているが、いずれも簡潔でわかりやすいものになっている。

また、藩学編九編のうち、当時の豊津中学校校長・井上庄次による「小倉藩の文教」につい

『放送講演集　九州郷土講座』。昭和８年３月の発行。戦時色の濃くなっていく時代に，文化的なラジオ放送をしていたことに驚かされる。

ての講演では、小倉藩の藩校「思永館」の歴史を三期に分け、「一、創始時代　二、中興時代　三、終末時代」として、各時期を実にわかりやすく説明しているので、少し紹介したい。

すなわち、第一期の創始時代（天明八年～天保九年の五十年間）では、石川彦岳《げんがく》の逸話を交え、次いで長子の石川正蒙などを簡略に説明している。

第二期の中興時代（天保十一年～明治初年に至る二十五年間）には、矢島伊浜《いひん》（焞辰《あきたつ》）について「博覧強記で「経義に長じ又歴史にも明で諸子百家の書も通暁せざるはなく、傍ら皇典法律、格式故実等に詳しく、而も最も講話にも妙を得て其講義の時は万堂容るゝに余地なき有様でありました」とある。さらに、彦岳、伊浜の教えを受けた布施《ふせ》晦息《かいそく》も優れた学者で、その門下生には西秋谷、吉雄菊瀕、島村志津摩、山口茂樹、入江東山、緒方梅苑などがいるという。

第三期の終末時代（明治二～十二年）には、丙寅変動によって城下は豊津に移り、育徳館として再建されたことを述べている。玉江家の献金、外人教師の招聘などに次いで、育徳館の学科編成の「国学支那学、洋学洋算、手跡、医学」などを説明し、変則中学校を経て、明治十二年に県立となり豊津中学校と改名した経緯などを話している。校長の入江淡《あわし》（東山）の人物を称賛し「資性剛直堅忍事処するに勤厚にして且つ事務の凝滞を好まず」といい、秋月の乱（同九年十月）の折、「秋月藩士の一隊が豊津に侵入し、突然藩校を囲み愛国党と唱へ政府に反し事挙げて、之が賛成を強要す。先生校長たるを以て出て交渉の任に当り、門外暴徒の野営中に会見す、（中略）槍を擬し刀を突きつけ等をして迫ったのでありますが、先生毅然として毫《ごう》も屈する色なく、徐《おもむ》ろに意見を述べて固く応ぜず、議論激烈危機一髪の際、小倉鎮台兵来襲し、壮士等遽《にわか》に狼狽して囲みを解き防戦致しました。因て僅に難を免る、聞く者其胆勇に驚いたと言ふ事であります」、「小倉藩学を三時代に分かち各時代代表として石川彦岳、矢島伊浜、入江東山の三先生の人と為りの一斑」をあげて、小倉藩学の大略を話している。

このようにかなり難渋で長い事実を簡略に述べている。また、「此外幕末より明治初年にかけて民間に於ける私塾も亦盛んなるものがありました」として、京都郡稗田の村上仏山の「水哉園」をあげ、さらに上毛郡薬師寺村の恒遠醒窓、精斎の「蔵春園」をあげている。また、小野原善言《よしこと》、伊藤俊明のことにも触れている。井上庄次は豊津中学校の明治二十九年の卒業生で、東京帝国大学出身であった。なお同書には「咸宜園の学風に就いて」と題して日田淡窓図書館長の小野京一の話も載せてあり、参考になった。

小倉藩の藩学については、後に宇都宮泰長氏が『小倉藩文武学制沿革誌』（鵬和出版、一九九九年）という詳細な研究書を著された。「藩学」のほかに「小笠原礼法と家学」、「小倉藩の武術」、「小倉藩と維新政府」、「小倉藩と戊辰戦争」など文字通り、小倉藩の文武の歴史を記した貴重な労作である。

『豊前人物志』山崎有信著（国書刊行会、一九八一年〔複製〕）

原本の発行は昭和十四年（一九三九）三月で、昭和四十八年（一九七三）には美夜古文化懇話会から復刻版も廉価で刊行されている。

旧豊前国の人物を調査する時は、まずこの本を繙《ひもと》いてみることが多い。短期間（僅か八年間）のうちによく調べたものだと感心する。

時々、古い書籍の著者の墓誌銘、墓碑などを見ていると、この『豊前人物志』に紹介されている文章と同じものだと気がつくことがある。山崎氏が如何に幅広く目配りをして調べているかを知ることができる。「自序」に述べているが、「将来青年諸士の奮起を促すの材料たらしめんが為め、昭和五年より、之が編纂に着手し、其の材料を得るに従ひ、小伝を綴り、同年六月二十九日より断続的に門司新報及び引続き夕刊門司新報に掲載して昭和十三年九月十七日に及べり。……七百余人を算する」と。

この本と『京都郡誌』（伊東尾四郎著、一九一九年）は今日でも郷土の人物史、歴史の研究に有益である。

さて、著者の山崎有信氏は同書の経歴欄によれば、明治三年（一八七〇）に現在の北九州市小倉南区に生まれ、公立小倉学校、陸軍幼年学校を経て、関西法律学校（現・関西大学）、法政大学、中央大学などで法律学を修め、大正五年（一九一六）に判事検事登用試験及び弁護士試験に合格し、旭川市にて弁護士開業。昭和二十五年五月、旭川市にて没す。享年七十五。

主な著書・編書には『幕末史譚　天野八郎伝』（博進堂、一九二六年）、『本田親美翁伝』（同、一九二七年）、『幕末血涙史』（日本書院、一九二八年）、『戊辰回顧　上野戦争』（上野彰義隊事務所、一九二九年）、『陪審裁判　殺人未遂か傷害か』（法律新報社、一九二九年）、『日露戦地の懐旧』（一九三三年）、さらに『五稜郭』（日本書院、一九三八年）など歴史書が多いという。

経歴から窺えるのは大変な努力家であったということだ。郷土の人物を調査する場合、この時代はまだ図書館も少なく、関係書籍もない頃である。故人の家族に手紙を出して尋ねたり、縁故のある人に連絡をとって調べるなど、多くの困難な作業があったであろう。

『豊前人物志』

例えば、山崎氏はこの『豊前人物志』の「安広紫川」の執筆のため、長男の伴一郎（元枢密顧問官）に問い合わせの手紙を出したが、全く資料を得ることができずに、やむを得ず、その回答の書簡を掲載している。

「拝復　愚父の履歴のこと御尋に御座候処、只終身村夫子として、暮せしと申す外何も無レ之、随て何等材料も無レ之候。広寿山の寿碑は、山県公の書にて、安広紫川先生之寿碑と題せしものにて、何等文章は無レ之候」

取材にはこういう時もあったという証左にもなっている。山崎氏は「氏（伴一郎）は謙遜なる、只僅に左の回答に接せるのみ」と記す。ただし、山崎氏は「安広紫川先生寿碑」の碑文（漢文）を書き下し文にして残している。筆者は昨年、この碑文を見たが、長い時を経て、文字が読めない所が多々あった。だが、山崎氏のおかげで岡千仭《せんじん》の撰文を読むことができる。

この『豊前人物志』に刺激されて刊行したのが、中村十生（亀蔵）先生の『新豊前人物評伝』（一九七四年）。その後、「再版のご要望あり、このたび其の後物故された勝れた人材の評伝を加えて、『増補　新豊前人物評伝』」を刊行（一九七八年）したという。

『京都郡誌』、『豊前人物志』、『新豊前人物評伝』、『増補　新豊前人物評伝』の四冊は郷土史の研究に欠かせない貴重本である。

『門司新報を読む　明治編』松本洋一著（私家版、二〇一二年）

著者の松本洋一氏は平成二十四年にこの『門司新報を読む　明治編』、同二十六年に『新企救風土記――旧企救町管内の歴史物語』を刊行している。

「門司新報」は明治二十五年（一八九二）五月二十一日に第一号を発刊し、昭和十二年（一九三七）六月までの約四十年間にわたって北九州地方の文化・経済・教育の向上に貢献した日刊紙である。今日の情報社会と違い、当時、新聞は数少ない情報源であり、啓蒙的な役割も果たしていた。また、近現代史の貴重な資料でもある。終刊後、この重要な歴史資料の保管が危うい状態の時、小倉郷土会会長の曽田共助《きようすけ》が五百円という大金を出して全号の綴じ込みを買い取り、小倉市立記念図書館（現・北九州市立中央図書館）に寄贈したという。そのおかげで『明治大正小倉経済年表』（神崎義夫著、一九五四年）をはじめ、かなりの研究書を生み出すもととなった（馬渡博親著『私の出会ったひとたち——北九州歴史人物散歩』二〇一四年）。北九州地方の自治体史もこの新聞を参考、引用している。

私もこの「門司新報」のマイクロフィルムを随分利用させてもらった。マイクロフィルムを読み、選択してコピーをするのは、かなり疲れる作業である。長時間続けるには相当な根気と体力を要する。松本氏はコピーしたものがボール箱二杯と記しているが、薄い紙を重ねてのことであるので枚数は膨大である。

さて、松本氏は明治二十六年一月五日から明治四十五年の七月までの新聞記事を取捨選択して、「説明」（解説）を加えている。これもまた大変な調査である。

そのおかげで、幕末期に長州戦争によって近代化が遅れた北九州地方が、陸軍第十二師団の配置や官営八幡製作所の創業によって次第に発展していくプロセスがよくわかる。

例えば、明治二十六年十月三日には下関に「日本銀行西部支店」が開業した記事や、明治二十七年四月二十四日には次のような「屯田兵の募集」の記事を取り上げている。「今回北海道屯田兵召集につき仝大尉大島幸衛氏は本日より博多に於て熊本及本県の応募兵六百人を召集し、二十六日より大分県及び本県豊前の応募人八十人を当港松延に召集し、二十九日出帆の汽船日の出丸にて北海道へ向け出発する筈なり」とある。氏はこれに歴史的な背景を詳細に記して説明を加えている。

『門司新報を読む　明治編』

『新企救風土記』

明治二十八年四月五日の条には、九州鉄道が開通して「小倉行橋の初乗り」の記事。またよく引用されるが、森鷗外が十二師団の軍医部長として着任した時の記事や、明治三十五年三月二十三日の条には「鷗外森博士の送別会」の記事などがある。その後、鷗外がいよいよ小倉を離れる時には千名の人が見送ったという。

明治三十四年二月六日の条には「製鉄所の溶鉱炉火入」の記事を掲載。列挙すれば際限がないが、著者は困難な作業を通して資料を集め、その当時の社会状況、背景などを調べて記述し、ただ単なる新聞記事の羅列ではない。その苦労は並大抵ではなかったと思われる。私事であるが相当な数の「門司新報」の記事をコピーしてきたのでよくわかる。ちなみに、その一部が「末松謙澄と門司新報」（『北九州国文』三十五号）の執筆に役立った。

なお、当時の「門司新報」は「北豊前地方に限られ部数は千部を超えることはなかったという。一部一銭五厘、月極め二十五銭、三ヶ月六十八銭、別に郵税一ヶ月十三銭（送料）。明治三十三年七月、福岡県の地方紙大手三社（九州日報、福岡日日新聞、門司新報）の連名で一ヶ月金三十五銭の値上げ広告を門司新報に掲載している」と。

「門司新報」には水哉園出身の毛里保太郎、末松謙澄・房泰などが深く関わっている。この新聞は近現代史の有益な資料である。

紀行に見る郷土

『中・近世の豊前紀行記』古賀武夫編（美夜古郷土史学校、一九七六年）

私は以前から文士や外国人の紀行文、旅日記に興味を持ち、文献を集めてきた。いつかまとめたいと思いつつ月日のみが通り過ぎていく。

古賀武夫先生からは豊前地方の紀行文について何度か話を拝聴した。また、この本もいただいた。最近改めて読んでみて、先生の取材のご苦労は大変であったに違いないと思うようになった。

先生は他にたくさんの文章を書き、どれも貴重な資料となっている。私が今よく利用させてもらっているのは『村上仏山を巡る人々——幕末豊前の農村社会』（一九九〇年）である。この本を書かれている時、先生のご自宅を訪ね、昼飯をご馳走になったうえ、書斎に案内されたことがある。驚いたことに先生は、大きなパソコンに向かって原稿を書かれていた。七十歳を過

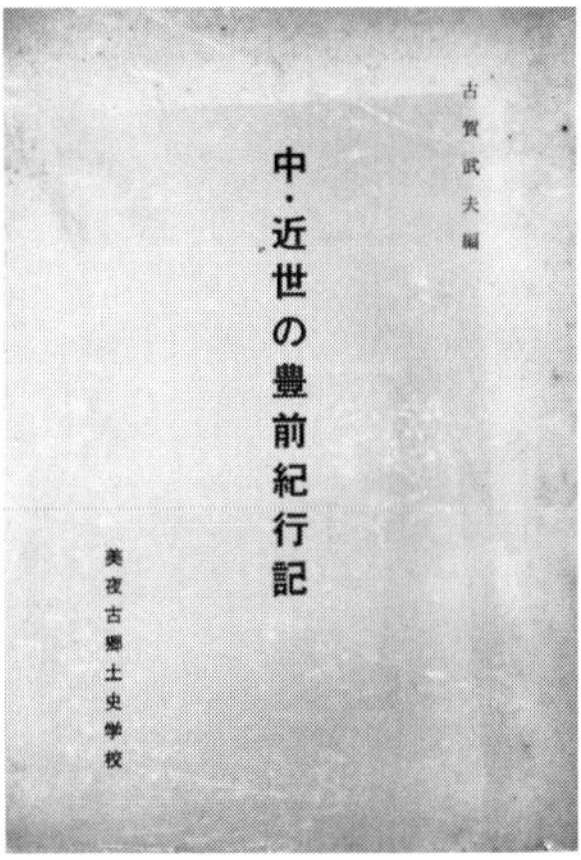

『中・近世の豊前紀行記』

ぎてパソコンを習い、原稿を作成していたのである。私がその年齢になってその労苦を知る。

この『中・近世の豊前紀行記』は、豊前国を描いた紀行の集大成のような本である。最晩年に葉書をもらい、施設におられると伺ったが、しっかりした字で近況報告と、私にも課題を与えてくれた。忘れ得ぬ先生の一人である。

『報桑録』〔全二冊〕斎藤竹堂著（慶応四年〔一八六八〕）

著者の斎藤竹堂（一八一五〜五二）は仙台の人。名は馨、字は子徳、通称は順治、号は竹堂。『日本漢文学大事典』（近藤春雄著、明治書院、一九八五年）によれば、「十六歳、藩学に入って大槻清準に学び、天保六年江戸に出て増島蘭園の門に学び、ついで昌平黌に入り古賀侗庵に師事した。下谷相生町に塾を開いて講説し、仙台藩に招かれたが病気になり没した。時に嘉永五年二月十一日、年三十八。文章を善くした」とある。

著書に『竹堂文鈔』三巻（一八七九年）、『続竹堂文鈔』三巻（一八八三年）など多数。なお

『報桑録』

『竹堂詩鈔』は死後四十年以上も経って、明治二十六年（一八九三）に刊行されたという（『江戸後期の詩人たち』富士川英郎著、麦書房、一九六六年）。

この『報桑録』は紀行詩文集である。天保十一年（一八四〇）秋、二十五歳の時、西遊のため江戸を出発し、現在の群馬、長野、岐阜、滋賀、京都、大坂、兵庫の各府県から四国に渡り、岡山、広島の各県、さらに山口県の壇の浦から関門海峡を渡り、門司にやって来る。小倉を経て、飯塚、内野、大宰府、原田、田代、佐賀、長崎に行く。さらに舟で肥後の国、耶馬渓、羅漢寺を経て、日出《ひじ》に行き、帆足万里《ほあしばんり》を訪ねる。宇佐、椎田の綱敷天満宮を参詣。再び小倉を経て下関に渡る。海路で広島、岡山に上陸、閑谷学校を訪ねる。

次いで近畿地方を歴訪し、京に入り、儒家たちを訪ねる。愛知県の八橋、岡崎城、駿府、静岡県三島、小田原、神奈川に入り、鎌倉から江戸に帰った。その間、四カ月三十州を歴訪したという。若さゆえか毎日貪欲に旅を続けているのには驚かされる。著名な儒学者、詩人を訪ね、各地の寺社仏閣を見て回る。

本の下巻には二人の学者、篠原小竹《しょうちく》、斎藤拙堂《せつどう》の評文を掲載している。拙堂が「半巻記文、尽天下之半、語々質実、而奇勝拈出」、小竹が「子徳不独文才可称、其識鑒亦可畏也」と絶賛している。下巻末に「附詩」として旅の途上の詩を収録している。

この本は慶応四年（明治元・一八六八）の発行である。著者竹堂が実際に歴遊したのは天保十一年。即ち二十七年後に本が刊行されたことになる。また、竹堂は嘉永五年（一八五二）に没しているので、没後十六年後のこと、よくぞ刊行されたものである。

この紀行文に郷土のことが出て来るので少し触れたい。

往きは海路で大里《だいり》駅に着き、翌日、海岸を歩いて、小倉に着く。「里許得小倉城、関門森厳、実鎮西之咽喉之地、西入筑前、憩黒崎」と記し、小倉を素通りする。当時、小倉の町は寂しいところで、魅力がなかったのであろうか。

竹堂はまた帰途、小倉には夜に着いて一泊したようだが、翌日すぐ「踰海達下関」とある。近世の紀行文によれば長崎に行くことが多い。その場合、残念ながら小倉を素通りして、まず博多に立ち寄ったようである。

ただ、巻末の「附詩」の欄に「耶馬渓」と題して七言絶句を四首と、「赤間関」と題する七言絶句を掲載している。この地はすでに全国的に知られた名所であった。

『大分県紀行文集・五冊合本』森平太郎編（別府温泉化学研究所、一九三九年）

伊能忠敬『九州測量日記』（第七次測量、文化六年〔一八〇九〕十二月二十七日〔豊前国より〕〜
　同七年七月十一日までを記載）

貝原益軒『豊国紀行』（元禄七年〔一六九四〕）

大淀三千《みち》風《かぜ》『行脚文集』（原本は『日本行脚文集』元禄三年〔一六九〇〕）

古川古松軒《こしょうけん》『西遊雑記』（天明三年〔一七八三〕）

菱屋平七『筑紫紀行』（享和二年〔一八〇二〕）

これらを一冊にまとめ、和本風の美しい装丁で出版したのは、別府市の実業家・森平太郎である。主にそれぞれ大分県の部であるが、福岡県の部分も含まれているため郷土史の研究の参考になる。昭和十四年四月の刊行であるが、これらの本は当時、まだ手にとるのが困難な時代であった。

森氏は「緒言」でいう。伊能忠敬の測量日記の一部を読み、「我大分県下は如何なる順序で亦どんな模様であつたかを調べたいと思ふたが一向文献も見当らず」ということで、そのうち石松夢人という旧友に伊能家にある原本を謄写してもらったという。

そして、「同好の士がこれに依りて我大分県の昔の姿を偲ばるる事ができればこの上も無い喜びである」と記す。ところが、二十五年連れ添ってきた夫人が、本の出版をみることなく享年四十七で亡くなった。

編者・発行人の森氏は夫人の写真を掲載して、追悼の言葉を添えている。

　やがて来る春をも待で　わが妻の逝きし御霊に　この書を捧ぐる

この書を読む者は思わず涙を誘われる。そして、この本の出版のありがたさを感じられるに違いない。これぞまさに森氏が令夫人へ贈る紙の碑である。

この本は上欄に福田紫城が注釈を付けていて、よく調査し詳しく記しているので参考になる。例えば、『測量日記』の文化七年正月三日の条に「朝より曇天、此日島原領豊前国長洲浦庄屋岡田長左衛門、豊後国高田浦庄屋山田三郎来る。此夜積雪凡三寸」とある。これに対して福田紫城の頭注には「豊前国長洲浦庄屋岡田長左衛門、豊後国高田浦庄屋山田孫三郎、島原領の測量案内役也。以後の記に度々出づ」という具合である。

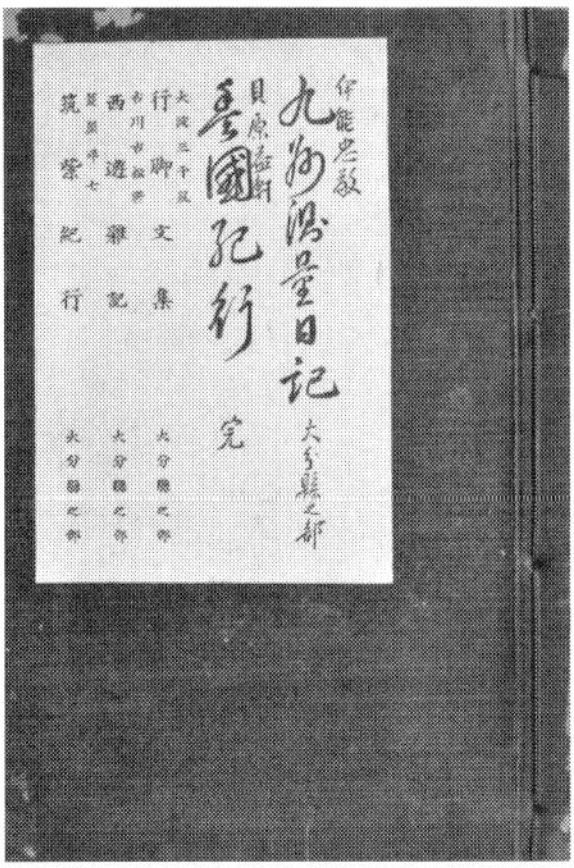

『大分県紀行文集・五冊合本』

『近世紀行文集成　第二巻　九州篇』板坂耀子編（葦書房、二〇〇二年）

この本に収録されている「菅の下葉」を取り上げる。

近世の九州紀行を読んで残念に思うことは、その多くが、下関から舟で大里に上陸するもの、中津街道を通ってこの京築地方へやって来ることが稀だということである。編者の板坂氏も解題で、「近世の九州紀行の大半は、瀬戸内海の海路を通って北九州の小倉に上陸する。そして、長崎街道を経由して長崎に行く。その往復のいずれかで、太宰府に立ち寄る。……江戸時代の旅行者が巡覧する地の多くは九州の北半分に集中している」と述べている。

その中で、この「菅の下葉」では、珍しく九州に上陸して小倉からこの京築地方を経て中津、宇佐八幡に参詣し、別府方面へ進んで行き、鶴崎、臼杵、佐伯、延岡、鹿児島領の城下、加治木、霧島、熊本、柳川、久留米、太宰府、博多、唐津、長崎など、ほぼ九州を一周している。

この紀行文の作者は不明である。ただ、「長崎の役宅云々」などの文から「長崎奉行の関係者」ではないかという。文政十年（一八二七）の閏六月七日から八月晦日に長崎に着くまで、そしてその後の長崎の町の寺、景観、祭りの様子、仕事のことなどを詳細に記している。

それにしても各地の地名、寺社などを克明に書き、一種の地誌、旅行案内記ともなっている。

この京築地方の地名も正確に記し、現存するものが多いので参考になる。

「夫よりを狸山を越て黄昏に刈田宿に着。梅屋重助方に泊る。当宿に東伝寺と云浄土、浄巌寺と云一向、梅窓庵と云禅寺有。又宇原八幡とて氏神の社有。当宿の後は百歩斗りにして荒海なれば終夜浪の音高して眠りに付かず、いと心細し。（中略）行司に正八幡の社、西福寺（西福寺のことか）と云浄土寺有。橋を渡れば大橋町也。浄蓮寺と云真宗、禅光（興）寺……両町共に家居よし。町を過て今川とて大川有。源は彦山の麓より流る丶。此川、歩行渡り也。昨日の雨に水増して漸々渡りぬ」（中略）「羽根木村を過、辻掛川歩行渡り也。川は狭ければ共水至て深し」（中略）「昔菅神御左遷の節、初て此浜へ上り給ふに御敷物なく立せ給へば当村の老婆、舟の綱を持来り御褥の替わりとす。其古跡にして、世に綱敷天神と云は是也」等々と記す。作者は実に詳細に調べて、その調査能力の高さには驚かされる。郷土史の研究に有益である。約二百年前のことである（本文中には解題、解読者が「　」の中に現在の所在などを詳細に記しているが、ここでは紙幅の都合で略させていただく）。

『近世紀行文集成
第二巻　九州篇』

『豊前名所案内記　附豊後温泉志』一松又治著（梅津豊文堂、一八九八年）

豊前地方で初のガイドブックであろう。

この本は縦一七センチ、横一〇センチと、普通の単行本よりも小型で、持ち歩きにも便利にできている。明治三十一年（一八九八）当時としてはなかなか洒落た装丁の本である。

著者の一松又治はどういう人物かわからないが、奥付に「大分県豊前国下毛郡小楠村大字一松二百二十番地、士族」となっている。印刷は大阪市南区の井下幸三郎である。かなり手慣れた印刷所のようである。写真、地図、漢詩、和歌などを織り交ぜた編集は、当時まだ地方の印刷所では無理だったであろう。ただ、出版して百年以上経ているので、紙はボロボロ状態。触れるたびに紙が千切れてしまう有様である。

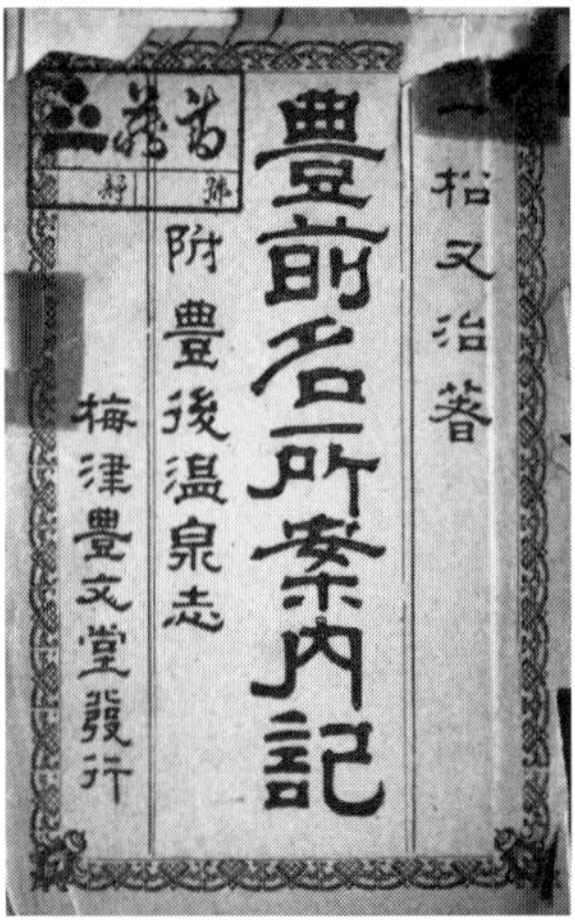

『豊前名所案内記』

この本の面白いのは、著者が「豊前名勝地誌を編纂せんと欲すること久し」という如く、豊前地方の歴史をよく調べ、この地で詠われた和歌、俳句、漢詩をたくさん紹介していることである。特に漢詩が多いところから、著者は漢詩に造詣が深い人物のようである。緒言によると著者の友人・松田竹園という人がよく協力をしたという。特に耶馬渓の調査はこの人の力によるところが大であったらしい。

歌人、漢詩人などの中には著名な能因《のういん》法師、頼山陽、広瀬淡窓、梁川星巌、村上仏山、末松謙澄、恒藤子達《したつ》、脇蘭室《わきらんしつ》、長梅外、田能村竹田などの和歌、詩を掲載している。

さすがに地元の村上仏山の漢詩が最も多い。

「総論」の初めに仏山の「観㆓不知火㆒」（七言古詩体）を取り上げている。

帝問㆓海人㆒亦不知　国史長伝海火奇
不㆑知不㆑知果何火　正是海天雨晴時　（下略）

他に「富貴野の瀑布」の項では、渡辺重春の歌などで耶馬渓を紹介している。

水上の水は水ともみえながら　おつるは雲と煙なりけり

耶馬渓の紹介では多くの漢詩、和歌を引用していて参考になる。附録の温泉の紹介は、当時の温泉地の歴史がわかる。近代の豊前地方の歴史、ガイドブックとして貴重である。

『小倉―別府』（一九六二年）

特に本のタイトルはない。バスガイドのテキスト用である。奥付もないが、裏表紙に昭和三十七年四月、印刷所は福岡市のＫＫ文研社とある。ガリ版刷りの本である。

興味を引くのは、当時は戦後のめざましい復興期であるが、まだ古いものも残っている時で、小倉～別府間の歴史、地理を簡単に紹介していることである。しかも、実に名調子の文章である。当時のバスガイドは、このテキストを懸命に暗記したのであろう。そして、あの名調子の案内を習得したようだ。

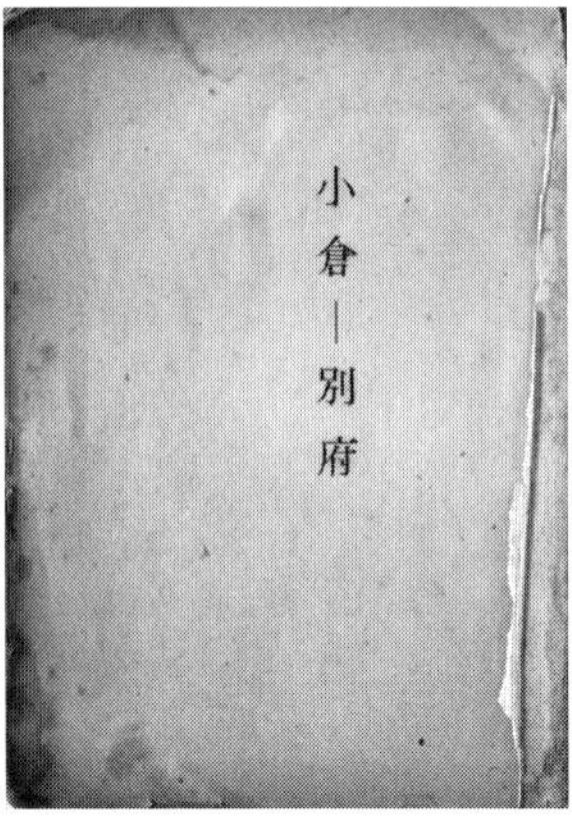

『小倉―別府』

例えば行橋市内を流れる「今川」について次のようにある。

「お車は間もなく、今川に差しかかります。今川は英彦山の豊前坊から流れて延々四〇キロ、行橋市の中央を流れて周防灘に注いでおります。この地方には炭坑や工場がございませんので、ごらんのように水は美しく、春から秋にかけてボートも浮かぶ市民の憩いの場所となっており……」という調子である。

郷土の文化を知る

『征露紀念韻集』 秋満有常編（一九〇五年）

この冊子は刊行されて百年以上にもなるため、写真のようにボロボロの状態である。やがて消えていく運命にあるゆえ、あえて取り上げた。縦二六センチ、横一六・五センチの変型判で、二十六頁足らずのものであるが、当時の豊前地方の多くの人たちが寄稿している。漢詩、和歌、俳句など実に多彩である。

刊行の目的について緒言で「軍人慰問ヲ以テ誠実ニ同情ヲ表スルモノヲ採リ、必ズシモ詩歌俳句ノ巧拙ヲ論セス」とある。当時の豊前地方の教養の高さを知ることができる。

この冊子は発行日（明治三十八年〔一九〇五〕六月二十四日）の日付通りに実際、発行されたようである。というのは、裏表紙に所蔵者による手書きの署名が「明治三十八載八月三十日、秋満有常氏ヨリ送付来」とあるからだ。

『征露紀念韻集 初編』

発行の明治三十八年六月は不穏な時期であった。ちなみに年表を開いてみると、明治三十七年二月四日「御前会議、対露交渉打切り」、同年二月十日「宣戦布告（日露戦争）」とあり、さらに明治三十八年一月一日「旅順のロシア軍降伏」、同年八月十日「日露講和会議、ポーツマスで開催」とあるが、この間にこの冊子が刊行された。そして、九月五日「日露講和条約調印」とある。当時、この日露講和条約に反対運動が起こり、焼き打ちなども起こる。東京市、府下に戒厳令が布かれる。そういう状況の下で刊行されているのである。だが、そんな時局を憂える類の詩歌はない。

表題の『征露紀念韻集』といい、日露戦争に従軍した軍人たちに対して感謝、祝福するという内容は、今からみれば随分時代がかったもののようであるが、当時、国運をかけた戦いに対して、純粋な思いを詩歌という手法で表現している。

校閲は、詩を緒方清渓、歌を片山豊盛《とよしげ》が行い、賛助者には高橋永種、筒井省吾、守田精一ら十一名が名を連ねている。投稿者には先の校閲者、賛助者はもちろんのこと、漢詩では戸早春《しゅん》邨《そん》、守田蓑洲《さしゅう》、広木天村、末松房泰らがおり、和歌、俳句では佐野経彦、山田瓢舟などがいる。

編輯、発行者の秋満有常は築上郡葛城村字越路《こいじ》（現・築上郡築上町）出身で、幼少の頃、小野原善言の門に入り漢学を学び、小学校校長、京都・仲津郡役所書記、学務主任など教育界に貢献した。傍ら漢詩をよくし、白梅吟社を設立している。没後、子息の秋満慶三郎によって『越渓詩鈔』（一光社出版部、一九四四年）が刊行されている。有常が郡役所の学務主任の時（明治三十三年十月十日）、森鷗外に依頼して講演会を開いている。『小倉日記』に「京都郡の人秋満有常来りて予に教育会に臨みて講演をせんことを請ふ」（小林安司他編『森鷗外 小倉日記』北九州森鷗外記念会、一九九四年）とある。

『福岡県百人一首』筑前・市田忍之助編（一八九一年）

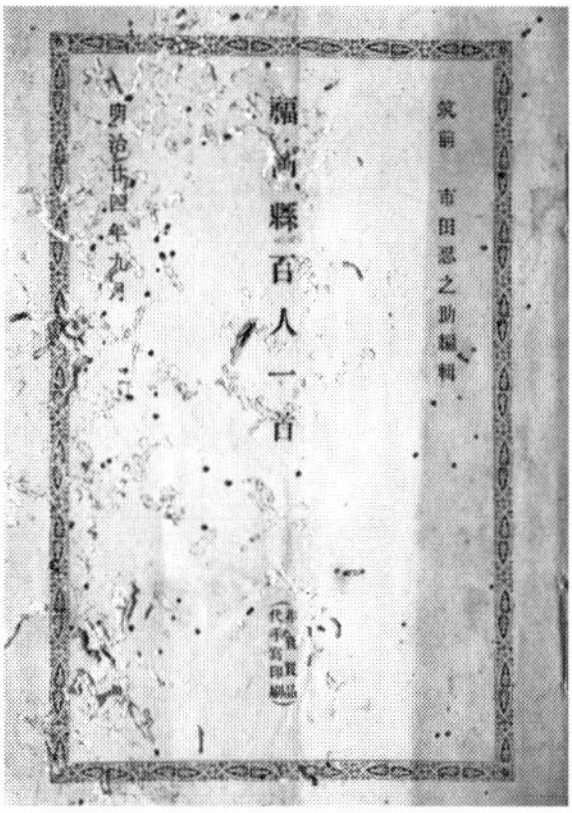

『福岡県百人一首』

この冊子の状態もかなりひどく、やがて消えていく運命にある。ここで少しでも記録しておきたいと思い、敢えて取り上げた。明治二十年代の県内外の詩人、著名人の詩歌を掲載しており、当時の漢詩の動向や著名人の教養を知る貴重な資料である。

詩歌を寄稿した中には、安場《やすば》保和《やすかず》福岡県知事、吉嗣《よしつぐ》達太郎、末松謙澄、津田維寧《これやす》、小沢武雄、金子堅太郎、黒山敏行、藤田謙三郎、井上哲太郎など多彩な人たちがいる。

内容は、漢詩、短歌、長歌など様々である

末松謙澄は「偶作」と題した七言絶句を寄せている。

東論西説事紛々　今日都門客若雲
独有閑人忘世務　竹陰深所繹洋文

『明治英名百詠撰』篠田仙果編（文泉堂、一八七九年）

幕末期に活躍した朝野の百人を、経歴と人物画と歌で紹介している。その文と人物の選出の仕方が実に面白い。

刊行の明治十二年（一八七九）は、まだ西南戦争が終わって二年後である。最初に当然、明治天皇、皇后宮が掲載されている。しかし、幕末・明治の元勲たちの評価も未だ定まらない時期に、大胆にも反乱の関係者の桐野利秋、江藤新平、前原一誠、増田宋太郎たちを掲載している。ただし、西郷隆盛は取り上げていない。

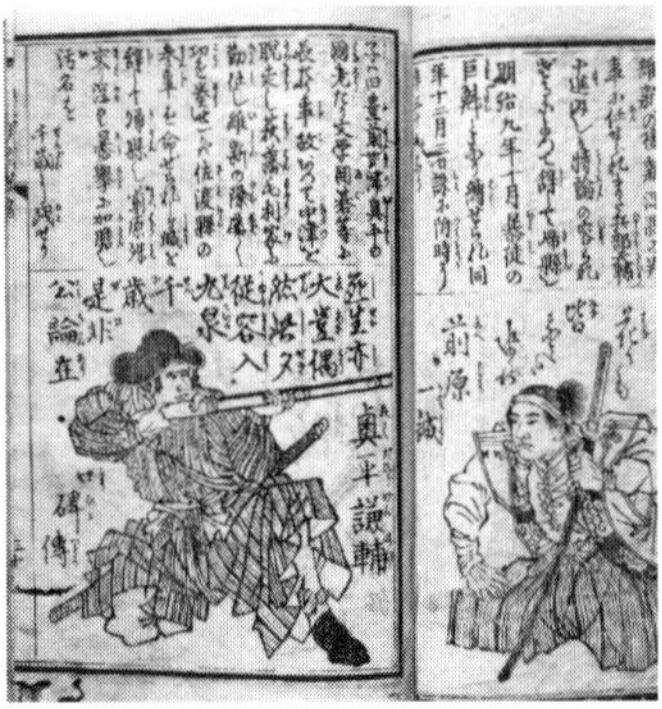

『明治英名百詠撰』の本文

また、女性を十一人も取り上げているのは、今の女性進出の時代を予感させる。

『冠詞例歌集』 末松房泰編（博文館、一九〇〇年）

編者の末松房泰（星舎）は謙澄の兄である。父は房澄（臥雲）といい、治水、開拓事業などに手腕を発揮し、庄屋、子供役、大庄屋と昇進した人物。漢文、連歌も能くし、村上仏山とも親しかった。

房泰は弟・謙澄と共に村上仏山の水哉園で漢学を学ぶ（房泰は嘉永五年〔一八五二〕に、謙澄は慶応元年〔一八六五〕に入門）。漢詩を善くしたが、後に皇学を橘道守《みちもり》に学んだという。俳人・竹下しづの女に大きな影響を与えた一人である。日本文学全般に興味を持ち、漢詩、和歌、長歌、俳句などの作品を残している。「門司新報」の俳句欄の選者もしていた。謙澄に劣らぬ文学の才能の持ち主であった。

『冠詞例歌集』

さて、この本はタイトルのように枕詞、序詞など歌の初めに来る詞を五十音順に並べて、歌の学習に役立つように編輯したものである。縦一〇センチ、横一一センチの小型本で、いわゆる袖珍《しゅうちん》本。歌の学習に便利なように携帯できるようにしたものである。

ところが、この本の面白いところは、半分はタイトルの『冠詞例歌集』になっているものの、あとの半分は弟・謙澄の長い講演記録と、縁戚の久良知《くらち》重敏、井原豊による末松家の由来、房澄・謙澄の経歴を掲載していることである。これによって末松家、房澄の業績、房泰・謙澄兄弟の周辺がわかる貴重な資料になっている。美しき兄弟合作の本とも言える。

詳しく見ていくと、謙澄の「和歌和文に就いて」という文章は、「国風懇親会」という会に招待されて講演した時の速記録である。

「先生（謙澄）が和歌和文に対しての意見を窺ふに足るものであるから、請ふて本書の巻首に載せて、序文の代りにしたのである」という注がついている。

この謙澄の講演記録から見ると、二時間以上の講演であったと推測できる。謙澄は漢文、和歌から、英語、フランス語、ドイツ語など外国語に通じていただけでなく、源氏物語の英訳本、英国の小説の翻訳、英国詩の漢訳詩などを刊行した人物だが、広く和文、和歌にも造詣が深かった。それゆえ今日でも十分通じる内容である。

例えば、和歌に流派があるのはおかしいと、絵画、漢詩などの例を挙げて述べている。明治三十年代の頃としては、思い切った発言である。あるいは『源氏物語』、『徒然草』などを挙げて、「優美酸悲なる思想則ちやさしく或はあはれつぽく顕すに適して居る、決して勇壮活発の思想を著すに不適合である」と述べている。

また、「言語をもっと簡略にして意味の方を多くする必要があるやうです、我長歌には語調を和らかにする為かしらぬが、無用の調を余計に挟む弊があるやうに思ふ」ともある。附録として久良知重敏の「末松臥雲先生経歴」は末松家の歴史、臥雲の功績など詳しく記している。井原豊の「青萍《せいひょう》先生一夕談」には父・房澄が子の謙澄の在英中のことを憶う歌が掲載され、房澄の貴重な資料ともなっている。

『越渓詩鈔』秋満有常著・秋満慶三郎編（一光出版部、一九四四年〔再版〕）

越渓は号で、本名は秋満有常《ありつね》である。この詩鈔は昭和十九年（一九四四）二月十日に刊行されているが、「発刊に際して」によると、初版は昭和十三年の刊行かもしれない（未見）。架蔵のものは再版本である。吉田学軒の題詩、杉山元帥の題辞、当時の世相を反映して戦意高揚のまえがき、附録文を掲載している。編者の慶三郎は越渓の嗣子で、戦前は情報局などに勤め、戦後は中学校校長、仲津村村長などを歴任したという。

越渓の経歴について詩鈔の記すところによれば、嘉永二年（一八四九）六月、築上郡葛城村越路村に生まれ、幼くして小倉藩の儒学者・小野原善言の塾で漢学を学び、後に塾長となる。そ

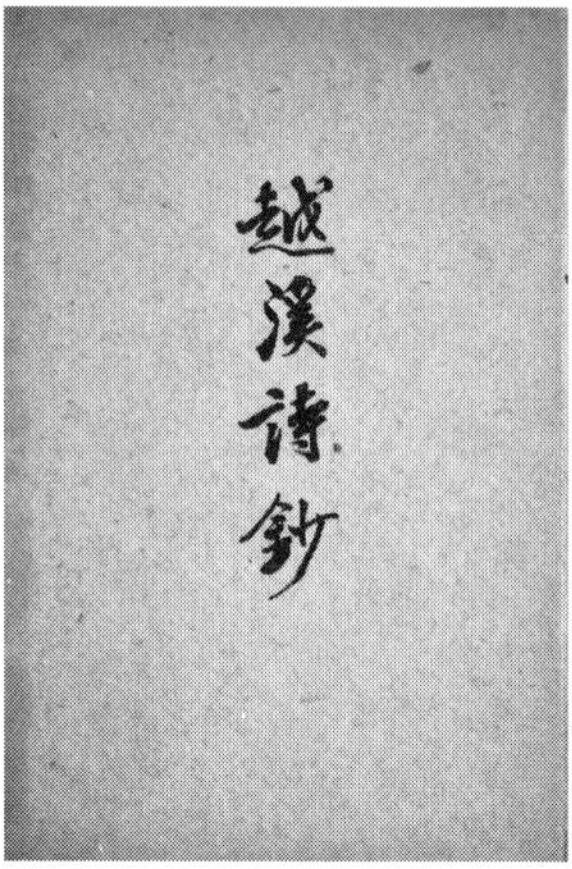

『越渓詩鈔』

の後、小学校校長、京都仲津郡役所書記官、日露戦役紀念学林経営、郡の町村学校組合会議委員兼学務委員など教育界に尽力。詩文の会「白梅吟社」を設立する。大正九年（一九二〇）一月三十一日没。享年七十三。

この『越渓詩鈔』に掲載の漢詩の多くは、既刊の『征露紀念韻集』、『明治万歳集』、『唱和集』などに発表したもののようである。みやこ町犀川《さいがわ》下伊良原の高木神社の記念碑にも刻まれている「日露交戦紀念林詩」がよく知られている。これは帆柱・伊良原地区の山林を買い、檜杉の植林を行い、学資の基金とした大事業を詠った漢詩である。長詩なので、ここでは略す。

越渓の詩の一部を紹介したい。

秋日登高

処々峰巒楓葉紅　登高又喜興無窮
斯山斯水多詩料　秋爽一眸千里中

偶成
柴門人不至　百感不堪情
窓外時疑雨　蕭々落葉声

他に「村上仏山先生御贈位記念祭謹奠」の七言の長詩も収録されている。越渓は幼い頃から漢学を学び、自在に漢詩、漢文を綴り、その勝れた才を窺わせる。

越渓（有常）が京都郡の学事主任の頃、即ち明治三十三年（一九〇〇）十月十一日に森鷗外に会って講演を依頼している。『小倉日記』にいう、「京都郡の人秋満有常来りて、予に教育界に臨みて講演せんことを請ふ」と。鷗外が越渓と会った折、お互いに漢学について造詣が深いため、胸襟を開いて話ができたのかもしれない。講演はその二日後の十三日に実現して、「午前九時汽車上りて行橋に至り、行事高等小学校に往き、倫理学説の岐路を講ず」と鷗外は記している。

なお当日、鷗外は「梅乃屋」で昼食をとり、豪商・柏木勘八郎の家に寄り、書画・骨董の数々を見て、その名称を細かく記している。これもまた貴重な資料である。

『増補　英彦山』

『増補　英彦山』田川郷土研究会編（葦書房、一九七八年）

名峰英彦山《ひこさん》は周辺に住む人々にとっては実に慣れ親しんできた山である。この山を源流とする川の流域に住む人々は、生活に多くの恩恵を受けている。私も祓川《はらいがわ》、今川の流域に住み、恵みを享受している。多くの学校の校歌に詠われているのも、そのためである。

この本はＢ５判、一一五〇頁の大作である。十七名の研究論文を収録し、英彦山に関する多くの分野を網羅している。

初版『英彦山』は昭和三十三年（一九五八）に刊行された。その後、新たに研究された論文を加えて増補版の大冊としたのが本書である。わかりやすく初版に収録した論文をそのまま一頁から七四九頁まで収録し、増補分として七四九頁から一四三九頁まで収録している。良心的な編集と言えよう。しかも、十七名の執筆者一覧をもうけて、簡略に記述しているのもよい。

初めに掲載されている「彦山の歴史」執筆の木島甚久《じんきゅう》は、『日本魚業史論考』（誠美書閣、一九四四年）の著作で著名だが、この長い論文を書いていることを知り、改めて感銘させられた。

この本では多くのことを知ることができた。

例えば、瓜生敏一の「英彦山の文学ノート――詩歌篇」、「英彦山文学史資料（古典篇）」、「英彦山文学年表」などは、郷土の文学を研究するのに有益である。長い間にわたって、著者が広く目配りして出来上がったものであろう。

現在では入手困難な『懸賞募集　日本新名勝俳句』（高浜虚子選、大阪毎日新聞社・東京日日新聞社共刊、一九三一年）の英彦山の部の俳句を全て収録しているのは、俳句に興味ある人には有り難いものだろう。ここで有名な杉田久女の次の句が優秀賞に輝き、現在この句を刻んだ英彦山の句碑を訪れる人は多い。

谺《こだま》して山ほととぎすほしいまゝ

なお、この時に北九州を代表する杉田久女と竹下しづの女の句が共に十一句ずつ選ばれている。選者の高浜は「多くの応募作品の中でも、杉田久女と竹下しづの女の作が、やはりすぐれている」と評している。

さて、多くの俳人たちが英彦山を訪れて句作しているが、それら俳人の作品を多く収録している。また、「漢文篇」の項でも多くの作品を収録している。この中で、村上仏山の英彦山に関する詩は殆ど紹介されている。無論、広瀬淡窓、頼山陽、草場佩川《はいせん》、長梅外など多くの漢詩人の作品も収録されている。これらに、「英彦山総合年表」を見ただけで、英彦山は文化の宝庫だったと言える。

「彦山方言資料」の著者・荻原豊はよく調べていて、興味深いものがあった。今はほとんど死語となった方言、例えば「びったれ（だらしない人）」、「やんぶし（山伏）」、「しょうけ（竹籠）」、「なば（きのこ）」、「はな（最初）」などがそれである。英彦山は豊前・豊後・筑前の国にまたがっているので、多彩な方言が混じり合っているのだろう。

『豊前国神楽考』橋本幸作著（海鳥社、二〇〇五年）

著者の橋本氏は若い時から地元の神楽講に加わり、研鑽して、五十年後にこの大書を刊行した。今日も実演者であり、指導的な立場で活躍している。

範とすべきは、会社勤めの傍らの寸暇を惜しんでの調査、研究であったことである。休暇のたびに北九州市、大分県宇佐市など旧豊前の国の神楽講を訪ねて調査したという。もともと神楽に関する資料は少なく、多くは先輩から後輩へ口伝のかたちで伝承しているため、調査は困難であったという。

それでも自身が神楽の実演者であるため、聞き取り調査もより詳細で具体的であり、加えて得意な写真撮影で貴重な舞いや資料を収集してきた。それから三十年余を経て、この『豊前国神楽考』を刊行したのである。

中でも、「豊前神楽の発生と系統」の文章は労作である。橋本氏はこつこつと各地の講社をまわり、「あなたの神楽講は、どこのだれに習いましたか、また、どこのだれに教えましたかと、あちらこちらの講社の人たちに聞き、文献などと照合し」ていったという。これは大変な調査である。そして労作「豊前神楽の系統図」を作成している。

神楽は観る者にとって何となく面白いが、その意味がよくわからない。ところが、橋本氏は「豊前神楽演目考」の項で、「清祓《きよはらい》」、「米まき」、「折居・三福の舞」、「地割」などを、写真を入れて詳しく解説。これによって神楽がよく理解できる。

また、「言上集」も貴重な文字資料である。橋本氏によって豊前の神楽の歴史のみならず、神楽がより身近な郷土芸能として伝わってきた意義がわかる。

『豊前国神楽考』

これまで神楽についての部分的な研究はあったが、豊前国全体を網羅したものは、この橋本氏の本が初めてであろう。また本書に収録の「資料　神楽本記」は重村栄寛の遺したものであるが、著者と中島正紀氏が協力して翻刻し、この希有な史料を後世に伝えることができる。

「豊前神楽」が国重要無形民俗文化財になる際、この橋本氏の研究が大いに貢献した。そして今日、京築地域の神楽はまた昔のように盛んになり、三十二講社に上るという。いずれにせよ、この本は「豊前神楽」の基本図書として貴重である。

『北九州文芸あれこれ』今村元市著（せいうん、二〇〇八年）

『北九州文芸あれこれ』

著者の今村元市（速男）先生には、私も探索中の資料のことや、人名の調査などで随分とお世話になった。先生は博覧強記で、どんなことを尋ねても即座に答えてくれた。松本清張さんからも度々調査の依頼があったという。理想的な図書館司書で、私の最も尊敬する一人だった。先生にはこの著書をはじめ、『徳吉無職老人雑記』（二〇〇六年。林芙美子などの貴重な資料を掲載）、『歌集 天籟《てんらい》』（せいうん、二〇一〇年。著者名は今村速男）などの著作がある。私はよく声をかけてもらい、「今、何を調べているか」などと尋ねられた。そして、上記三冊の著書をご恵与いただいた。これらの貴重な書物を時々活用させてもらっている。

『北九州文芸あれこれ』の中でも、「玉水俊虠《しゅんこ》」、「松本清張の俳句観」は大いに興味を引かれた。玉水俊虠の研究は、多くの資料を探索し、貴重な論文となっている。余人には真似できないものである。私もこの俊虓について少し書いたことがあるが、当時はこの今村先生の論文を知らなかった。知っておれば書かなかったであろう。あまりに粗雑であった、と今になって思うのである。

玉水俊虓（行橋市の出身で鷗外の親友）について、山崎一穎《かずひで》著『鷗外ゆかりの人々』（おうふう、二〇〇九年）に研究論文が掲載されているが、そこに今村先生の研究が多く引用されている。今村先生は架蔵の「俊虓日記」を紹介し、また俊虓の唯一の著書『修証用心訓』（鷗外の題字）をも解説しているのは大きな発見である。

「松本清張の俳句観」も、清張作品から俳句を調べ、さらに清張さんの俳句歴をたどって、その俳句の巧みさを知ることができた。清張作品を読むたびに、作中の俳句は他人のものと思っていたが、作者自身の俳句であるということで氷解した。

この本は今村先生が長い間、コツコツと調べてきたものばかりで、信頼のおける内容である。先生の人物については、轟良子さんの著書『続　海峡の風——北九州を彩った先人たち』（北九州市芸術文化振興財団、二〇一三年）が参考になる。

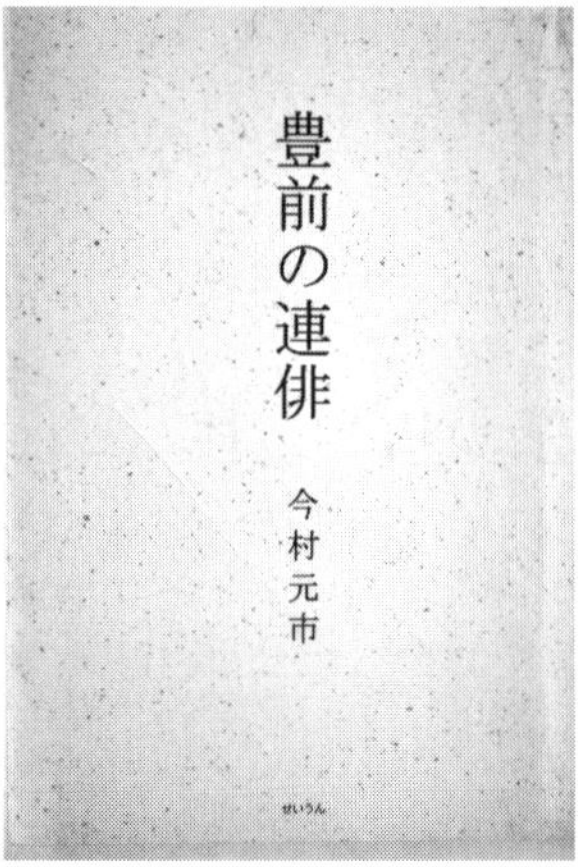

『豊前の連俳』

『豊前の連俳』今村元市著（二〇一三年）

今村元市先生は編書として『ふるさとの想い出 写真集明治大正昭和』の『門司』（一九七九年）、『小倉』（同年）、『若松・戸畑』（一九八〇年）、『八幡』（一九八二年）の四冊を著した。これこそ長い間、コツコツと収集してこそ初めてできるもの。私的な感想を言わせてもらえば、一種の執念を持って当たらないとできない。

晩年に次々と出版された『北九州文芸あれこれ』、『歌集 天籟』、『徳吉無職老人雑記』、そしてこの『豊前の連俳』などを賜った。いつだったか小倉の魚町でお会いした時、近いうちに歌集を出版するから、とおっしゃっていた。失礼ながら郷土史家の先生と歌集とが結びつかなかったのだが、この本が贈られてきて改めて先生の多彩な教養に驚かされた。轟良子さんの著書『続 海峡の風』によれば、先生は他に『いしぶみ』、『門司区町名辞典』（二〇〇六年）なども刊行しているという。

さて、この『豊前連俳』は、あとがきに「本冊は平成二十三年二月、満九十歳を迎える著者の所謂、卒寿紀念のため上梓し之を知己に贈呈するものである」と記しているところから察するに、事実上の最後の出版であろう。今村先生も記しているように、行橋市須佐神社の広報紙「ぎおんさん」の二十五号から四十二号に連載したものをまとめたのである。私事であるが、高辻安親宮司さんの好意で私も「京築の文学」を一緒に連載させてもらっていた。今、改めて本になったものを読んでみて、その豊富な学識に敬意を表したい。

「豊前の俳諧の祖は、談林派の西山宗因をもってすべきであろう。宗因の後を継き、小倉俳壇の祖というべきは、石原売炭とするが妥当であろう」と始まる論考は、「俳諧座の人・石原売炭、水野万空、西山宗因」を取り上げ、この三人の作品は無論のこと、現在までの研究成果、資料の紹介、郷土との関係、その意義、墓石などを簡潔な文章で解説している。中でも、売炭、万空の出自について、数少ない資料の中から探し出し、今までの郷土史研究で得た蘊蓄《うんちく》を傾けている。万空の追善句集『影法師』に句を寄せられた人たちの調査は、さすがに詳細で、新しいことを探し出している。例えば直方の出身の諸九尼《しょきゅうに》の「長生の恥もおもはぬ花見かな」がそれである。

また、今村先生は「俳諧座・西山宗因」について、「宗因と広寿山、また、藩主小笠原家との関係は深い」として、「源忠真公年譜」、「法雲禅師寿山外集」などから追究している。現在、不明になった「於豊前小倉城連歌巻」は、今村先生の師である吉永雪堂のノートから各人の歌を収録している。貴重な資料である。その他、資料の読み誤りなどを指摘しており、例えば「小

『歌集　天籟』

倉城中万句」は寛永九年九月十四日のものといわれていたが、先生の調査で「寛文」十年の誤りであると指摘している。

この本は一五〇頁程だが、内容の濃い貴重本である。惜しいかな少部数の私家版である。

ここで、前にあげた『歌集　天籟』について記したい。この歌集は若き日の戸畑高等学校教諭時代のもので、今村先生が「稚拙極まりなく赤面の至りですが、捨て難い思いがあります」と刊行し、友人、知己に贈った私家版である。私はそれまで、先生が歌を詠っていたとは全く知らなかった。

紫の朝顔見れば亡き父の栽培《つくり》し給ひし頃の思ほゆ
新刊書の奥附け見て買えぬ吾をあわれむが一日の日課となりぬ
幼な子の手首に時計を書いてやる針は常に午後三時なり

真実を真正面からグサリとつく辛口の評をする先生には、真に細やかな一面があり、心やさしい人であったことがわかる。

『雄叫び集——加来久治俳句集』加来久治著（幸文堂出版、二〇一五年）

出征兵士の遺稿集である。

著者の加来久治氏は、三十八歳で臨時召集兵として、あの無謀なインパール戦に出征し、旧ビルマのフミネの地で戦死した。その激戦地での戦闘の合間にも、俳句を作っていたという。そして、生前にその句作集の原稿を親戚の大尉に託したところ、幸いにも終戦後、遺族のもとに届けられた。ところが、この時その稲童地区の実家も、昭和二十年（一九四五）七月二十三日の米軍の爆撃に遭い、久治氏の夫人・君江さんも亡くなっていた。

しかし、平成二十七年七月に遺児の関谷貞子、加来博、西本ケイ子の各氏によって、豪華な写真版の句集（A４判）として刊行された。これはすばらしい親孝行である。まさに父親の紙の碑となって後世に残るであろう。なお、題字は久治氏の孫・岡本裕子氏の揮毫によるものである。

久治氏の達筆な草稿は、戦地での束の間の句作であるが、どの句も非凡なものが多い。短歌

『雄叫び集――
加来久治俳句集』

も素直で飾り気のないものが多く、涙なくしては読めない。この句集には著者の俳句、短歌、戦地での俳句仲間との句座での作品も収録している。附録の「稲童の戦争遺跡」（山内公二氏執筆）も貴重な郷土資料となっている。行橋市にも戦災に遭った所があったことも知れよう。

また、久治氏が戦地から子供の学校の担任教師へ宛てた葉書も収録しているが、これも子供たちへの愛情に溢れていて、読む者は思わず涙を落としてしまう。

この句集の一部を紹介したい。

征く朝の束のまを子と梅にたつ　征途の朝　昭和十七年二月二十六日
（この時の梅の木が表紙を飾っている）

古里の山々徐々に霞けり　五島沖にて　同十七年三月十七日

陽を弾く大仏塔や雲の峰　ラングーン上陸　同十七年四月二十日

夢さめて椰子の風音ふと冷し　ピンマナにて

許されて便り書く夜や鳴く蛙　通信を許されて

芭蕉葉のゆれ合う音や夏の月　モチにて　同十七年八月十五日

呼べど魂はついに還らじ秋行く日　前田君の死を弔う　同十七年八月二日

父の忌も近し夾竹桃咲かむとす　父の一周忌を迎へて、ミチナにて

夏草や血肉飛び散るまえうしろ　ミツナにて

神となる戦友の灯にあり虫時雨　立野君の死を惜しむ

国思ふ夜の果て遠し鳴く蛙　ビクトリア湖畔にて

いくばくの手柄もたてず靖国のみたまの数に入るや恥ずかし

いずれも遺書のつもりで詠ったのであろう。次の君江夫人に宛てた文も同様で、戦死する三カ月前の昭和十九年四月一日に書かれている。

皆元気に大きくなってくれ
父はみなのために死す
君江には後の事をよろしくたのむ　　　　久治より

その君江夫人も昭和二十年七月二十三日、稲童地区の空襲で亡くなられた。

どの句も厳しい現実を詠んだ、素晴らしいものばかりである。こんな句文集に対して、私には的確に批評する力も資格もない。

こんなに純粋な日本人が多くいて、その人たちの犠牲の上に、今私たちは生きていることは確かである。

つれづれなるまま

帆足杏雨と村上仏山

村上仏山と親交のあった帆足杏雨《ほあしきょうう》の著書『杏雨余滴』（大正元年（一九一二））が子息・帆足進氏の編集によって刊行されている。この中に興味深い記述がある。

「明治九年丙子、六拾七歳、（中略）仏山堂先生。住前豊稗田村。韜跡不仕。晨夕賦詩以為娯。不出門而名布海内。頃恵其所著詩篇索画。余喜作此図以贈。世人称其地。曰詩人村因賦小律併題、繙篇慕其徳辞句那温々。地僻柴桑似。径荒松菊存。何年遙命駕。相思但馳魂。幽趣堪図画。詩人別一村」と記す。

この時に杏雨が仏山に贈った絵は水哉園に所蔵されている。地方詩人としての友情の証であろう。

『杏雨余滴』

佐佐木高美

『佐佐木高美《たかよし》大人《うし》』（猪狩又蔵編、大正八年〈一九一九〉）は佐佐木高美の追悼集である。高美の父・高行は末松謙澄と親しく、イギリス留学中も会っており、一緒に撮った写真が残されている。

この本によれば、高美が九歳の頃、「依田某、城井国綱、末松謙澄等の諸氏に従って漢学洋学を修めたり」とある。さらに明治十年（一八七七）の西南戦争終結後、「九州地方を漫遊して老儒村上仏山に会見」したという。もちろん末松謙澄の紹介であろうが、水哉園を訪ねているのである。高美はこの時、十七歳の紅顔の少年だった。

父・高行は土佐藩の尊攘派で、晩年は侯爵となる。高美は英国留学後、東京文学院などを創立し、自ら院長となる。詩文にも長ず。享年四十一。

資料として、『佐佐木家旧蔵書目録』（国学院大学編、汲古書院、二〇〇八年）がある。

『佐佐木高美大人』

竹下しづの女の句

竹下しづの女《じょ》は、郷土・美夜古出身で、日本の俳句史に名を残す女流俳人である。近年、しづの女の研究はかなり進んでいる。特に二男の健次郎氏、三女の竹下淑子氏などもすぐれた著書を出版して、研究に寄与している。

地元行橋では「竹下しづの女顕彰俳句大会」を開き十七回目（注：二〇一七年時点）を迎えた。

私は長いこと古びた雑誌を架蔵してきたが、消えてしまうのは惜しいので、ここで紹介したい。それは『福岡県人』という雑誌（一九三七年五月一日）で、「久保博士旧邸俳句会」と題した文である。これによると、昭和十二年（一九三七）三月十四日、「木犀会吟行会」は竹下女史に肝入役でお願いしたとあり、「当日四十名に及ぶ句友」が集まったという。当日の各人の作句を紹介している。しづの女の句は、

君がめでしたんぽゝなれや摘みて見む

本人はこの句があまり気に入らなかったのか、その後の句集に取り上げていないようである。しづの女らしい句だと思うのだが。

吉田健作と『とと姉ちゃん』と『暮しの手帖』

ＮＫＨの朝の連続テレビ小説『とと姉ちゃん』（注：二〇一六年四～十月）を毎日見るのが楽しみの一つである。この主人公のモデルになった大橋鎮子《しずこ》さんの著書『「暮しの手帖」とわたし』（暮しの手帖社、二〇一〇年）を読んでいて驚かされた。次の一文である。

「母の宮原久子を語るとき、その父、宮原満吉のことを話さなければならないと思います。私はこのお祖父さんに可愛がられ、女学校に行かせてもらいました。よく祖父は『私の生まれたのは、明治維新になる前の年、九州小倉藩の小倉城の中だった。砲撃を受けているときだった』と話していました」と。すなわち母方の祖父・宮原満吉は、小倉藩士の子供として慶応二年（一八六六）の豊長戦争の最中に生まれたというのである。

さらに驚いたことに、鎮子さんの父・大橋武雄は深川の材木商の養子になって可愛がられたが、家業を継がず、北海道帝国大学を卒業し、日本橋の日本製麻株式会社（現・帝国繊維株式会社）に入社したというのである。この日本製麻株式会社こそ、わが郷土が生んだ吉田健作らが創立した北海道製麻会社などの、合同で生まれた会社である。当時、会社は大きくなって、日本橋の一等地に赤レンガの本社ビルが屹立していた。これによって一層、連続ドラマへの親しみが増した。

「大正十年、父は北海道の工場長として東京から、母と私を連れて赴任し、北海道の草原での幼女時代が始まりました……父は、小樽に近い小沢の工場長になりましたが……」とある。当時の日本製麻のことも少しわかってきた。

夏目漱石と『吾輩は猫である』と日露戦争と漱石の妻

昭和十年代の後半は戦争の時代で、何もかも窮屈な時代であった。架蔵の雑誌『講演時報』（時事通信社、昭和十七年（一九四二）七月号）に、郷土出身の小宮豊隆の講演記録として「戦争の文学的表現——日露戦争と夏目漱石」と題する文が掲載されている。この時代ゆえ戦意高揚の話とか思われたが、内容は全くタイトルと異なり、漱石研究の話である。

偶然にも今（注：二〇一六年）、NHKの連続ドラマ『夏目漱石の妻』に似通ったシーンが出てくる。小宮は漱石研究の第一人者にふさわしい貴重な話をした。漱石の生立ちや、進路を漢学か英文学かと悩んだ末に英文学を専攻した理由、欧米の文化をただ有り難がるのではなく、「文学、芸術などは自分で舌で舐めてみて、そしてこれがうまいとかまづいとかを決めようはないものだ」という結論に達したこと、「日露戦争は漱石の作品（『吾輩は猫である』、『倫敦塔《ロンドンとう》』など）

を生み出す非常に有力な機会となった」等々。一読の価値がある。

杉山貞の人柄

たまたま森鷗外の『小倉日記』を読んでいて、明治三十三年（一九〇〇）二月四日の条にいたって思わず苦笑する。

その日は雪が降って寒い中を杉山貞《ただす》が鷗外を訪問し、渡辺重春の『豊前志』（二豊文献刊行会、一九三一年）のことから、挟間畏三《はざまいぞう》の『神代帝都考』（一八九九年）の話になった。末松謙澄の序文について鷗外が、謙澄は依頼された責任上、仕方なく書いたのかもしれないが、詩に比べて文はまずい、と言う。すると杉山は、我々の師である仏山先生は詩を指導する時は大変厳しかったが、文については「容易く是非することあらず（中略）同門の士の皆詩に長じ文に短なることを免れざる所以なり」と話す。

杉山は水哉園の教育の特色を熱心に説いて、謙澄を弁護したのであろう。ここに教育者の杉山の人柄が出ている。また、詩を中心にすえた仏山の人間教育の一端もうかがうことができよう。

長州脱藩の奇兵隊が海賊に

中村彰彦著『幕末「遊撃隊」隊長 人見勝太郎――徳川脱藩・剣客隊士の死闘と華麗なる転身』（洋泉社、二〇一七年）を読んでいて驚く。

明治三年（一八七二）五月三日、薩摩藩の西郷隆盛に会うため、人見勝太郎と親友・梅沢鉄三郎が大阪に下り、安治川《あじ》の船宿にいたところ、豊前大橋の柏木某の五百石積みの持ち舟の船頭がやって来て、「豊前に行くならば、船賃をただにするから用心棒代わりに乗ってくれ」と言う。聞いてみると長州脱藩の奇兵隊員が海賊になって出没し、金品を奪っているらしい。戊辰戦争が終わり、無事帰還した奇兵隊「諸隊」の多くは、「強引に放逐」された。不満を持った者は反乱を起こしたが、鎮圧され、首謀者は無残な最期を遂げたという。その難を逃れた者たちが海賊と化して「無法行為」を働いていた。こんなことは歴史書に出てこない。勝者にも非情な歴史がある。

そして、人見らは実際、元奇兵隊員らしき海賊に襲われたが、被害はなく、間一髪のところで難を免れた。

なお、人見勝太郎は下級御家人の家に生まれたが、戊辰戦争では徳川藩を脱藩した剣客隊士たちを率いて、鳥羽・伏見、五稜郭の戦いなどで討幕軍と戦う。のち転身して勝・西郷・大久保たちの知遇を得て、茨城県令などにもなった。実業界にも転身し、利根運河株式会社社長などのほか、かなりの会社の設立に関係したという。

葉山嘉樹の戦中の随筆「鶏肉に倦きる」

随筆「鶏肉に倦きる」は架蔵の雑誌『月刊随筆　博浪沙』（昭和十五年〔一九四〇〕三月号、雑誌の第五巻第三号）に掲載されたものである。この雑誌は昭和九年八月より刊行が始まり、一流の作家、学者たちの随筆を掲載している。

葉山は「鶏肉に倦きる」を発表した当時、東京での作家生活ができなくなり、岐阜県の中津町、落合村（いずれも現・中津川市）に移住し、僅かな原稿料で収入を得ながら農業を始めたが、うまくいかなった。国全体に戦時色が濃くなり、物資が不足し、作家たちも発表の機会も少なくなっていく。作家嘉樹の苦難な生活の時代であった。この作品はこんな時代背景のもとで書かれたものである。

鶏を十八羽飼って順調に卵を産んでいたが、餌代がどんどん高騰したため、安く、粗悪な餌をやると卵を産まなくなった。採算が合わないのでやむなく鳥屋で料理してもらい、家庭で十二月、正月、二月にわたって食べた。ところが、家族の皆は食べ倦きてしまう。「鶏卵が採算がとれないので、廃鶏が多く、方々で鶏の数が減つた。国策の上からはこの時こそ殖やさねばいけない。それは分かつている。が餌代の持ち出しでは、道楽でない以上は、鶏を飼ひ続けることは至難である」と精一杯、国への抵抗を示し、独特のユーモアと皮肉もきかせた文章である。

この後、作家だけでなく国民全体がますます苦難の時代を迎えた。葉山はやがて満州に行き、悲劇を迎えることになる。

白石廉太郎

白石廉太郎（白石廉作の長男。正一郎の甥）は明治二年（一八六九）に「水哉園」に入門しているが、どのくらい在塾したのかわからない。『白石家文書』（下関市教育委員会編、国書刊行会、一九八一年〔一九六八年刊の複製〕）「年譜」の項、四十四頁に「明治三十四年二月十五日没シ玉フ。白石廉作資敏大人ノ長男ナリ。御母白石延子ノ君○年○月○日誕生、春秋四十九歳」（○は原文）と記す。『渦潮の底――白石正一郎とその一族』（冨成博著、右文書院、二〇一五年、一千部限定）には、「長男東一、廉作の子廉太郎ともに、生活・商家として、正一郎を悩ませる第三の身内となった」ともある。同書の二二〇頁には、「十一月九日、廉作の遺児峯太郎が元服して廉太郎と改名した」ともある。

廉太郎は漢学の才能に優れていたという。また、奇兵隊の「少年見習隊士」として入隊していたらしい。父・廉作は勤王の志士で「生野《いくの》の変」において壮絶な死を遂げた人である。また、勝れた漢詩を残している。

廉太郎は親戚の林家の紹介で水哉園に入門し、入門帳以外の資料はないが、在塾中も勝れた成績を残していたであろう。

なお、父・廉作は恒遠醒窓の「蔵春園」に入門している。参考文献に、『白石家文書』、『白石廉作漢詩稿集――蔵春園に学んだ勤王の志士』（白石廉作著、三浦尚司校註、恒遠醒窓顕彰会、二〇〇五年）、『維新の商人《あきびと》――語り出す白石正一郎日記』（古川薫著、毎日新聞出版、二〇一七年）などがある。

奇兵隊が思永館の書物を略奪？ 占領本？ 捕獲本？

学生時代に下関市出身のS教授が、小倉を占領した奇兵隊が戦利品として寺の梵鐘などを持ち帰ったことを自慢していて、奇異に感じた。その後、藩校「思永館」の蔵書も持ち帰ったことは聞いていたが、詳細は知らなかった。

最近になって、『防長文化史雑考――小川五郎先生遺文選集』（小川五郎先生遺文集刊行会、一九七〇年。一九九三年にマツノ書店より復刊）に「奇兵隊と思永館本」という題で、「思永館の蔵書数凡千六百六十余冊」のうち「藩校『思永館』の朱印のある書物が往々県下で愛蔵されている」、「その殆んどに『奇兵隊印』が併せて捺され更に『周防国明倫館書印』が押されてあってその伝襲の経路を物語っておる」と記したのを読む。そして山口県立図書館、山口大学、少数の個人の所蔵となっており、その数は四一〇冊になるという。

著者の小川氏は「思永館本は云うまでもなく奇兵隊の小倉進撃の戦勝記念であり謂うなれば占領本、捕獲本である」と。先述のS教授がのたまう長州人の自慢話と同様。同じ国内での戦いというのに「占領本」の言葉に、現代の人はどう思うか。勝てば官軍、負ければ賊軍となり、返還もかなわぬということか。自慢できることだろうか。

山口県人のお国自慢

前項で慶応二年（一八六六）の小倉藩と長州藩との戦争で、藩校「思永館」の書籍が長州の奇兵隊によって「戦勝品」として持ち去られたことを記した。そして、なぜか私の知っている山口県人はやたらとお国自慢をする。例えば、奇兵隊が小倉藩で活躍したこと、歴代の総理大臣の多さなど、福岡県人にとってあまり面白くない。

これはどうしてだろうかと不思議に思っていた。ところが『明治維新とは何だったのか――薩長抗争史から「史実」を読み直す』(一坂太郎著、創元社、二〇一七年。著者は山口県の出身ではない)を読み、その一つの原因と思われることに気がついた。

それは第二次幕長戦争(第二次長州征伐)の際、「『長防臣民合議書』と題する小冊子を公称三十六万部も印刷し、藩内全戸に配布」した。「長州藩主に『冤罪』を被せた幕府と戦う大義名分が、『忠臣蔵』の赤穂浪士なども例にとりながら仮名交じりのわかりやすい文章で説明され」、「小冊で庶民にまで懇切丁寧に理由を説明して士気を鼓舞し、戦争に突入した大名は、幕末の毛利家ぐらいだろう」と記す。

これによって、長州藩は武士、庶民に至るまでに国論が一致し、郷土への愛着心が高まり、やがて幕府軍に勝利し、時代は大きく変わる。長州人には誇るべきものが増える。その意識が各家で何代も続き、今も「お国自慢」につながったのではないかと思われる。「思永館本」の略奪も戦勝品、占領本と化したのではないだろうか。

千束藩

先日、『三五〇年を経て明かされる　小倉藩とその支藩の真相』（幸文堂出版、二〇一八年）の著者・池上兼正氏の研究発表を拝聴した。

私は以前から「千束《ちづか》藩」という言葉はよく聞いていたが、その実態を知らなかった。「小倉新《しん》田《でん》藩」、「篠崎侯」などの名称も、真剣に調べたこともないままに今日まで来た。

池上氏は言う、「小倉新田藩（千束藩）は支藩として、江戸時代から明治初期のおよそ二百年間存在していたが、その実態は現在では殆ど知られていない。築上郡史を初めとする郷土史に僅かに紹介記事があるのみである」と。確かに乏しかった。

池上氏は多くの資料を探索している。例えば、「別朱印分家」などという珍しい用語を始め、「小笠原・千束小笠原家系図」、「小笠原家譜」、「小笠原貞規家記」、「小豆島御難船之節御供横死之者」などの調査は大変であったに違いない。この著書によって、今まで曖昧にされてきた「千束藩」の全貌が明らかにされたと言ってよい。

原古処の扁額

村上仏山は若い頃、筑前秋月の漢学者、詩人の原古処《こしょ》の「古処山堂」に学んだ。両親は体の弱い仏山を心配したのか、兄義暁と従兄弟の平石湯山も一緒に入門させた。時々、古処の子息の白圭《はっけい》、公瑜《こうゆ》、采蘋《さいひん》にも学んでいた。ところが、一年余で師の古処が亡くなったので、やむなく帰郷した。その後、縁あって再び、短期間ながらも仏山は古処の子供たちに教えを受けた。

それゆえ、私は貧者の身であるが古処・采蘋の書を僅かばかり収集してきた。その中に古処の貴重な扁額がある。福岡の葦書房（古書店）の社長・宮徹男氏のご好意で、実に安価で譲ってもらったものである。縦一・五メートル、横七〇センチの大きな書。詩は次のようなものである。

人定虫声絶　松巒懸月明
悲秋方有感　曠世豈無情
三爵中懐逸　百城南面軽
新詩頗遠韻　不譲謝公清

（秋夜書懐・古処山樵）

初出一覧

Ⅰ

吉田学軒と森鷗外と「昭和」の元号▼『北九州国文』四六号、福岡県高等学校国語部会、二〇一九年
行橋地方の近代教育の特色▼『ふるさと文化誌』六号、福岡県文化団体連合会、二〇一八年
村上仏山の私塾・水哉園の教育▼「地方史 ふくおか」一六五号、福岡県地方史研究連絡協議会、二〇一九年
幕末の漢詩人たちの歴遊▼『北九州国文』四四号、二〇一七年
竹下しづの女と漢学塾・水哉園▼『銀の爪、紅の爪――竹下しづの女と龍骨』福岡市文学館、二〇一六年
末松謙澄と「門司新報」▼『北九州国文』三五号、二〇〇五年
葉山嘉樹の文学への出発▼『葉山嘉樹短編小説選集』たより、郷土出版社、一九九七年
新資料による葉山嘉樹の父・荒太郎郡長の足跡▼『北九州国文』四〇号、二〇一三年
里村欣三をめぐる北九州出身の作家たち▼『里村欣三の眼差し――里村欣三生誕百十年記念誌』吉備人出版、二〇一三年
プロレタリア作家・里村欣三と火野葦平の戦争と生活▼書き下ろし
鶴田知也の「謙虚」と「実践」の文学▼『北九州国文』四一号、二〇一二年
連歌の再興に賭けた人▼『須佐の杜――高辻安親宗匠追悼録』今井祇園連歌の会、二〇〇六年

Ⅱ

郷土ゆかりの文化人たち▼「郷土・美夜古の文献と歴史」創刊準備号〜四六号、城戸淳一発行、二〇一五〜一九年／『葉山嘉樹と中津川――葉山嘉樹文学碑建立二十周年記念集』同実行委員会、一九八〇年
その他▼「郷土・美夜古の文献と歴史」創刊準備号〜四六号、城戸淳一発行、二〇一五〜一九年

城戸淳一（きど・じゅんいち）

1941年，福岡県行橋市に生まれる。

1963年，北九州市立大学卒業。

高等学校教諭として38年間勤め，その間，司書，司書教諭資格を取得し，図書館教育にも携わる。

定年退職後，行橋市史編纂室，行橋市図書館長，福岡県文化財保護指導員を務める。

現在，美夜古郷土史学校，かんだ郷土史研究会，小倉郷土会などの会員。行橋市文化財調査委員。

著書に『京築文学抄』（美夜古郷土史学校，1984年），『京築の文学風土』（海鳥社，2006年），共著に『京築文化考』（海鳥社，2002年），『京築を歩く』（海鳥社，2005年），『図説・田川京築の歴史』（郷土出版，2006年）など，近刊に『村上仏山と水哉園』（花乱社）。

京築《けいちく》の文学群像《ぶんがくぐんぞう》

❖

2020年8月25日　第1刷発行

❖

著　者　城戸淳一
発行者　別府大悟
発行所　合同会社花乱社
〒810-0001 福岡市中央区天神5-5-8-5D
電話 092(781)7550　FAX 092(781)7555
印　刷　モリモト印刷株式会社
製　本　有限会社カナメブックス
[定価はカバーに表示]
ISBN978-4-910038-16-2